dear+ novel
iroakusakkato kouseisyano kekkon ・・・・・・・・・・・・・・・・・・・・・・

色悪作家と校正者の結婚

菅野 彰

新書館ディアプラス文庫

色悪作家と校正者の結婚

contents

illustration：麻々原絵里依

色悪作家と校正者の結婚《いろあくさっかとこうせいしゃのけっこん》

梅雨《つゆ》の終わりを告げるかのような水色の空の朝、歴史校正者塔野正祐《とうのまさすけ》はマンション一階の郵便受けに一通の通知書が入っていることに気づいた。

今日は配達のない日曜日なので、昨日取りそこなったのだろう。

いつもと同じ地味な白いシャツから伸びた手で、正祐はその通知書を丁寧に開けた。何か急を要する風情《ふぜい》の封筒で、関わりのある差出人だった。

簡潔に書かれた文書を、ゆっくりと三度読んだ。

重要な文章ほど読み直してしまうのは、校正者としての正祐の性《しょう》だ。

覚悟はしていた内容だが、受け取ると動揺はする。

右手に白い紙を持ったまましばし考え込んで、丁寧に封筒に入れて左手に持っていた鞄にしまい込んだ。

以前なら正祐は、ため息を吐《つ》いてつま先を見たかもしれない。以前というのは、三年以上前のことだ。

今日の正祐は無意識に空を見上げた。

少し時が経ったのか、空の色が変わっている。

夏の気配を十分に含んだ、青藍の晴れ渡る空だった。

「水無月《みなづき》の、夏越《なごし》の祓《はらえ》する人は、千歳《ちとせ》の命……延ぶと云うなり。三回回ったか？」

阿佐ヶ谷《あさがや》駅にほど近い神社で、大きな茅《ち》の輪《わ》を潜りながら作家東堂大吾《とうどうだいご》は不意に後ろを振り返った。

「丁度左右三回潜られましたが、最後に私に尋ねなければなおよかったのではないでしょうか。句が台無しです」

六月末日、夏越の祓と呼ばれる神社での季節行事に大吾に誘われて参加した正祐が、数えてはいたもののため息を吐《つ》く。

「そんなに狭量な神事でもないだろう。元は神話かもしれんが庶民の娯楽だ」

茅の輪から出て、夏物のシャツとデニムに雪駄《せった》のラフな大吾は、相変わらずの色悪めいたまなざしで笑った。

「江戸時代はもっと盛り上がったかもしれませんね。江戸庶民が好きそうな行事です。ちゃんと回れるのか私は緊張しますが。……水無月の、夏越の祓する人は」

要は半年の穢《けが》れを祓って無病息災を願う行事だが、茅《かや》でできた大きな輪の中を左右に三回ずつ八の字を描くように回りながらこの句を唱えるというもので、普段体を使わない正祐にはややこしい。

「千歳の命、延ぶと云うなり。三回潜りましたか？」

「おまえも訊くのか。三回潜ったよ」

「訊いてしまう気持ちがわかりました」

顔を見合わせて、二人は笑った。

「それにしてもいい陽気だ。少し歩くか」

「そうですね」

夏を孕《はら》んだ風が、緑を揺らす。

広い真昼の境内を、大吾と正祐はあてもなく歩いた。

「夏越の祓が今年は日曜日に当たって、混むかと思ったがそんなこともないんだな」

時代小説で人気を博している大吾が、江戸庶民の夏越の祓を知ろうとして情人の正祐を誘っての外出だ。

仕事とデートを兼ねられることは、正祐には嬉しく幸いでしかない。

「本当ですね。私も並ぶものだと思っていました」

どこの神社でもこの茅の輪を用意しているわけではなく、近いところで夏越の祓を年中行事として取り入れている神社を正祐が調べた。

江戸の庶民がどうだったかはともかく、現代人は茅の輪を潜るために神社に押し寄せないとは、二人とも気づかない。

そこのところはお似合いの、浮世というよりは世離れしている二人だった。

「だがよく考えたら、夏越の祓のために神社にきたのは俺も初めてだ」

「私は鎌倉に住んでいた時に祖父に連れられていきました。鶴岡八幡宮《つるがおかはちまんぐう》で大掛かりなものでしたが、あそこはいつでも混んでいるので」

「そうだろうな。観光地だ。俺は夏の行事はせいぜい盆しか習慣にはない」

遠く、岩手県遠野《とおの》にある祖父の墓を大吾が思ったように正祐には見える。

遠野というだけのことはあって東京から行くのは随分時間がかかるその土地に、今年は大吾が墓参りにいくのか否《いな》かを訊いてみたくなった。

「あなたにとってのお盆は八月ですか？」

「ああ。じいさんの墓は遠野だし、実は父親の墓も一緒だ」

東京の盆は七月の新盆《にいぼん》が主で、帰省する者が多い東京以外の土地では八月の旧盆がほとんどになる。

「そうなんですか」

その話を正祐は初めて聞いたが、考えてみれば当たり前の話だ。

ジャーナリストだった大吾の父親は、海外で自爆テロに巻き込まれて死んだ。仏壇は埼玉の母親の家にあると正祐は聞いているが、支度のない若くしての死だ。生家の墓があれば、そこに入るのが通常の流れだろう。

大吾が「実は」と言ったのと正祐が聞いて少し驚いたのは、死んだ父親とその父親である祖父は仲違いをしていたからだった。

「俺が住む前から、母も命日や盆には墓参りに遠野まで行った。今はどうだろうな。墓の前でばったり会ったことはないが」

ふと、大吾が何か考え込む。

「口に出したから母親の墓参りのことを初めて考えたが、会わないのも不自然な話だな」

命日、盆と、墓参りの日はだいたい決まっているので、言われれば正祐にも「ばったり会ったことがない」のは不思議に思えた。

「遠野のお盆は、どんなですか？」

だが大吾と母親の関係は今は良好と聞いているのでそこには触らず、憧憬をもって、正祐が遠野を尋ねる。

「……驚くほど盛大だ。俺は遠野に移って最初の盆から、それが楽しくてしかたがなかった」

楽しい、と言いながら大吾の声はらしくなく弱くなった。

その僅かな弱さが伝わって、正祐が黙る。

「四百年続いている、しし踊りという大きな白い獅子とその一行が遠野を歩くのが遠野の盆だ。新盆の家は、死者が迷わないように白い旗を高く立てる。新盆の家に獅子たちが訪れて、位牌《いはい》と遺影の前で舞い、焼香《しょうこう》までしてくれるんだ。見送りの夜には舟っこ流しという儀式があって、

「死者の魂を乗せた船を川に流しながら燃やす」

「本当に盛大ですね……柳田國男《やなぎたくにお》の『遠野物語』のゴンゲサマですか？」

「遠野物語」に登場する獅子の記憶を正祐は辿った。

「そこからきてるのかもしれんが、大きさや形がゴンゲサマを表した八幡神楽《はちまんかぐら》の獅子とはまるで違ったな。とにかくでかいし、死者を弔うから白いんだろう」

実際に見た記憶を大吾は辿っているようで、遠野を見るようなまなざしで境内の深い緑を見上げている。

「ガキの頃はその獅子を追ったのに、俺はじいさんの新盆をやりたくなくてすぐに家と蔵を閉めてこっちにきた」

声を張れずに、大吾は緑を見たままでいた。

「死者の魂が迷わないように目印を立てて、白い獅子に舞ってもらう人々は泣いていた。俺にはその儀式をする意気地《いくじ》がなかった」

あの時は、と大吾が呟くのを正祐は聴いていた。

育ててくれた祖父を亡くしたのは二十一歳の時だったと、正祐も大吾の話を覚えている。

「悔やむな。やればよかった」

「おじいさまは」

珍しく俯きそうになった大吾の横顔に、正祐はそっと声をかけた。

「白い旗が立たなくても獅子が舞わなくても、道に迷われる方ではなかったのではないですか」

徒然《つれづれ》に聴いてきた大吾の祖父に、正祐はいつの間にか会ったことがあるような気さえしていた。

「……そうだな。だがそのうち、盆に家を開けて獅子にきてもらうか」

閉めてしまった遠野の家を、大吾は思ったようだった。

「その時はおまえも来いよ。遠野の盆はいい」

「はい」

当たり前のように大吾は正祐を乞い、躊躇《ためら》わず正祐は頷く。

「東北の盆というと私にはえびフライでしたが、まるで趣《おもむき》が違うんでしょうね」

大吾と出会うまですべては文学の中で経験してきた正祐には、出稼ぎ文学とも呼ばれる三浦《みうら》哲郎《てつお》の「盆土産」が今までは北の盆だった。

「あれは出稼ぎに出ている父親の盆土産の話だから、まず主題が違うしな」

長く教科書に載っているのでよく知られている「盆土産」は、高度成長期に都会に出稼ぎに出ている父親が、夜汽車に乗って子どもたちがまだ食べたことのない冷凍エビフライを土産に帰省する掌編《しょうへん》だ。

「『えんびじゃねくて、えびエビフライ』」

「盆土産」の台詞《セリフ》を、無意識に大吾が呟く。

「中学の教科書に載っていて、男子がその台詞を叫んでいました。何か少年の心を強く捉える音なのだろうと、三浦哲郎に感心しました」

当時も呆れていたと、正祐は声音に衒《てら》いなくそれを明かした。

「さぞかしうるさかったんだろう、おまえには。俺も中学に通っていたら同じことをして、おまえには蔑《さげす》まれて終わりだ」

「そんなことはありませんよとは、言えませんね」

あり得ない少年時代の様を想像して笑う。

「大人になってからおまえに出会ってよかった」

木漏れ日に足を踏み出して大吾が苦笑するのに、正祐も穏やかに頷いた。

出がけに届いた通知書に纏《まつ》わることで、正祐は実のところ大吾に伝えたいことがある気がしていた。

だが急ぎではないし、上手《うま》く言葉にまとまらない。

焦る理由は何もなくて、夏越の祓の境内を並んで歩いた。

小暑《しょうしょ》、七月の初旬を迎えても情人は例年のように不機嫌にならないと正祐《まさすけ》がふと気づいた午後、西荻窪《にしおぎくぼ》松庵《しょうあん》に庵《いおり》のようにひっそりと在る歴史校正会社庚申社《こうしんしゃ》二階の校正室のドアが、厳《おごそ》かに叩かれた。

「どうぞ?」

ドアを振り返って返事をしたのは、正祐の隣の席で歴史校正に勤《いそ》しむ同僚の篠田和志《しのだかずし》だった。五十本の眼鏡をコレクションしている篠田の今日のつるには、涼やかな白藍色が入っている。

篠田の語尾が僅かに不思議そうに上がったのは、いつもなら挨拶《あいさつ》とともにそのドアは気軽に開けられるからだ。

「どうだい」

案の定、ドアを開けたのはいつもと同じ庚申社社長の小笠原欣哉《おがさわらきんや》だった。老人といって差し支えない白髪《はくはつ》に眼鏡の、恰幅《かっぷく》のいい好人物だ。

「どうなさいました?」

何か緊張感を漂わせる小笠原に、普段は人の機微に疎《うと》い正祐までもが気づく。

「どう、から始まる疑問形が三つ続くのは不自然だね」

半世紀以上校正者をやっている小笠原が、もっともなことを言った。

「どうぞは疑問形ではないですが、確かに自分はクエスチョンマークをつけました。理由がない限りは鉛筆を入れるところです」

「私もです。書き急いで三つ続いていることに気づかれていない可能性を感じます」

篠田も正祐も、それぞれ小笠原の言葉に答える。

校正に真摯《しんし》に、時に行き過ぎるほどに向き合う正祐を見て、小笠原は微笑《ほほえ》んで歩み寄った。

「塔野《とうの》くん」

ふと見ると小笠原は、ワイシャツの胸に書類を一枚抱いている。

「はい」

窓の方を向いている机に背を向けて、呼ばれたので正祐は立とうとした。

「いや、座っていた方がいい」

不思議な言い回しで、小笠原が正祐の肩を叩く。

「心臓をしっかり押さえて」

言われたままおとなしく待っている正祐の手元に、胸で温め、いや熱くしてしまった書類を小笠原が手渡した。

何事かと正祐がその書類を見ると、そこには新しい歴史校正の予定が書かれていた。

この庚申社に入って最初に任された、長い大人気シリーズの新刊だ。そこにはかっこ書きで、「完結」という文字がある。

そのシリーズは正祐がずっと心の支えにしていた、情人でもある作家東堂大吾《とうどうだいご》の代表作「寺子屋あやまり役宗方清庵《むなかたせいあん》」だ。三月に最新刊の二十三巻が順調に出たところだった。

篠田もその予定の「完結」に気づき、息を呑む。

長い沈黙が、校正室に流れた。

「お気遣《きづか》いいただき、ありがとうございます」

小笠原が自分の気持ちを慮《おもんぱか》ってくれたことに、まず正祐は礼を言った。

「寂しいですが、実は以前から覚悟はしておりました」

情人は、人と人が一緒にいることで時間が動き出すのは当たり前だと、出会った最初から言っていた。

その言葉通り、三年と半年前に十五巻で登場人物の老翁源十郎《ろうおうげんじゅうろう》が死んだ後も、宗方清庵は生きて時を継いでいった。三月の新刊では長年支えてくれた同じ長屋の女と夫婦になり、恐らくそろそろ完結を迎えるだろうことは正祐でなくとも想像できる。

「きちんと時を進めていらしたね。東堂先生は」

一般的にここまで人気が出た時代小説は、登場人物の歳を曖昧《あいまい》にして終わらせない。それは出版社の都合だけでなく、作家としても残しておきたいシリーズなのは普通だ。

「犀星社《さいせいしゃ》らしくもありますね。自分はこういう潔《いさぎよ》さは好きですよ」

遠慮がちに篠田が呟く。

このシリーズの終わりは、会社の経営に関わるほどのことだ。何しろそもそも傾いていた犀星社を立て直したのが「宗方清庵」だった。

「まだ、東堂先生はお若いですし。きっと」

きっと精力的に新しい作品を書き続ける。

そう言おうとしたけれど、やはり今は正祐の胸を遅れてきた寂しさが占めた。

覚悟はして納得はしていても、寂しいものは寂しい。

「泣いてもいいんだよ、塔野くん。今日、みんなで鮨《すし》にでもいこうか」

何某《なにがし》か沈むことがあれば鮨で景気をつけるというのは、小笠原が生きてきた時代らしい行いで、時折庚申社の者は鮨を振舞われることがある。

「とても、寂しいですが」

本心を、正祐は心配してくれている二人に明かすことにした。

「大丈夫です」

三年と半年前には決して言えなかった言葉が、素直に零《こぼ》れる。

あの頃のままの自分なら小笠原が心配した通り心臓が止まったかもしれないと、正祐はため息を吐《つ》いた。

「社長。塔野は成長しましたよ。校正者としても、人としても」

まだ案じてくれている小笠原に、篠田が告げる。

信頼する同僚がそんな風に自分を語ってくれるのはただ嬉しくて、静かに正祐は微笑んだ。

夏土用《なつどよう》入りの日に、正祐にも大吾にも必ず鰻《うなぎ》を食べるという習慣はない。

「今年はなんだ？」

鰻は旨《うま》いが高すぎると言って毎年「魚《う》」を選ぶ、西荻窪南口《にしおぎくぼ》鳥八《とりはち》の老翁《ろうおう》百田《ももた》に、カウンターから大吾《だいご》が訊いた。

「これだよ」

いつものように大吾の右腕の側に正祐《まさすけ》という配置で座る二人の間に、百田がよく老いた手で白い丸皿を置く。

「銀色の皮が炙《あぶ》られて、でも身は生なんですね」

一目では何なのかわからない魚の炙りを、興味深く正祐は見つめた。

「太刀魚《たちうお》だ」

「へえ、珍しいもんだな。去年の『う』は飛び魚の塩焼きだった」

太刀魚と聞いて、大吾が早速箸を持つ。

「よく覚えてるね」

「俺を見ると飛び魚を思い出すと、おやじは言っていたからな」

「そうだねえ。先生の居住まいに毎年合わせているのかもしれないね」

一年後の大吾は飛ぶようではなくとりあえず立っていると、百田は笑った。

「飛ぶも立つもたいして変わらん。魚に合わせて、そうだな」

考え込んで大吾が、右隣の正祐を見る。

「大漁酒の磐城《いわき》壽《ことぶき》はいかがでしょう」

「それはいい。二合頼む」

カウンター越しに日本酒を頼んだ大吾に、「はいよ」と百田は黒い片口を用意した。

「飛ぶのと立つのでは大分違いますよ」

近頃正祐はこうして、酒選びを大吾から委《ゆだ》ねられることが増えた。試されているというような嫌な感覚は全くない。どちらかが得意なことも時には二人で分け合って持つような行いに、嬉しさを感じながら正祐も少しだけ酒選びに慣れた。

「そうか？」

「百田さんはよく見てらっしゃいます。……ところで、三浦哲郎《みうらてつお》作品をここのところ読み続けています」

飛ぶと立つについてはそれ以上語る必要は感じず、正祐はいつもの二人の話題に移った。

「俺もだ。再読がほとんどだが、未読のものも意外と多かった。あちこちに掌編《しょうへん》を書いていて、全集を買えばまとまるんだろうが。もともと入っていた書籍で読むのがいいような気がしてな」

「私も何冊か新しく文庫を買いました。偶然というよりは、夏越《なごし》の祓《はらえ》の時に『盆土産』の話になったからですね」

驚きの共時性というよりは起こるべき重なりで、正祐としてはこの七月にお互いが買った三浦哲郎の本を知りたかった。

「つまらんか」

知らぬ間にお互いが同じ作家を読んでいたことをさらりと流してしまった正祐に、大吾こそがつまらなそうに肩を竦める。

「いいえ、今からあなたと三浦哲郎について語らえるのが楽しみです。ただ、こんなことは初めて思いましたが、もう少し対話があれば掌編のありかを教えあえたのにとは思いました」

そんなことを、確かに初めて自分は思ったと正祐は言いながら気づいた。

すぐには意味がわからず大吾は問うように正祐を見ている。

「掌編が入っている本を探して、何冊か買いました」

「ああ」

そこまでを正祐が語ると、それが掌編の入った本のやり取りができたのにという意味だとやっと大吾も気づいたようだった。

意外にも二人の間で本の貸し借りがされることは稀だ。そこには蔵書が被っているという明確な理由がある。

「そうだな。俺は『妻を失う』という富岡幸一郎《とみおかこういちろう》選の離別作品集にまで手を出した。高村光太《たかむらこうた》郎《ろう》、有島武郎《ありしまたけお》、原民喜《はらたみき》と並んでいるのが何か感慨深かったな」

「……いい本ですね」

「？」

書の内容を称えるというよりは仄暗《ほのぐら》ささえ纏《まと》った羨望を正祐が声に滲ませた意味が、大吾には伝わらなかった。

「ああ、いい本だったが」

伝わらなかったことが正祐に伝わったが、「いい本」の本意については恥じて口を噤《つぐ》む。惑っている大吾への助け船のように、黒い片口に注がれた磐城壽がカウンターに置かれた。

「『妻を失う』は」

本意を測れないまま大吾が、片口に頷いた正祐を確かめるように見てゆっくりと語り始める。

「三浦哲郎に限って言えば、ごく当たり前に妻を見送った悲しみが綴《つづ》られていることが感慨深かった。『にきび』という掌編だった」

「三浦哲郎が家族を当たり前に見送れる。そこに至るまでの彼《か》の人が尽くした力の大きさは、私には計り知れません」

三浦哲郎の代表作、「忍ぶ川」「白夜を旅する人々」を思って正祐は長い息を吐いた。再読したばかりなので、思いと同じように息も深くなる。

「家族を……妻や子を持たないという選択肢を選ぶことも十分考えられる状況で、よく、と感嘆する」

正祐に同意して、大吾は実際感嘆の息をもらした。

三浦哲郎は青森の田舎町で、六人兄弟の末っ子として生まれた。二人の兄が失踪して、恐らくは死んでいる。二人の姉は自死した。一人生きた姉は先天性色素欠乏症の荷を抱え、三浦哲郎は健常に生まれ妻を娶り子を持った。

「他人が想像していいことではないが、病理的な不運という考えは一度ならずも出てきてしまう。すべて背負った上で、疲れ切った父母に妻を見せ、孫を持たせる中で一度ならずも考えはしただろう」

「私も同じ想像をしました。自伝的小説の『忍ぶ川』は一人称で淡々と描かれていますが、どれだけの胆力《たんりょく》がいったかという表現が見当たらないことにまた敬意を持ちます。父と母に、当たり前の『嫁』というものを見せたい一心と感じられて」

前時代的という言葉で片づける気持ちは、正祐にも大吾にも毛頭ない。

両親への思いで、兄と姉に架された重荷を背負ったまま人生に立ち向かい生き抜いた人だ。

「若い時分の初読の時に、せっかくできた予定外の子を堕胎《だたい》してしまったことに俺は驚いたよ。受け入れ難いというよりは、理解できなかった」

「それは、私もです。今もかもしれません。何故《なぜ》あれほど打ちひしがれていた、病《やま》いの後遺症で震えながら二人のために高砂《たかさご》を謡った父親に孫を見せてあげなかったのかと」

それは時代に関わらず、読む者の多くに何かしらの衝撃を与える出来事だった。

「今回再読して思ったが、子どもを作る気はそもそもほとんどなかったのかもしれないな。四人の兄と姉の背信に、恐れるのは普通だ。当たり前に亡くなった父親を見て、やっと準備ができたというのは今なら理解できる気がする」

気がする、というらしくない曖昧な言葉を大吾が使う。

曖昧さを不思議に思って左隣を見た正祐に、大吾は苦笑して箸を止めた。

「あれだけのことを抱えていた当事者の思いを、完全に理解するのは無理だ。受け入れると俺は今言ったが、その言葉を使うのも随分傲慢《ごうまん》に思えてきた」

傲慢を語って、大吾が太刀魚を口に入れる。

「それはそうですが」

当事者性が強い小説は、私小説文化の中には多い。だから三浦哲郎だけ別に語るのはと言いかけて正祐は、大吾の言い分に反論はせず首を振った。

「あなたは」

「理解するのは無理だ」と語るに至った背景が大吾にはあることを、正祐は思い出した。

すっかり忘れていたわけではない。だが大吾はいつでも、そのことを背負っているようには見せない。

「俺は、父親の死には囚《とら》われていない」

声を留めた正祐の心情を知って、穏やかに大吾は笑った。

「父は自分の仕事をまっとうした人だ。空《から》の棺《ひつぎ》の現実感のなさに、地に足がつかなくなってその時は荒れたが」

十代の頃を思い返して、猪口《ちょこ》を持った大吾の手が止まる。

「そうか。俺は思えば、じいさんに普通に死ぬところを見せてもらったんだな」

三浦哲郎が父親の死を見てやっと家族が当たり前に死ぬことができたと書いたのに、大吾は祖父が施してくれたことの大きさを知った。

「今頃気づいたよ」

亡き人に感謝して、献杯の右手が上がる。

自然と、正祐も猪口を合わせた。

「重なっていきますね」

どうとでも取れる言葉が、正祐の口元を離れる。

人と人が出会ったことが、共に在ったことが、書を読んだことが、語らったことが、重なって強い線のようになっていくと、二人ともが静かに酒を呑む。

太刀魚は炙られているせいで、まろやかな旨味《うまみ》がとろりと上手に閉じ込められていて酒がそれを溶かした。

「家族に囚われ、家を思い、嫁が嫁《とつ》ぎ、子をなして。今の価値観の中で語りたくない小説だ。その時を精一杯生きた人の書いた言葉だ。そう考えると、この間は伊集院《いじゅういん》に悪いことをしたな」

ふと、先月中華屋で清蒸《チンジョン》を囲みながら、作家伊集院宙人《そらと》の愛読書について語らった時のことを大吾は振り返った。

七十年代の漫画で素晴らしい名作だったが、一点当時の価値観の中で描かれたエピソードが大吾と正祐と、そして篠田《しのだ》の間では問題として語られたのだ。

宙人のパートナーであり同じく作家の白洲絵一《しらすえいち》は、問題となっている「子どもの自己決定権」については自分はまだ触りたくないと言っていた。

「そうですね。三浦哲郎について現代の価値観を持ち出されたら辛《つら》いです」

その時のことは正祐にも、他者の大切なものに一つの「否」を語った重石《おもし》として残っている。

「だがまあ、あいつには白洲がいる。何があっても白洲が慰めるさ。多少慣れて二人を理解したつもりでいるが、こうして言葉にすると何度でも驚く」

「それは、青天の霹靂《へきれき》でしたから。私たちより恐らく社会の方がお二人を穏やかに見てらっしゃいますね。文芸誌でのポートレートも、いい意味で話題だと弊社で聞きました」

「ったく。伊集院はともかく、白洲にそんな日が来ようとはな」

今となってはそれなりに親しくしているが、もとは白洲絵一は大吾にとって決して勝てない憎い天敵のような作家だった。

形の上でも白洲が何もかも持っているようになっては、それは当たり前に口惜《くちお》しいだろうとふと正祐は知った気がした。

「あなたは本当なら、堂々と公表する人でしたね」

大吾が情人のことを伏せているのは、正祐のためだ。

以前の年上の恋人冬嶺瑤子《ふゆみねようこ》といた頃、何処《どこ》へでもお互いを同伴したと、正祐は篠田から聞いている。情人が同性だとしたらなお、大吾は隠したくはない人だと正祐は知っていた。

一方、何もかもを隠してしまいそうな人だった好敵手の白洲は、すべてを日当たりのいい場所に置いて穏やかにしている。

「それは俺の性《しょう》であったり業《ごう》であったりする部分だが、おまえに迷惑はかけられん」

二人の間柄を秘すか否《いな》かについて、大吾は傲慢に振舞おうとしたこともあったが、すぐに正祐の在り方を尊重するようになった。

七月後半の晩だというのに今日も地味な薄鼠色のシャツを着て、いついかなる時も大衆にもなんなら壁にも埋没できる正祐だが、実家は白金《しろかね》の芸能一家だ。母親は大吾と篠田の初恋の美人女優塔野麗子《とうのれいこ》、父親は映画監督の塔野十五《じゅうご》、姉は実力派俳優の塔野萌《もえ》、弟はスーパーアイドルグループのセンターで歌い踊る塔野光希《こうき》だ。

正祐一人だけが人前に出ることを嫌い芸事を極端に避けて、書の世界を生きている。

「おまえの実家のことを探られたら大騒ぎだ。嫌だろう」

疑問形ではなく、正祐を知った上で大吾が当たり前に思いやりをくれる。

「他人はどうでもいいさ」

性も業も抑えてきっと本心から言った大吾を、正祐は無言で見つめた。

「白海老と空豆のかき揚げだ。塩でね」

白い皿に載った、夏が訪れるたびに百田が揚げてくれる、まるまるとした身の海老ときれいな緑の空豆のかき揚げに、二人ともが自然と笑顔になる。

「毎年これが楽しみだ」

熱いうちにと箸をつけた大吾に、正祐も頷いた。

「あなたと並んでこれをいただくのは、何度目でしょうね」

このかき揚げを百田は夏になると出すが、四年前の夏までは鳥八の中でお互いそれぞれにつまんでいた。

「三度目の夏だな。うまい」

揚げたての衣に粗塩が絡んで、白海老の甘さと空豆のこくが口の中で広がるのに大吾が唸る。

色悪と呼ぶに相応しい造形をした大吾は、その造形とは違って丁寧にものを食《は》んだ。

大吾がものを食む姿が、正祐はとても好きだ。

一年前、二週間の試し同棲をしていた時、自分の男がものを食む姿が好きだから台所に立ったなら、それで自分はすっかり変わってしまうと正祐は途方に暮れた。好きな男に尽くすことが幸いとなって、己の核を見失うだろうと泣いた。

あれから一年が経ったのだと、思いがけない時間の長さを知る。

夏越《なごし》の祓《はらえ》の時にまとまらなかった思考が、不意に正祐の中で言葉になった。

熱いうちにと正祐にしては早くかき揚げを食べ終えて、箸を箸置きに載せる。

「あの」

「ん？」

呼びかけた正祐に、かき揚げを食べ終えて酒を呑んでいた大吾が無防備に振り返る。

「結婚しませんか？」

シャツより少し濃い鈍色《にびいろ》のズボンに、正祐は行儀よく両手を置いた。

「誰が、誰と」

呑気に大吾が、磐城壽の底を上げる。

「あなたが私とです」

口に含んで喉を通そうとした酒に、大吾は完全に咽《むせ》て激しく咳き込んだ。

ちょうど皿も片口も空になったところだったので、大吾が慌てて百田に会計を頼んで店を出

た。百田は何も言わずにいつも通り二人を見送ってくれた。

黙って駆けるようにしてたどり着いた西荻窪松庵の大吾の家の居間で、紫檀《したん》の座卓に二人は向き合って座っていた。

正祐の背には床の間があり、大吾の祖父の形見ともいえる「散る桜残る桜も散る桜」という句が書かれた掛け軸がかけられている。

「……知らせがいったか？」

随分沈黙してから、主語がないまま大吾が尋ねた。

「沈んで見えますか？」

主語がなくとも、何の知らせなのか正祐にもすぐにわかる。

二人がそもそも知り合うきっかけになった、鳥八のカウンターで正祐から喧嘩を売ってしまうほど思い入れていた「寺子屋あやまり役宗方清庵《むなかたせいあん》」が完結する件だ。

「いや。まったく判断がつかなかったから尋ねた」

言葉を交わし始めたら、大吾はなんとか落ち着いて息ができたようだった。

「不思議な気持ちでいます。弊社社長は私の心臓が止まることを案じてくださいました。私もその日がきたら、一旦は止まるものと思っていました」

登場人物の老翁源十郎《げんじゅうろう》に亡き祖父を重ねて正祐が鳥八で一人通夜までしたのが、三年前の春彼岸《はるひがん》だ。

「始まるものがあれば、終わるものがあると今の私は思えているようです」

胸が静かなことは嘘でも無理でもないと、正祐は手を当てて確かめた。

「そうか」

偽りではないことをその様子に知って、大吾が安堵の息を吐く。

「これは不適切なやつだが、終わり次第犀星社《さいせいしゃ》で新シリーズを始めることはもう決まっている」

不適切だとつければいいというものではないことを、大吾は正祐に告げた。

「不適切です」

まだ宗方清庵の告知さえ出ていないのだから相当先の予定を聞かされて、正祐が戸惑って首を振る。

「夫婦みたいなもんだろ。夫婦なら家族だ。帰れない民の物語に踏み出す」

以前宗方清庵の中に持ち込んで、物語の時を定めて流れを止めてしまった漂流民の物語を新たに紡ぐと大吾は語った。

もちろんその校正は正祐が担当すると、大吾は信じて疑っていない。

「おまえが、俺には羅針盤《らしんばん》だ」

だからこそ新しい物語の帆を上げられると、大吾は打ち明けた。

「だったら結婚しませんか」

「……俺の方の心臓が一旦止まったぞ。どうした。その話はとりあえず済んでいるし、まだ先だと話し合っただろう」

　正面から真顔で言った正祐に、何も口にしていないのに大吾がまた咽る。

「その時より、確かに先に参りました。思えば試し同棲から一年近くが経って」

　一旦言葉を切って、言い様を正祐は探した。

「経って？」

「色々どうでもよくなりました。あの時大きいと思ったことが」

　作家である大吾ほどには正祐は、自らが思うところを丁寧には明文化できない。文学の感想は語れても、自分の気持ちを語るのは訳が違った。

「あのな」

　率直すぎる正祐の物言いに真意が読み取れず、大吾がとうとう頭を抱える。

「もう一度訊かせてくれ。不安か？　清庵が終わることが」

「いいえ。不安にならない自分に初めて出会いましたよ」

　穏やかに、正祐はそれは喜びだと教えた。

「先ほども申し上げましたが、あなたは本当はきちんとしたい方ではないですか」

「だから、それは俺の勝手だ」

「けれど、私自身近頃考えるようになったのです。世の中も驚くような速度で変わって、あなたはもしかしたら白洲先生と伊集院先生が羨ましいのではないかと」

二人と大吾は同業者だ。恋人同士である二人と大吾が違うのは、同性のパートナーがいることを正祐のために公表していないことだった。

「堂々と、自分を示せていることが」

「あいつらは二人とも作家だ」

「私の写真が何かに使われる場合は目に黒い線を引いていただきますが」

随分昔の週刊誌情報で、正祐の時は止まっている。

「もちろん、あなたが気が進まないならいいんです」

「……おまえはどうなんだ？」

僅かに拗ねた声をもらしてしまった正祐が本気だとようやく知って、伺うように大吾は尋ねた。

「堂々としてらっしゃるお二人を見ていると、羨ましい気持ちはあります。私もあなたをとても愛していますから」

「これはもしかして夢か？」

窓から見える宵待月《よいまちづき》に、大吾が現実か否かを確かめる。

「時の積み重ねですよ。あなたも飛び魚から太刀魚になり、一年経って私も少しは変わったはずです」

「おまえの家族はどうするんだ」

「真っ先に私の家族のことを案じてくださるのが、一年後のあなただという気がします」

さっきは雑に飛ばしたことを、正祐はやっと言葉にできた。

「試し同棲の時、私だけが暮らしのことを考えていると気づいたけれど、わからないとおっしゃったではないですか」

わからないと、その言葉を大吾から正祐が聴いたのは、今年の正月明けのことだった。

「わからないけれど、考えると。そしてあなたは私の家族のことを今、考えてくださったのではないでしょうか」

変化は、きっとお互いに知らぬ間に起こっている。

「私の家族は、前も申しました通り喜んでくれる気がします。誰とも他者と、寄り添ったことのない私ですから」

「それは、そうかもしれないと俺も想像するが」

きちんとした話にまとまっていくことに、大吾はどうやら感情が追いつかずあっけにとられているようだった。

「なら、お互いの家族に話して。公表は、何か機会があったらでいい。おまえが俺とのことを堂々と思ってくれていることが俺には大事だ」

きれいな清流のように進む結婚話に、長い息を吐いて大吾が苦笑する。

「プロポーズは俺からしたかった」

「以前してくださいましたよ。結婚だがそれがどうしたと、盆踊りの唄のように」

「それを言うな」

一年前の有様を正祐が回顧すると、大吾は笑いながら立ち上がった。

静かに正祐の隣に座って、髪に触れる。頬を撫でて額を当てて、唇にそっと唇を、大吾は合わせた。

「いつから一緒に暮らす」

本当に結婚のような形を取るなら具体的なことを決めなくてはと、くちづけを解いて大吾が尋ねる。

その問いにだけ、正祐は答えにくく俯くしかなかった。

「……実は」

今正祐は、大吾と添いたいと願う心の内を伝えたが、現実の大きなきっかけについてはまったく話していない。

一年後の自分たちについて正祐が考え始めたのには、あまりにも現実的な訳があった。

「私の住んでいるマンションの建て替えが決まったんです。一年以内には引っ越さないとなりません」

「おまえ……まさかそれで……」

「夏越の祓の朝に、通知書を受け取りました」

考え始めたきっかけが「まさか」それであることを、潔く正祐が認める。

「一度自分でまたマンションを借りて引っ越して、いずれあなたと何処《どこ》かで暮らすのなら今と……すみません。それで、きちんと考えました。あなたと生活するということを」

呆然としている大吾に、ふざけているつもりはないと真摯《しんし》なまなざしを正祐が向ける。

一年前、二人は一緒に暮らす無限の書庫がある家を建てようと夢見て、二週間の試し同棲をまさにこの家でした。

結果は散々なものだった。それぞれ一人で暮らしてきたものが一緒に生活するのは愛情さえも破綻《はたん》する可能性があると、二人ともが結論づけた。

「一つ一つ、一年前はどうにもならないと思ったことについて考えました。たいしたこととは言えない、どうにもならないようなこともあるのですが。優先順位を考えて、どうするか決めていける気がしたんです。本のことは最後ですが」

重複している膨大な本については最後だと、正祐が据え置く。

「お台所のことは、私がやるときちんと決めるのもいいような気がして」

「きちんととはどういう意味だ?」

「あなたがよろしければ、材料費を折半して調理についてはお給料をいただこうかと。いかがでしょう」

「合理的だ」

それこそが己も望んでいたことだと大吾は言いたかったが、一年前は「きちんと」結論づけられなかった。

「やがて、これは随分先のことだろうが、もしかしたらおまえはフリーの校正者になるかもしれん」

「まだまだ先ですが、そうしたことも考えはします」

「書類や経理については専門の他人に入って貰おう。会社員の状態で俺が給料を払うことにはもう、税理士が必要だ」

「自分でできる部分もありますよ」

そもそも会社以外のところから給料が発生することが庚中社では許されるのか確認しなくてはと正祐は考えていて、二人の生活が一緒になることで一旦やることが増えるとも覚悟しているつもりだった。

「他人に入ってもらうのは大事だ」

神妙な声で、大吾が告げる。

「一年前おまえに結婚だがそれがどうしたと言った時は、俺にとって結婚は中身の入っていない誠意の証のようなものだった」

「あの時そうおっしゃっていましたね」

「あれから俺も、中身について考えてはいた。考えるというよりは調べた」

いつかと思いながら胸にしまっていたことを、大吾もまた打ち明けた。

「今の法制度を使って結婚するなら、おまえに俺の養子になってもらいたい」

正祐の方ではそれは考えになかったので、驚いて答えに詰まる。

「パートナーシップ制度を利用するのではないのですか？」

自分たちの住んでいる国での同性婚の形は今のところ他に方法がなく、当然そうするものだと正祐は思い込んでいた。

「まだ杉並区では使えない制度だし、制度そのものの中身もよく調べたが不安は多い」

「どういった不安でしょう」

「パートナーは、家族を意味しないようだ。それにお互いを伴侶《はんりょ》にするということは、財産を共有するということでもあるはずだ。権利を二人で持つ」

「そうですね……」

言われると正祐には、今現在大きな財産を持っている大吾との結婚から俄《にわ》かに腰が引ける。

「おまえと生きて、何か俺が持って、もし俺が先に逝《い》ったらおまえにはまず俺についての権利を持っていてほしい。おまえが先に逝くことになっても同じだ。財産だけじゃない。弔《とむら》う権利も必ずお互いが持っていたい。俺は」

「あなたは」

死ねば終わりだというのが、正祐が知り合ったばかりの頃の大吾だったはずだ。

だがそこから三年以上が経って、大吾が変わったことは正祐が誰より知っていて、言葉にはせず止める。

「弔う権利は、悲しむ権利かもしれませんね。持てなかったら確かにとても辛《つら》いです。けれど、養子縁組は」

初めて自分が情人の籍に入ることをまともに考えて、正祐は長く大吾を見つめた。

「養子は年長者の籍にしか入れない。逆は無理だ。嫌か」

「いえ。パートナーシップ制度や同性婚の記事を読むようになって。もし同性婚が合法化された場合、養子縁組をしていると婚姻制度が使えないのではないかという懸念を知りました。戸籍上親子になるわけですから」

「制度の更新の狭間には、そういうことが起きるのかもしれないな。もしかしたら何か措置が用意される可能性もあるが」

ほんの一瞬、大吾は考え込んだ。

「明日お互いに何があるかわからないのに、まだ存在しない制度のことを考えてもしかたない。俺はおまえに絶対に不当な思いをさせない。そのための今の最善を選択したい」

一年の間、折々に考えてきたことを大吾がゆっくりと言葉にする。

「何か起きた時には、煩雑《はんざつ》な手続きに追われて気を紛らわしてほしい。俺もそうする。だが、ただ愛し合って一緒にいる上で不当な扱いに苦しめられるのは拒絶する」

「私も同じ気持ちです」

一瞬も考え込まず、正祐は答えた。

けれどその名前を綴《つづ》るには長く躊躇《ためら》う。

「東堂正祐《とうどうまさすけ》。なんだか少し強そうになりますね」

「おまえは充分強いよ」

「実のところ私が鳥八で結婚という言葉を使ったのは、三浦哲郎作品について語っていたからです」

紫檀の座卓の上に積まれている三浦哲郎の本に、まさか養子縁組ということになるとは思っていなかったと、正祐は目をやった。

「そうだったな。唯一一致した、よい結婚小説だった」

昨年の試し同棲中に「お互いの結婚小説を一つずつ教えあう」ということをして、最後に二人が題を口にしたのが「忍ぶ川」だった。

「様々な結婚があるでしょうけれど、三浦哲郎にとっての結婚は生きていくことだと思えて」

「そうだな。……しかしきっかけはマンションの退去とは」

いい雰囲気に収まりかけて、大吾が元の話を思い出す。

「まあ、そういうもんかもな。きっかけなんて」

「つまらないですか?」

「そんな訳があるか。それに、俺はおまえが今すぐ俺と一緒に暮らしたくなる手札を一つ持ってるぞ」

積み上げてある本の中から、大吾は鳥八で話した「妻を失う」と、三浦哲郎の短編集「拳銃と十五の短篇」、「野」を取って正祐に渡した。

その二冊は同じ文芸文庫から出ていて、カバーは硬い紙に美しい色のグラデーションが上から下に降りて、タイトルは箔で押してある。

「おまえの言っていた、『いい本』はこれだろう」

「これです……!」

受け取った本に息を呑んで、正祐はすっかり我を失った。

「鳥八では意味がわからなかったが、今見たらわかったよ」

「そうなんです。私はいつも本を買うときに金額で躊躇《ためら》わないのですが、マンション退去の件もあって、特に『拳銃と十五の短篇』は在庫も見つからず」

選び抜かれた装丁も美しいこの文芸文庫は、通常の文庫の倍近い値段がついているし絶版も多い。

「私にこれを?」

「俺と暮らせばいつでも読めるという話だ!」

もしやくれるということなのかと顔を明るくした正祐に、さすがに呆れて大吾の声も大きくなった。

「……浅ましくてお恥ずかしいです。私も何冊かは持っているのですが」

今自分がかつてなく浅ましかったと自覚はしっかりあって、恥じ入る。

「また本の整理の話を始めなくてはならんな」

「本当に」

それればかりは受け入れないと大吾に思わしめている正祐が、話を始めることには同意した。

すんなりと同意した正祐に、大吾が吃驚《きっきょう》する。

「ただ目の前が賢治の宇宙のように綺羅《きら》と輝いていて、何も見えていないのに等しいです」

幸いにさえ大吾が感じているのがわかって、正祐は釘を刺した。

何しろ垂涎《すいぜん》の文芸文庫を三冊も手渡されて、今の自分が本当に当てにならない。

「……もう一軒家を借りるか。書庫と、おまえか俺の仕事部屋のある部屋を」

「今と何が違うのですか」

「そうだな。もう少し広い家をこの辺りで探すか」

「それが妥当ですね」

当てにならないながらも、一年前のように正祐は二人の間にある膨大な蔵書という問題から逃げる選択はしなかった。

「こんなことは望んだこともないのに」

今までと少しずつ違う答えをお互いに渡しあって、実感が段々と大きくなっていく。

「お互いの家族や、仕事仲間に認められると思うと驚くほど俺は嬉しいよ。馬鹿な男だな」

「馬鹿だなんてそんな」

自分も同じ思いだと言いかけて、正祐は具体的な想像をした。

「……仕事仲間ですか」

家族のことは最初に思ったが、隣の机の同僚についてはまだ考えていなかった正祐の目が澱《よど》む。

「篠田さんにだけ内緒にできませんか。少し恥ずかしいです」

「何故《なぜ》」

「申し訳ないことですが、今まであなたのことを喩《たと》え話で相談してきました。それがすべて東堂大吾だと知れると私はかなり恥ずかしいです」

正祐にとっては随分と思い切った打ち明け話をしたが、大吾は黙り込んだ。

「何から説明してやったらいいんだ。俺はおまえに」

何を説明してくれるのだろうと、正祐が続きを待つ。

「相変わらずなところは相変わらずだ。それもまた幸いなり。妙に安心する」

何が幸いなのか語られるのも正祐は待ったが、大吾は困ったように笑っていた。

「おまえにとって俺と一緒になることは、大きな出来事のはずだ。篠田さんにちゃんと話せよ。

大事な同僚に」

恥ずかしさで躊躇ったが言われた通りだと悟って、正祐が頷く。説明と幸いについてはわからないままに。

「人を集めて祝うか」

ふと思いついたように大吾が、祖父の形見の言葉を振り返る。

「それでは結婚式ですよ」

「披露宴だ。なるほど、言葉通りの意味合いなんだな。考えたことはなかったが」

「披露するのは、私は嫌です」

「俺もだ。やめとこう。だが」

また、大吾が言葉を切った。

少し考え込んでから、尋ねるように正祐を見る。

「おまえが篠田さんや庚申社の方々にきちんと話せるなら、仕事先や……伊集院と白洲ぐらいには俺は寿《ことほ》いでもらいたい」

意味合いは披露宴と同じでも、祝ってほしい人々の顔がちゃんと見えたら正祐の頬もゆるんだ。

「みなさんに祝っていただけたら、私も幸いです」

笑った正祐の頰に、大吾が触れる。

「仕事先にはお互い日を決めて話そう。前後すると面倒な行き違いが起こらないとも限らん」

「……ささやかな祝いの席を設けますとまで、お話ししますか？」

行き違わないために尋ねた正祐の声が、少し恥じ入って細くなった。

「そうしよう。だとしたら頼まないとな」

「ええ」

誰にと言わない大吾に、正祐がすんなりと頷く。

小さな祝いの席を設けるなら、料理を頼みたい人は二人にはたった一人しかいない。


こういうことは大安がいいんじゃないかと大吾《だいご》が言ったら、正祐《まきすけ》は「吉凶を押し付ける六曜《ろくよう》に踊るとは」と冷たい目をした。

生まれてこの方大吾は六曜による大安仏滅で日を選んだことは祖父の葬式以外にはないが、そのぐらい大吾にとっても非日常だということだ。

「どうも」

結局たまたま大安となった翌週金曜日の午後、七月が終わる前に大吾は最も深いつきあいをしている出版社、犀星社《さいせいしゃ》を神楽坂《かぐらざか》に訪ねた。

「どうしましたか、突然。こちらから伺いましたのに」

老舗の犀星社は建物も古く、その編集部がよく似合う大吾の担当者酒井三明《さかいみつあき》が、銀縁の眼鏡を掛けなおして立ち上がる。

「話があってな」

「谷川《たにがわ》もおりますよ」

編集長の名前を口にして、酒井は嬉しそうに笑った。

「それは嬉しい」

谷川一之《かずゆき》は、鳴かず飛ばずの文芸作品を書いていた売れない作家の大吾に、初めて時代小説を書かないかと持ちかけてくれた恩人だった。恩師と言ってもいい。

病を抱えて去年は入退院を繰り返していたが、ここのところ随分調子がいいと大吾も酒井から聞いていた。

「会っていかれますか」

「二人に聞いてほしい話なんだ」

不思議そうに、けれど微笑《ほほえ》んだまま酒井が大吾を導いて別室に向かう。

突然「話があって」やってくるというのは大抵はいい想像をしないものだが、酒井はいつでも落ち着いて対応してくれる。もしかしたら今は大吾も佳《よ》い報告の空気を醸《かも》しているのかもしれない。

「編集長、東堂《とうどう》先生がお見えになりましたよ」

暗い廊下の奥にある谷川のための部屋に、酒井は声を掛けた。

「急だね」

中から穏やかな谷川の声が聞こえて、酒井がドアを開ける。

「お元気ですか」

元気そうな姿を見て、安心して大吾は訊いた。

「もう少し独創性のある挨拶《あいさつ》を頼む」

穏やかだが、常に熱い知の力を秘めた目をする谷川は、大病で痩せたがしっかりと窓辺に立っている。

「訊きたくなるもんですよ」

逆らわず、大吾は笑って促された応接セットのソファに腰かけた。

それほど年寄りではないがいい時代の文芸を見てきた谷川は、独特の魅力を持った年配の男だった。病の後葉巻やスコッチの香りがなくなったが、風情《ふぜい》は消えない。

「今日はどんな知らせだ?」

一年止めたくらいでは治らない酒や煙草に枯れたままの声で尋ねながら、谷川が大吾の前に座った。

酒井は小さな冷蔵庫からガラス瓶を出して、三人分の麦茶をコップに注いでいる。もう汗をかきはじめたコップを、大吾から順に置いて酒井は大吾の隣に腰を下ろした。

緊張している自分に、大吾は驚いていた。

今自分を作家として立たせてくれている谷川は、思えば父にも等しい人だ。生来の自由さからくる大吾の横暴に文句ひとつ言わずに付き合ってくれている酒井は年上で、わがままを言っては結局宥《なだ》められている大きな存在だった。

「実は」

切り出した声が無様に掠れて、麦茶に手を伸ばす。

多く例はない同性の伴侶《はんりょ》だが、業界内の前例は最近白洲《しらす》と宙人《そらと》が見せた。正祐が案じていた通り、こうして改めて二人が前例を作ったと思い知ると大吾には口惜しいが、更に口惜しいことに前例はありがたくもある。

「結婚を、することにしました」

だがたとえ前例がなくとも谷川や酒井が狭量なことを言うわけがないという信頼は、大吾にとって揺らぐものではなかった。

「六曜を持ち出すなど……」

たまたま今日が大安だということが腹立たしいと、正祐は庚申社《こうしんしゃ》二階の窓から真夏の暑さを感じ取ってため息を吐《つ》いた。

「六曜が鳴りを潜めるのはむしろ明治だぞ」

隣のデスクで歴史校正をしている篠田《しのだ》が、正祐が認識を間違えているのかと驚いた顔をして手を止める。

「いえ、すみません。仕事のことではなく」

「ああ、そういうことなら俺も六曜迷信は忌避《きひ》する。ビジネスだし、差別論文もあるほどだ。もし結婚式場を使うようなことがあれば仏滅にするよ」

安いからと、夏に似合う若竹色が入ったつるを耳にかけて、思いがけず篠田が結婚式場と言った。

よく考えれば六曜と正祐が呟いたせいなのだが、これは切り出すチャンスなのではと息を呑む。もちろんこの後小笠原《おがさわら》にも話すが、親しく世話になっている篠田には先に話したいとさっきから迷いに迷っていた。

「ちょっといいかい?」

先日の「寺子屋あやまり役宗方清庵《むなかたせいあん》」最終巻の知らせの時と違っていつものように軽やかに、小笠原がドアを開ける。

「とてもきれいな水無月《みなづき》をいただいたんで、みんなでいただこう」

盆の空き具合からすると三階の書庫にいる二人に先に渡してきたと思《おぼ》しき、言葉の通り美しい水無月が二人分ガラスの皿に載っていた。

「なんと美しい……」

「これはまた夏らしい趣向ですね」

ありがたく正祐と篠田が、水無月と麦茶を受け取る。

六月の和名と同じ水無月は、白い外郎《ういろう》を氷に見立てて上に小豆を並べた美しい三角形の菓子だ。

「暑気払いのようだ」

恐らくは長く小笠原が担当している、老作家の差し入れなのだろう。

「いただきます」

一口正祐が口に入れると、控えめな甘さが涼を呼んだ。

「いただきます。旧暦なら今はまだ水無月ですね」

今時分に水無月を差し入れられる意味は、三人ともが知っている。

「そういえば六月の終わりに初めて、阿佐ヶ谷《あさがや》神社で茅《ち》の輪《わ》潜りをしてきました」

京都ではその日に水無月を食べる習慣があったと、ふと正祐は思い出した。

「夏越《なごし》の祓《はらえ》か。いいねえ。一人で行ったのかい？」

「……っ……」

小笠原も篠田も他意はないのだろうが、正祐には語るべき話があるので少しのことで意味深に受け取ってしまう。

「一人では、行きませんでした」

今日の午後お互いにと大吾と約束したので、篠田にだけ先に伝えることを正祐はあきらめた。

「ほう、デートかね」

「実は、おっしゃる通りデートでした」

涼を招くはずの外郎の味がしなくなって、正祐がデスクにことりとガラスを置く。

答えを聞いた小笠原が、「それはいいね」という当たり前の反応をするのは無理だった。

それはもっぱら自分に原因があることぐらいは、正祐も自覚している。

随分と長く本だけを友にして、時には恋人にして、言葉と文字の中をひたすらに歩いてきたので。

「おつきあいしている人がいます」

文字とだけ歩いた日々を、正祐は悪かったとは少しも思っていない。

けれど三年前に一人の人と出会って、たまたま正祐は人と歩き始めた。

「結婚を、することにいたしました」

幸いでもあり、寂しさもあるが不安はない。

「今日、ご報告をしようと思っていた次第です」

応えのない小笠原に、正祐は言葉を重ねた。

黙って固まっていた小笠原の深い皺《しわ》が刻まれた眦《まなじり》から、一筋の涙が零《こぼ》れ落ちる。

「社長……」

案ずる声を漏らしたのは篠田だった。

「いや、済まない。思いもかけないことを聴いて、自分でも驚くほど幸福に思ってしまったんだ」

実際のところ庚申社社員には、確認されている既婚者がいない。そのこと自体を小笠原が問題視していないことは、長年の信頼で正祐も篠田も疑いようがなかった。

ずっと一人で生きていくのだろうと当たり前に思っていた一人の大切な校正者に、愛する人がいたことがきっと小笠原の涙を溢れさせた。

それが伝わったからこそ、正祐は結婚相手が誰なのか圧倒的に言いにくくなった。

同性だからではない。この世の機微がまだ今一つわからない正祐にさえ、東堂大吾の名前を出した途端小笠原の涙の意味が変わる気がしてならなかった。

「それで、お相手は。差し支えなければ一度会わせてほしいなあ。お祝いもしたいよ」

歳も歳だけに今度は小笠原の心臓が心配になって、まったく言葉を見つけられず正祐が停止する。緊張から、隣で篠田が驚きもせずに見守ってくれていることに気づけないままに。

「お相手は、ですね。あの、社長。心臓をよく押さえてください。驚かれることと想像します心構えをしてもらわないと危ないと、正祐は小笠原に乞うた。

「うん。なんだい。まさか有名な芸能人かい？」

小笠原の驚きの想像の範疇《はんちゅう》の意外な狭さに正祐は驚いていたが、篠田に口を挟む余地があれば「妥当だ」と言うところだ。

「著名な方ではあります」

「え、そうなのかい。待ってくれ、当ててみよう。僕の知っている人かな？」

なし崩しにクイズ形式になっていることに、正祐は気づけない。

「はい」

「ほほう。僕は会ったことはあるかい？」

「はい」

「へえ……著名人で、僕が会ったことがあって、塔野《とうの》くんが結婚する人か……」

条件はかなり絞り込まれたが、同性故にではなく、小笠原はその答えにたどり着けなかった。

「わかった。伊集院《いじゅういん》先生だ」

「何故そこまでいけるのに正答を避けるのですか……伊集院先生には白洲先生というパートナーがいらっしゃいます」

「それは僕も知っているが、もともと塔野くんを追っかけていたから。元の鞘《さや》に戻ってらっしゃったのかと。……そこまで、いける？」

近いところを自分が掠めたのだと知って、小笠原から笑顔が消える。

「伊集院先生はね、書くものはいろいろ問題はあるけど、とてもやさしくて礼儀正しい人だから」

「社長ー、作家性の方を貶《けな》すのはどうかと思いますよ」

得体の知れない焦りのせいで小笠原が失言を吐くのに、社員として篠田は苦言を呈した。

「でもね、今は作家としてどうかという話ではないから。塔野くんのお相手としてどうかという話だから」

おかしな現実味に、小笠原が暑さのせいではない汗をかきはじめる。

我が情人にもやさしくて礼儀正しい面は大いにあると正祐は言いたかったが、そうではない
「やさしくて礼儀正しい……」

究極の場面に小笠原は居合わせている。

三年前の丁度今頃、大吾は「俺の校正者を出せ！」と担当編集者の酒井をぶら下げたまま庚申社に殴り込みにきて、空いている方の腕に小笠原を引きずってまさにこの校正室に乗り込んできたのだ。

そのまま正祐を連れ去った記憶は小笠原には鮮明で、その日のことを庇い立てしようとすると、正祐自身夜に大吾のかなりの強引さで閨をともにした記憶が蘇る。

「酷《ひど》い人です」

夏の夜のことを思い出して、独《ひと》り言《ご》ちて正祐はため息を吐いた。

「まさか」

その一言で、小笠原が考えから遠ざけていた人物に行き当たってしまう。

「なんだか一階が騒がしいな」

話を逸らそうとしてか、篠田が下から聞こえる物音に言及した。

しかしその物音はまさに三年前を彷彿《ほうふつ》とさせる乱れた音で、なんなら当事者の一人酒井の声が入り混じっている。

段々と校正室に近づいてくるところまで同じだ。

「小笠原くん！」

汗だくで校正室のドアを開けたのは、犀星社の谷川だった。

「谷川くん……また随分と元気そうだね」

谷川と小笠原は実に半世紀以上のつきあいで、親交も深い。

だが今小笠原は谷川の健勝を確かめるどころではなく、少し後ろで青ざめている酒井の様子を見て硬直していた。今日は受付に小笠原艶子《つやこ》がいない。

「申し訳ない。小笠原くんには大切に育てた校正者は実の子のような存在のはずだ。それをうちの作家がまさか……」

谷川は、少し癖のある洒落た洋装に似合わず、突然校正室で土下座をした。

「本当に申し訳ありません！」

並んで土下座をしたのは、大吾の担当編集者の酒井だった。

「やっぱり……」

阿修羅《あしゅら》の如《ごと》き形相《ぎょうそう》でここに乗り込んできた無法者の作家にうちの校正者がと、血の気の引いた小笠原が後ろに倒れそうになる。

「社長！」

篠田が慌てて、恰幅のいい小笠原の体を支えた。

想像だにせぬ急展開を捌《さば》ける能力など、正祐にあるはずもない。最近やっと人間社会と関わり始めたばかりなのだ。

「しかも酒井の話だと、塔野さんは先生の熱心なファンだという話じゃないか！　ファンに手をつけるなど……ああっ、菊千代《きくちよ》！」

顔を上げた谷川が、とりあえず椅子から立ち上がったものの動けもせずにいる正祐の顔を見て悲鳴のように叫ぶ。

菊千代とは、三年前の初夜がきっかけとなって大吾が無神経に書き始めた衆道物の時代小説に登場する、毎回乱れに乱れて大変な若衆の名前だった。

「塔野くんが……？　本当だ菊千代‼」

大吾と正祐が深い仲だという情報を得た途端、東堂大吾が盛大に泣かせている若衆菊千代のモデルが、眠そうで地味だがよく見ると女優の母親から美貌だけ受けついだ鈍色《にびいろ》の校正者だと小笠原にもわかる。

ついでに担当編集者の酒井も今思い知って、「塔野さんとは一度呑んでいるのに自分は！」と己の頬を殴っていた。

「この窓から飛び降りて死にたいです」

「二階だし下は庭だから死ねないと思うぞ」

今すぐ死にたいと表明した正祐を、冷静に篠田が止める。

そこに、谷川と酒井を追ってきたのだろうタクシーが停まって、後部座席から大吾が飛び出してくるのが正祐の目に映った。

「この修羅場の責任のほとんどはあなたですよ……」

死を決意する羞恥に震えている正祐は、階段を駆けのぼってくる情人を心から恨んでいた。

「谷川さん、酒井さん！　話は最後まで聞いてください。俺は真面目に……っ」

校正室に飛び込んできて恩師たちを止めようとした大吾の襟首に、似合わないことに摑みかかったのは小笠原だった。

「東堂先生……東堂先生！　それは、庚申社も先生あっての歴史校正会社です。けれど大切な校正者に吉原の大門を潜らせるようなことはしなくても誠実な仕事をしてきたつもりです‼」

「よく知っていますよ！」

「なのに先生は、塔野くんを菊千代に……！」

その件については正祐も庇い立てする義理は一つもなく、身売りされる娘のように冷めた眼でただ成り行きを見ていた。

「塔野のことも菊千代のことも大切にしています！」

「東堂先生！　あの凄惨な修羅を生きる菊千代と塔野さんを同じに語るのならば、担当編集者の自分も腹を斬らねばなりません‼」

「だいたい菊千代は大切にされていないじゃないか！」

「どういうことですか！　酒井さんの言い分はともかく、谷川さんは俺が描く菊千代の在り方に納得していないということですか‼」

「私は菊千代とは無関係です」

版元の人間である酒井と谷川が参戦して混沌となり、正祐はＡＩの如く平坦に主張して、元の話を誰もが見失う。

「あのー、ちょっといいですか？」

いや、当事者でさえないたった一人の、道徳観が常に安定している篠田は違った。

「自分は塔野と東堂先生が交際していることは知ってましたよ。二人と何度か食事もしています」

「え⁉」

知っていると言われて、吃驚《きっきょう》したのは正祐だった。

「それは、仕事を通して知り合ったことにはなるでしょうが。東堂先生は塔野をきちんと尊重していますし、塔野は一見おとなしそうに見えますが強情です。みなさん頭に血が上ってお忘れのようですが、東堂先生はそういう形で他者の尊厳を踏む方ではないのではないかと」

ゆっくり淡々と篠田がそこまで語ると、わざわざ「落ち着いてください」と言わなくても正祐以外、皆大分正気を取り戻す。

「そして、菊千代を連想して不安になるお気持ちはよくわかります。同僚として自分にもその思いはありました」

篠田はとうの昔に菊千代と自分の関係について考えたことがあるのだと知らされて、正祐は窓を乗り越えそうになった。

「ですが、塔野はそう思って見れば見目は菊千代を連想させるかもしれませんが、よく見ないと塔野が若衆的だとは気づけませんよ」

「本当だ……」

そもそも動転のままここに駆けこんできている谷川が、まじまじと正祐を見て盛大な失言を床に落とす。

「僕は一度塔野さんと向かい合って呑んでいるのに、菊千代だとは微塵も」

「仮に菊千代的だとしても、それは東堂先生が誰よりも塔野をきちんと見ているからでしょうし。などと自分が考えるのは不適切で、それは二人の問題でしかありません。我々に許されるのは、ちゃんと報告を聞いて寿《ことほ》ぐことだけではないですか」

菊千代との同一視という大問題は、当事者の正祐だけを置き去りにして皆のもとを去った。

「すまなかった。東堂先生の気性は、親のようによく知っているから。仕事先の、それも熱心なファンでもある青年だと聞いて私は。きちんと報告にきてくれたのに申し訳ない」

まず大吾に、谷川が頭を下げる。

「いえ、僕が塔野さんを知っているもので動揺したから谷川が先走ったんです。東堂先生がここに殴りこんだ日のことは忘れられませんし。けれど思えば篠田さんの言うとおり、塔野さんの校正は決して引かない力強いものです」

見た目は大吾に押し負けそうに見えるけれど実はまったくそうではないと、具体的に日々人一倍思い知らされているのを酒井は思い出しながら頷いた。

しかし正祐は一人、まだ窓から飛び降りる選択肢が頭から離れない。

「僕も、その日のことは忘れられないよ」

手元で正祐を大切にしている小笠原は、未だ半信半疑なまなざしを大吾に向けた。

何しろこの建物の一階から二階まで実際に、力技で大吾に引きずられた感触を知っているのだ。

「あの」

その小笠原の心配になんとか正気を取り戻して正祐は、大事にはされているし菊千代でもないと言おうとした。

「小笠原さん」

だが正祐が語るより先に大吾が背筋を正して、小笠原に向き直る。

「その節はほとんど殴り込みのようにこちらに乗り込んで、神聖な仕事場に。しかも小笠原さんにお怪我まで負わせて本当に申し訳ありませんでした」

両手を足の側面につけて、深く大吾は頭を下げた。

「いや、僕も自分の体力を過信していたから。丁寧なお見舞いまでいただいて」

「自分の力が存外大きいと思い知り、以来他者を傷つけないように細心の注意を払っています」

きちんと反省していると、大吾が小笠原に真摯《しんし》に伝えるのを、正祐は黙って見つめた。

これはきっと、大吾に委《ゆだ》ねるべきことだ。

「ご心配をおかけして申し訳ないです。塔野に横暴を働いたりは、絶対にしません」

一番大切なことを、大吾は最後に言った。

「あの時のこともあるし、芯が強くてもおとなしい子ではあるからそれは心配です」

言葉だけで完全に安心はしないと、小笠原はきちんと釘を刺す。

「信頼を、裏切らないでくださいよ。東堂先生」

「はい」

しっかりと答えて、無意識に大吾は小笠原と握手をした。

その誠実を見せられては、正祐は窓のことは忘れるほかない。

「小笠原くん、私も目を離しませんから。……塔野さん」

谷川が小笠原に約束して、正祐に向き直った。

「出会った時からずっと、東堂先生のことを生意気な餓鬼《がき》だと思っていましたが」

言葉にして谷川が、ふと目尻を緩ませる。

そのやさしいまなざしを、正祐もまっすぐに受け止めた。

「そういえば近頃、大人になった。思いやりというものが作風にも人柄にも滲《にじ》むようになりました。あなたを大切にしている証でしょうか？」

尋ねられて、正祐は言葉を紡《つむ》ぐことを生業《なりわい》としている人々と向き合っていることに、状況も考えず緊張した。

「作風に滲んでいるかどうかは不明ですが、大切には、されています」

けれどすぐに、素直な言葉が零れていく。

「入籍については、一年前に東堂先生がおっしゃったことです。その時は戸惑いましたが、先生がきちんとしたい方だと私は知っているつもりで」

そこにマンションが取り壊しになることになってとは、さすがに挟まず横に置いた。

「一つ一つ、考えました。一緒に生きていくことがどういうことなのかを。みなさんにご心配をおかけしてしまいましたが」

大丈夫です。ありがとうございます。

そんな言葉を紡ごうとしたら不意に、正祐は泣いてしまいそうになった。

多くの人に気持ちをかけられているありがたさは大吾も同じで、そっと正祐の背に手を置く。

「自分の専任で頼みたいと、小笠原さんに頭を下げにくる日はくるかもしれません。いつかは。けれどお互い、まだまだです」

「はい……まだまだです。今後ともよろしくお願いいたします」

大吾と正祐は、揃ってこの場の人々に深く頭を下げた。

やっと訪れた静寂と沈黙に、廊下から二人分の拍手が送られる。

「三階の書庫や屋上で校正をなさっているお二人です。一人は去年の夏にお茄子《なす》をいただいた」

驚いて拍手の方を向いた大吾に、正祐は教えた。

「ああ。旨《うま》い茄子をありがとうございました」

屋上で栽培している茄子を籠に入れて置いてくれた一人の校正者は、作家東堂大吾のファンだ。

「小さな祝いの席を設けたいと思っています。その節は是非《ぜひ》いらしてください」

大吾が声を掛けると、慌てて二人は三階に戻ってしまった。

人に会うのが極端に不得手で、文字と親しくつきあう二人だ。文字を編む場には、様々な者がそれぞれに息をしている。

いや、それは実のところ何処《どこ》でも同じことだ。

大勢と同じようにではなく、それぞれに息をするということを、正祐は大吾とともにこれから知っていく。

「しかしなんだろうか、嫁に出すような気持ちだよ。京《みやこ》から蝦夷《えみし》の長《おさ》のところに」

不適切だろうけれどどと、小笠原は呟いた。

「そんなおもしろい史実あったのかい、小笠原くん」

「イメージだよ」

「物語的ですが、日本にはそういう逸話《いつわ》はあまり残っていませんね。不思議です。歴史が全て残っているわけではないにしても」

落ち着いた小笠原と谷川と酒井が、そんな立ち話を始める。

「ところで篠田さん。いったいいつからご存知だったんですか」

そのことが気にかかってしかたない正祐が、そっと篠田に尋ねた。

「……不思議と安心するもんだなあ」

答えてはくれず、篠田は苦笑した。

「だろう」

肩を竦めた大吾も篠田が知っているとわかっていたのかと、正祐がいつでも眠そうに見られる目を丸くする。

「どうして……」

「どうしてっておまえ」

若竹色の眼鏡のつるを掛け直して、こめかみを篠田は掻《か》いた。

「それは、最初は考えもしなかったよ。だが何度か同席したり、おまえの話を聞いたりしているうちになんとなく、段々とな。そういうものじゃないのか?」

曖昧《あいまい》に語った篠田の言葉が、不思議と正祐の腑に落ちる。

「……そうかもしれませんね」

立ち話が続いている三人は、久しぶりにこのまま祝いの鮨にいこうかと語らっていた。

「やれやれ、大騒ぎだ。こういうこともなくなるのが結婚だな」

突然知られるのではなく、きちんと形にしてお知らせする意味を、しみじみと大吾は思い知ったようだった。

「行き違いが起きないように今日と日を決めて話したのに……あなたは信頼のなさに自覚があったんですね。大安などなんの意味もない」

こんなことになるとはまったく想像していなかった正祐が、呆れて大吾を見上げる。

「何か不安な気がしただけだ。それに六曜を持ち出したのはじいさんの葬式以来だし、大安に意味がないと言うのは三人に申し訳ないだろうが」

否とは言わずに、肩を竦めて大吾は笑った。

「それにしても騒ぎすぎですよ」

一応大吾の肩を持って、篠田が話し込んでいる三人を見る。

得難い幸せ、という言葉が、その輪の中から歌のように聞こえてきた。


久しぶりに鮨でも食べながらこのことを語らおうと小笠原と谷川が盛り上がったので、酒井と篠田はご相伴《しょうばん》だとついて行った。

その席に篠田がいてくれるのは、正祐にも大吾にも安堵《あんど》を齎《もたら》した。

「蛮族と姫か！」

しかし疑心を浴び倒した大吾がとりあえずは憤慨して、正祐の部屋の祖父の形見の群青《ぐんじょう》のソファに腰を下ろす。

「姫というのは私のことでしょうか……心の底から心外です」

蛮族と言われた方がよほどましだとため息を吐いて、夕方だがまだ明るい日差しの中正祐は冷蔵庫からビールを出した。

大騒ぎをして大仕事を一つ終えたことには間違いない。清潔な二つのグラスに均等にビールを注いで、正祐はテーブルに運ぶと大吾の隣に座った。

「お疲れさまでした」

「こんなに疲れるもんだとはな」

グラスを合わせて、二人してとりあえず夏の夕方のビールを呑む。

「誰のせいですか……。でも確かに、日本にはありそうであまりこれといった逸話が残っていないお話でしたね」

「おまえも怒れよ」

小笠原と谷川が語っていた喩《たと》えに興味がいっている正祐に、大吾は肩を竦めた。

「思ったのですが、阿弓流為《アテルイ》を連想したのではないでしょうか。弊社社長は」

京から蝦夷にとまで言ったのはそのくらいはっきりしたイメージがあったのだろうと、確かに蝦夷の族長阿弓流為を連想させる情人を正祐が見る。

「蝦夷の長か」

「随分と高い評価ではないですか？　京と蝦夷の戦いは最終局面の頃ですが、阿弓流為は京から姫を得たという記録はありません。すぐにそうした契約のような婚姻も当たり前になったと思うと、まったくあり得なくはないような気もします」

阿弓流為以降蝦夷は朝廷の統一下に置かれたので「ない」というのもまた自然だが、考えるには楽しい話だった。

「資料が消えた可能性もあるな。歴史は勝者が書き換える」

なるほどと大吾が、作家として物語的な夢想にしばし耽る。

「口惜《くちお》しいな。おもしろい」

「ええ口惜しいことでしょう」

笑って二人は、ソファに完全に背を預けた。

「このソファの上でおまえを抱いたのがやはり夏だった。高揚して押し倒したいところだが、くたくただ」

「あなたがくたくたで何よりです。私も疲れ果ててました。最初のご報告で、こんなに疲れるなんて……」

ソファにもたれたままビールを呑み終えて、僅かに赤みを帯びていく陽光をただぼんやりと眺める。

並んでソファに座っていると、夏休みに遊ぶ小学生の声が三階にも届いた。

幽霊マンションなくなるって知ってたかー！

「まだ新築の広告も出ていないのに知ってるんですね」

何か惜しむような子どもの声が聞こえて、正祐が小さく笑う。

「寂しそうだぞ。幽霊マンションはガキが好きそうな建物だ」

「毎日のように見ていたでしょうしね」

「だが、当たり前のようにあった建物がなくなって、新しい何かがそこに建つと、しばらくすると人はたいていそこに何があったかわからなくなるものだそうだ」

ふと、少し寂しそうに大吾は言った。

尋ねるように隣を見た正祐に、「岩手で聞いた」とだけ大吾が答える。

「……庵《いおり》に籠《こも》っているような自分に相応《ふさわ》しい暗い建物だと、入居した時に思いました。この辺りはマンション自体少ないですし、値段で決めたんです」

楽しい、嬉しい、幸せというような感情とは無縁な思いで正祐はここに住み始めた。

「思いがけず大切な記憶が、ここに積み重なりました。私もこのマンションがなくなってしまうのは寂しいです」

寂しさの理由は訊かずに、大吾が正祐の手に大きな手を重ねる。

力強い指を持つ大吾だが、日々鉛筆を走らせているために文旦《ぶんたん》も剝けない正祐の指をそっと握った。

「得難い幸せか」

ふと、庚申社で聞こえた言葉を、大吾が声に直す。

「私も聞こえました」

さっきなのか今なのかを言わず、段々と幸せという形に成っていく二人のこれからを知って、正祐は大吾の肩に寄った。

八月に入って、暦《こよみ》の上では立秋だがまだまだ暑い八日の夜、大吾《だいご》と正祐《まさすけ》は白金台《しろかねだい》駅からの道を歩いていた。

「なんでおまえそんなに落ちついてるんだ」

今日は木曜日で、正祐が結婚相手を紹介したいと言ったら「この日なら」と忙しい芸能一家が無理やり全員家にいてくれる算段になった。

「あなたのご両親にお目にかかる日には、私も緊張しますが」

いつもは豪胆な大吾も今日ばかりは緊張することくらいはわかって、正祐は実家への道を殊更ゆっくりと歩いた。

実家はどの駅からも少し歩くが、家族の中で日常的に電車を使うのは正祐たった一人だ。

「心配しなくても大丈夫だと思います。あなたは人間ですから」

「言いたいことはわかる」

家族にとって正祐は、ひたすら本とともに生きてきた謂《い》わば芸能一家の異端だ。

その正祐が人間と添うのであれば家族には望外の喜びであるのは大吾には話してあるし、実感もあるようだ。

「それに、最初があんなことになってしまいましたが。犀星社《さいせいしゃ》と弊社は、あなたのことを知りすぎているというか。特に小笠原《おがさわら》は私とあなたの……あまり前向きには受け取れない場面に居合わせていましたから。一番大きな壁を乗り越えたと言えるのではないですか？」

校正室での騒ぎと同じことをこれから繰り返していくのではなく、むしろ最大の障壁は終えたのではないかと正祐が、大吾が手にしている土産を見つめる。

「そういえば、この間はあの騒ぎでどうやって結婚するのかを説明し損ねた。相手がおまえだということについてはほとんど引っかかりがなかったな」

同性であることについてはほとんど言及されなかったと、今更大吾は皆に感心した。

「前例は尊いです。あなたには複雑かもしれませんが」

「いや」

宙人《そらと》と白洲《しらす》のことを言った正祐に、大吾が似合わない弱さで笑う。

「最早口惜《くちお》しくはない。白洲と伊集院《いじゅういん》にはありがたいよ。仕事先の人間と一緒になりたいと言っただけであれだ。同性だというところから説明を求められたら身が」

言いかけて、弱気すぎる似合わない言葉を大吾は切った。

「もたなくはないが」

「どうなさいました」

曖昧《あいまい》な言葉を硬くさせた大吾に、不安を感じて正祐が尋ねる。

邸宅が並ぶ坂をのぼりながら、とうとう立ち止まって大吾は散髪してきた黒髪を掻いた。

「白洲と伊集院のおかげでここまであまり考えずに済んでいたことを、ちゃんと考えた」

今から大吾は、伴侶《はんりょ》にしようとしている正祐の家族に会う。

それがそんなに心配なのだろうかと、正祐は大吾を見た。

「俺は性格的に、多少の困難があったぐらいが丁度いい人間だ。だがやはり社会制度に認められていないというのは、今まで自分が生きてきた中にはない経験をすることになるだろう。差別を受けて、排除される可能性だってある」

硬い声のまま大吾が今抱えた不安を語るのを、答えようがなくただ正祐が聞く。

「安易に侮辱を受け踏みつけられることもあるかもしれん。これから先どんな苦痛がおまえを襲うかわからない。不安だ」

完全に足を止めて、坂の途中の街灯の下で大吾は正祐を見た。

「あなたがそんなことをおっしゃるなんて」

伴侶となろうとしている、いつでも力強い男の不安に大きく戸惑う。

「私には、誰かと一緒に生きていくことがもう事件です」

戸惑いに、それ以上のことを考えるのは難しいと、正祐は打ち明けた。

「人と暮らすことも人と生きていくことも、今も不安です。それでもあなたと生きていきたいから、一つ一つその不安と向き合っているんです。あなたは私にとって唯一の人なので」

同性であることについてはあまり考えてこなかったと気づいて、それでも答えなくてはと、今言われたことを長く考える。

「今あなたがおっしゃったことは、初めてきちんと想像しました。自分ならまだ耐えられたとしても、あなたがもし侮辱を受けた時私は耐え抜ける自信がありません」

「耐えさせるようなことにはしない。絶対に」

言いそうでいてあまり大吾の声で聴いたことのない「絶対」を、正祐は大切に聴いた。

「少しだけ、手を繋いでもいいか」

きっと実家の近くなので、大吾は訊いたのだろう。

「はい」

正祐が頷くと、土産を持つ手を替えて、大吾は指先を握った。

「俺は」

この間、往来で手を繋いだばかりだと、大吾の声を聴きながら正祐は思い出していた。

「自分で思っていたより、見知らぬ他人を信じているようだ」

手を繋いだ訳を、大吾が教える。

「自分のことだと思ったら、楽観的な未来を想像した。この間報告した人々がまず、差別どころか何も問題にも思っていない様子だからな。俺の人間性が最も問題視された」

冗談にするつもりではなかったのだろうが、言葉になると大吾も正祐もそれは笑ってしまう。

手を取られながら実家に近づいていく中で、正祐も想像した。

「驚きました。他者のことなど見もしないで生きてきたのに、私も人を信じています」

それはとても幸いな驚きだった。

「もしかしたら、少しは待ってもいいかもしれないな。同性婚の法整備を」

「明日どちらかが死ぬと考えるのは、判断を鈍らせるかもしれませんね」

「というより」

正祐の受け答えにバツが悪そうに、大吾がそっと手を解く。

「仕事先に、おまえを俺の養子にすると話せなかっただろう？　初めて養子縁組の件を打ち明けるのがおまえの家族かと思うとさすがに俺は気が重い。一応長男だろ」

「あなたはとんだ封建主義の父権に取りつかれた駄目な男です……」

生きている中でほとんどの時間無自覚でいる「長男」だと聞かされて、正祐は呆れかえった。

「おい」

「小笠原には私から話しました」

ここで喧嘩をするつもりはなく、正祐が苦笑する。

「私のことばかり心配していただきましたが、東堂先生は私がどのように社会から守られるのかまできちんと考えてくださっていますと、話しました」

やわらかな声音が小笠原の反応も伝えて、自然と大吾の様子も緩んだ。

「谷川《たにがわ》さんと酒井《さかい》さんにも、お手紙を書いてもいいでしょうか」

「席を設ける気力は俺にはもう残ってない。頼むよ」

滅多に見せない本当の草臥《くたび》れを、大吾が見せる。

「想像よりずっと大変だ。一人で生きてきた者同士が一緒になるのは」

つま先に落ちた呟きには、正祐も同意だった。

「想像よりずっと幸せだがな」

それもまた、正祐も同意だ。

「私もですよ」

声にして、その思いを大吾に聞かせる。

「ご長男を、私にください」

三階建ての住宅が増えてきて、大吾は練習を始めた。

「絶対にやめてください」

「言ってみたくもある。……男女なのに、三浦哲郎《みうらてつお》の描く結婚は穏やかなようでいてまるで決死隊だったたな」

いつものような言い合いに緊張を解いてふと大吾が、正祐からの求婚の発端にもなった三浦哲郎の「忍ぶ川」を語る。

当事者にならないと気づけなかった三浦哲郎の持たされた凄絶《せいぜつ》に、正祐も辛さが湧いた。

「本当ですね。妻になる人の没落した父親が、軒《のき》を借りている神社のお堂で亡くなる前に。そして妻になる人はその時初めて自分の家族がお堂の軒を借りていることを打ち明けて」

「夫になる男は、四人の兄と姉の非業《ひごう》を打ち明けて。この世の不幸を一身に背負ったような父親に、どうしても健やかな結婚を見せなくてはいけなかった」

ここのところ三浦哲郎を読んでいる大吾と正祐が、「忍ぶ川」の中で描かれた氏の結婚をなぞりながら歩く。

「大変だの疲れたのとぼやいているが、不思議だな。法律に婚姻を認められていないのに、三浦哲郎には遠く及ばない労だと思える」

おまえはどうだと、大吾が傍らの正祐に訊いた。

「遠く及びません。半世紀以上経っているからでしょうか」

それをありがたいと言うのも三浦哲郎にすまなく思えて、瀟洒《しょうしゃ》な白い邸宅の前で正祐が立ち止まる。

「これは……」

「どう見てもガウディを模したカーブに、激しい権利的問題を感じながら育ちました」

白い壁がカーブして、外から見ても一階から三階までの吹き抜け部分があるとわかる邸宅は、今日も今日とて鈍色《にびいろ》の正祐にはまるで似合わない実家だった。

二階は高い窓から明かりを取るリビングで、ソファがガラスのテーブルを一周している。人が出入りする隙間は存分に開いていて、厚い織物が張られたソファとカーテンが共布なのでどちらも特注だと、今日初めて正祐は実家の造りがきちんと目に入ってきた思いがした。

「はじめまして。正祐さんと交際させていただいている、作家の東堂大吾と申します」

正祐とともに窓を背にした四人は座れるソファに座らされた大吾は、白いシャツに濃いグレーのパンツでいつもより畏《かしこ》まって深く頭を下げた。

二人の正面に、正祐の父親で映画監督の塔野十五《とうのじゅうご》、その右隣には母親で女優の麗子《れいこ》が淡い絽《ろ》の着物で優美に腰かけている。

「人間だわ!」

声を発したのは十五と正祐の間にある同じ布張りのカウチに長い足を組んで座った、正祐の姉で実力派俳優の塔野萌《もえ》だった。

父親に顔が似た萌は生まれつき演技に長《た》けていて、俳優としてはよい素材と言える母親に似た正祐に当たり散らす暴君だ。

「俺知ってたもんねー」

人間だということも大吾だということも知っていたと、麗子と大吾の間にある二人掛けのソファにふんぞり返ったのは、「宇宙の女は俺のもの」をキャッチフレーズにスーパーアイドルグループのセンターで活躍している正祐の五つ年下の弟の光希《こうき》だ。

光希は年上の女優とスキャンダルを起こして数日正祐の幽霊マンションで謹慎したことがあり、大吾とは面識があった。

「久しぶりだな」

だがその期間正祐と大吾とは友人として振舞ったつもりでいたので、光希が伴侶としての情人を知っていて受け入れていることは驚きだった。

「これからは義弟ということで」

スキャンダルの後随分と大人びた光希は、夏目漱石《なつめそうせき》「三四郎《さんしろう》」の役作りのまま髪は黒く、骨格が随分しっかりしている。

「ま、私もなんとなくはね。正祐が先生にラブレター書いてる時愛を感じたわ」

夜の明かりにも透ける麗子の藤色の絽には、総刺繍《そうししゅう》の帯から淡い色で鉄扇《てっせん》が流れていて、帯留めには鉄扇と同じ色の宝石が細工されていた。

隣に座っている壮年は通り越した灰色の髪を敢えて乱した十五は、白髭を蓄えて藍染のシャツにグレーのストールを巻いている。

「これは洒落《しゃれ》で巻いてるんじゃないんだよ。歳を取ると真夏でも寒いんだ」

大吾がうっかりそのストールを見たと気づいて、十五はそれこそ洒落っ気たっぷりに肩を竦

めた。

　確かめるように大吾が、今日も鈍色の自分を見たのが正祐にもわかる。

　どのくらい広いのか最早不明な天井の高いこのリビングに改めて家族全員揃うと、事前に知っていたはずの情人さえ正祐の存在を確認したくはなるだろう。

「東堂大吾先生だね。御高名は拝しているよ。麗子が主演した映画も、まあ観ることは観た。あれは今一つだなあ。古臭いよ」

　おつきあいの話も結婚の話もすっ飛ばして、世界的にも有名な監督は東堂大吾作品の批評を始める。

「ちょっとあなた！　……まあ、若い人が書いたにしては随分前時代的ではあるけど」

　咎《とが》めようとして麗子は、映画原作については夫と同意だと気づいて愛らしく首を傾けた。

「ま、こういう家だから。先生。刺激になっていいでしょ！」

　皆が何かしらの作品作りに関わっているので、それを批評し合うことも家族の日常だと光希が教える。

「そうだな……思えば正祐も、正祐さんも、同じ刺激を自分に与えてくれますよ。知り合ったきっかけは、自分の作品への批判でした」

　この家では鬼っ子だという認識だったが、話すことは血の繋がった家族のものだと、正祐も思いがけず知った。

「東堂先生の作品評については、また拝聴します。今日は結婚のご報告だとお伝えしたはずですが」

しかし作品批評は家族の常だとて、今日は本題をすっ飛ばされる訳にはいかない。

「だからびっくりしてあたしロケ先のパリから帰ってきたのよ！　この目で確かめないと信じられない!!」

時差ぼけよ！　と言い添えた萌は、本当にパリから到着したばかりというよそ行きを纏《まと》っていた。

「自分は同性ですので、結婚の方法には養子縁組制度を使いたいと思っています。自分の方が年上なので、ご長男に申し訳ないですが正祐さんには東堂姓になっていただくことになります。お許しいただけますでしょうか」

ここはさすがに丁寧に説明するところだと緊張感を見せた大吾に、正祐の家族はキョトンとしていた。

「よろしいも何もないわよ。ねえ？　正祐ももう三十でしょう？　三十一？　あたしは芥川《あくたがわ》龍之介《りゅうのすけ》とか太宰治《だざいおさむ》とか夏目漱石《なつめそうせき》とかのタテカン持ってくることも想像しながらフランスから飛んできたのよ。人間よ！　後のことはもうどうでもいいわよ」

「太宰は絶対に嫌です……」

「それを言いだすと話が進まないだろう」

太宰との結婚に戦慄《わなな》いた正祐に、今は堪えろと大吾が膝に触れる。

「萌。せめて第一声はお父さんに譲りなさいよ」

「日本文学全集を紹介される可能性は、私も考えた」

萌はふざけている訳ではないと、十五は肩を竦めた。

「君は古臭い物語を書くだけのことはあって、ご長男なんて随分どうでもいいことに囚われてるねえ。おもしろいのか正祐、この男は。おもしくない男と暮らすのは一生の後悔だぞ」

「それはそうよねえ。私はあなたと結婚してずっと楽しいわ」

さすがはベテランの映画監督の言い分で、十五は随分痛いところを突いてくると正祐は場にそぐわず感心してしまった。

「いつも楽しいしおもしろいです」

古臭い物語も確かに書いているが、正祐には他の言い分がある。

「母さんが主演なさった『凜々《りんりん》』は確かに古いタイプの女性を描いていますが、他の作品も読んでみていただけませんか！」

普段なら自分の作品を貶《けな》されても強気で言い返す大吾のはずが、何故《なぜ》か正祐の隣で若干前に体が傾く程度にはダメージを受けている。

「そこかよ正祐！　それに俺読んだよ、『寺子屋あやまり役宗方清庵《むなかたせいあん》』。おもしれーよ」

なんとか光希のみが、大吾の側についていた。

「お母さん主演した映画ってあれでしょう？　男に都合の良すぎる女の役。あたし観る気になんない。……おっと、ごめんなさい」

初恋の塔野麗子に主演していただいた情人への罰は大きく、今度は萌から思い切り作家性を蹴とばされる。

「初めて姉と意見がきちんと合いました」

しかし正祐には作品についての嘘はつけなかった。「凛々」の女性描写は本当にいただけない。

「あんたの彼氏の小説じゃないのよ。大丈夫なの？」

思ったことを滑舌《かつぜつ》よく言う萌の言葉に、広いリビングが一瞬静まり返る。

その沈黙は、家族全員の心配を物語っていた。

「萌さん」

またもや大吾を庇う場面が巡ったと正祐が焦るより早く、大吾が萌に呼びかける。

「自分は映像作品を観るので、塔野萌は俳優として高く評価しています」

「あら、しゃくね」

大吾の言葉に嫣然《えんぜん》と微笑《ほほえ》んだのは麗子だった。

「麗子さんとは違う評価です。萌さんだけでなく、塔野監督もおっしゃる通り、自分にはもともと封建的な部分があります。今も消えてはいませんが」

それは東堂大吾の強い作家性なのに、最近鳴りを潜めているのを正祐はよく知っている。

「正祐さんと出会って、そのことを考え始めました。自分の優位性に気づかず物事を通してきたことに気づいて、今はまだ反省の渦中です」

ゆっくりと語られた大吾の言葉を聴きながら、正祐は「宗方清庵」が完結する大きな理由の一つに初めて気づいた。

恐らくは作家性の変化が、シリーズを一つ結ばせようとしている。

「いつか、萌さんにもやりたいと思える役を書けると信じていますよ」

ゆっくりと大事なことを伝えた大吾の声を、家族と、そして誰より正祐が静かに大切に聴く。

「東堂先生、そういうことならあたし、これやりたいわ。このヒロイン。これも正祐が校正したの？　これはすごくよかった。まさか今日お目にかかれると思わなかったから、知ってたら紙の本持ってきたのに」

タブレットを取り出して、萌は白樺《しらかば》出版から出ている東堂大吾作品の電子書籍を見せた。

「いいえ。別の校正者の方がなさっている作品です」

友人となった、白樺出版の内部校正者片瀬佳哉《かたせよしや》が校正している小説のカバーに、正祐が無意識に唇を噛みしめる。

「とても素晴らしい校正だと、読みながら深い敬意を抱いています」

「もうちょっと口語っぽい言葉喋りなさいよ」

堅苦しくなった正祐から、萌は嫉妬をしっかり嗅ぎ取った。

「驚くわ、あんたがそんな感情持つなんて。いつの間にか、一人前の人間になったのね」

「はい」

人の感情の機微を俊敏に読み取るからこそ名優なのだろう姉に嫉妬を知られて、仕方なく正祐が苦笑する。

「ふふ。息子に男前をとられたわ」

萌より長く生きている麗子ももちろん正祐の愛情からくる嫉妬を知って、いとおし気に笑った。

「背徳的な言い回しだな」

夫としては流せないと、十五が皺《しわ》の深い目を見開く。

「やだあなた。そんなのもう流行《はや》らないわよ、背徳なんて」

「そうだよなあ。背徳って言葉死ぬかもな」

「軽々しく言葉が死ぬなんて言うんじゃありません。光希」

両親の会話に混ざった光希の言い分に驚いて、つい正祐は叱ってしまった。

「だってさ。女々《めめ》しいとか、ジェンダー的なやつとか色々、人前で言うなって躾《しつ》けられてるもん俺。そういう言葉どんどん増えてく。ノーマルも結構前に言われたな。そしたら普通も駄目だろうし、背徳なんか意味なくね？」

芸能人としてメディアに出る毎日を送っている光希は、事務所から常に教育を受けているようだった。

「躾けられて、それでどう考えてる」

不意に、大吾が光希に尋ねる。

「うーん」

問われて、天井を見上げて光希は考え込んでいた。

「そうだな。普通なんて言葉、たくさんの人傷つけるよなって思う時もあれば、いきすぎじゃねって思う時もあるし。おんなじ言葉でもさ。俺も色々だけど」

うん、と区切りをつけて、光希は大吾と向き合った。

「大事な兄貴のパートナーがあんたとなると、これから言いたくない言葉が自然と増える気がする。聞きたくない言葉も」

今この時からそうなると、光希が教えてくれる。

「俺は一人っ子だ」

正祐でさえあまり聴いたことがないやさしい声で、大吾は光希に笑いかけた。

「いい弟ができて嬉しいよ」

想像したことのない言葉を大吾から聴いて、正祐の胸をあたたかなものが触れる。

「俺も。先生の役は実力でぶんどるからそんときは褒めてくれよ！」

「もちろんだ」

「あの」

団欒《だんらん》という雰囲気に入っていくのを嬉しく思いながら、致し方ない理由で正祐は大吾を呼んだ。

「百貨店に寄るからとおっしゃって、新宿駅で待ち合わせたと記憶していますが」

遠回しに、大吾が忘れている物について促す。

「あ……だが」

大吾の足元には、ずっと大きなクーラーバッグが入った百貨店の手提げがあった。

「すみません。ご挨拶《あいさつ》なので百貨店で何かと思って寄ってはきたのですが。自分なりに緊張していたようで、お渡しするには少し躊躇《ためら》う物を考えなしに選んでしまいました。ご迷惑でなければ」

似合わない言い訳とともに立ち上がって、大吾が両親に向けて手提げをテーブルに置く。

「開けてもいい？　お土産はなんでも大好きよ」

愛らしく麗子が大吾に尋ねて、クーラーバッグを開けた。

「確かにすげえ珍しいもんが入ってる……」

「なんでこれ選んだの。どれだけ緊張してたの先生」

行儀悪く中を覗き込んだ光希と萌が、本気で驚いている。

一体なんなのかと正祐も少し腰を浮かせて見ると、保冷剤にしっかり守られた白い発泡スチロールの箱の中には、福井産と書かれて大きさも立派だが土産には全く適さない冷凍のエビフライが並んでいた。

「本当に、緊張していたようです。正祐さんと結婚話のきっかけになったのが、三浦哲郎だったもので」

それで冷凍のエビフライを見ていたらうっかり大吾が買ってしまったと、正祐は説明を聞かずともわかった。

「えんびじゃねくてエビフライ!」

すぐさま叫んだのは意外にも光希だった。

「いたわー、教室にそれ叫んでる男子何人かいたわー。教科書に載ってるのよ、三浦哲郎の『盆土産』」

何故子どもたちがすぐ反応できるのかと両親が首を傾げたのを悟って、萌が教える。

「三浦哲郎が、結婚話のきっかけになったのか」

文学作品もいくつか映画化している十五は、すぐに「忍ぶ川」に行き当たってまなざしをやわらかくした。

「はい。私と先生の共通の、よい結婚小説なんです」

言い出したのは自分なので、正祐が十五に答える。

「それは、とてもいいきっかけだ」

酷くやさしく、十五は笑った。

「あたしもお志乃《しの》さんは演じてみたかった。昔映画化されていて、それがいい作品なのよ。今揚げてみんなでいただきましょう。お持たせですが」

きれいに並んだ冷凍のエビフライを見つめて、麗子も十五と同じに微笑む。

「もう少し父親の醍醐味《だいごみ》としての反対もしてみたいが、それは萌か光希に経験させてもらうよ」

まっすぐ大吾を見て、それから十五は正祐を見つめた。

「正祐は生涯を本とともに過ごすと、納得していた。それでいいと思っていた」

ふと打ち明けられた十五の言葉に、麗子が涙ぐむ。

「おじいちゃんが生きてたらよかった」

正祐が大吾と理解しあえる力をくれた人のことを、麗子は言った。

「さすがに、驚かせてしまったのではないですか」

戦中か戦前の生まれだったのではと、大吾が尋ねる。

「いいえ。正祐が幼い頃から、おじいちゃんは本当によく見てくれていて」

濡れたまなざしで正祐を、麗子は見つめた。

「亡くなる前に言われたの。この子はおまえたちとはまるで違うし、多くの人とも違う道を歩いていくかもしれない。それを理解して否定せず、もしずっと一人でいるのなら体だけは案じてやれって」

初めて祖父の遺《のこ》した言葉を正祐は教えられて、声は出ずただ唇を噛みしめる。

「東堂先生。あなた本当に丈夫そう」

涙を拭って、麗子はお道化《どけ》た。

「正祐より一日でも長く生きて、この子の生を見届けてやってください」

遠くから丁寧に渡されたバトンが、大吾の手元に届く。

隣で泣いてしまった正祐は、この家では異端で鬼っ子だ。

けれど家族には愛されていて合わないだけなのだと、出会った時から何度か大吾に伝えてきた。

嘘ではなかったし、それ以上だと、正祐は大吾と一緒に今初めて知ることになった。

きっと理解するのが難しい正祐のことを、家族は皆、ただ案じていた。

「長生きするように、努力します」

大切にバトンを受け取ってくれて、大吾が頭を下げる。

「はいって言わないのね」

「嘘を吐《つ》かないのも長所の一つです」

長生きしますとは言わなかった大吾に呆れた萌に、小さく正祐は教えた。

「俺が恋した時は、母さんすっげえ怒って萌お姉さまにも後からぶっ飛ばされたのに。正祐は全部スルーだな。ちょっと不平等だ」

「大切な作家性を貶されているよ光希……」

特に萌からは丁寧に貶されていると、ふざけた光希に正祐が呟く。

「光希。あなたはお相手の未成年の息子さんを、少なくとも傷つけたでしょう。正祐は、東堂先生を愛したことで誰かを傷つけましたか」

ピシャリと麗子は、光希を叱った。

「そうだった。反省してる。ごめん！」

若さ故の軽口を、すぐに光希が謝る。

「誰かを傷つけたりしないように」

母の言葉を、正祐は心強く頼りのように聴いた。

「これからも、東堂先生とたくさん、話をしながら生きていきます」

無意識に正祐から出た「話す」という二人の形が、皆に届いて、伝わる。

「エビフライでビールにしましょ」

クーラーバッグを持って、麗子が立ち上がった。

それは二人の始まりに、とても似合った食卓になる。

大きな安堵の息をどちらからともなく吐いて、正祐は大吾と目を合わせた。

結婚は人生の一大事に間違いはないだろうが、社会人として結婚の準備の他にやらなくてはならないことは山とある。

正祐《まさすけ》が次に大吾《だいご》と鳥八《とりはち》で会えたのは、塔野《とうの》家への挨拶《あいさつ》から半月後、八月が終わろうとしている処暑《しょしょ》の晩だった。

いつの年も何が処暑なのかと問いたくなる暑さだ。

「楽しかったよ。この間は」

すっかり疲れさせたのではないかと正祐が心配していた情人は、いつもよりやわらかい声で笑った。

「そうですか。安心しました」

いつものように正祐が大吾の右側に腰かけているカウンターの向こうでは、百田《ももた》が翡翠《ひすい》色の鮎を二尾塩焼きにしている。

「不思議ですね。祖父にいてほしかったですが」

百田の手元を見つめて、大切な言葉を家族に遺してくれた祖父を正祐は思った。

「祖父が生きていたら、私はあなたと出会っていないかもしれません」

たられればとは言えない想像だ。祖父が存命なら恐らく正祐は、前職の編集者を辞めて校正者になっていない。

「出会って……いないだろうな」

「不思議で、祖父に申し訳なく思いながら、とても怖いです」

「俺もだ」

小さく言った正祐に、短く大吾は言った。

「ありがたいもんだな」

誰にともなく、大吾がしみじみと呟く。

「はい、夏の終わりの鮎だ」

ふっくらと焼きあがった鮎を、百田はそれぞれの前に置いてくれた。

ちょうど片口が空になっている。

「蔵太鼓《くらだいこ》がいいです」

問うように大吾が自分を見たのがわかって、正祐が答える。

「鮎にきりっと辛くていいな」

「二合、お願いします」

大吾が頷くのを見て、正祐から百田に酒を頼んだ。

「いい組み合わせだ」

選ばれた蔵太鼓に、百田も頷く。

恐らくはほとんどもう察している百田への報告と頼みは、最後にしようと二人は話し合っていた。

小さな祝いの席の料理を、百田に頼みたい。けれど祝ってもほしい。百田が老いていっていることは、大吾も正祐も知っている。

だからある程度算段ができてから、負担なく頼めることは何かを尋ねようと決めていた。

「俺の親は、もっとこう、すんなり挨拶程度で済むだろう。義父は善人だし、母もリベラルだ」

「お母様もですか」

置かれた片口から酒を注いだ大吾に、それは初めて聞く話の気がして正祐が尋ね返す。

大吾の実の父親はジャーナリストで思想的であったとは何度か交わした話だが、母親がどうなのかというのは正祐は聴いたことがないし、それは今の自分にとっては重要なことだ。

「恋愛結婚だったと聴いている」

だから実父と近しくリベラルなのだろうというのが、大吾の解釈のようだった。

「だがあんな形で夫を亡くして。すぐにまるで真逆の、思想的ではない平和な人と再婚して」

ふと、大吾の酒を呑む手が止まる。

「尋ねたことはないが、俺の父親と結婚したことを後悔はしたかもしれんな」

だとしても仕方がないと、今の大吾は思っているようだった。

正祐にとってはそれを後悔だと語られると、愛する人が存在しなかったと言われてしまうことになる。

「あなたが生まれました。後悔など、するはずがないではないですか」

とても見過ごせる言葉ではない。

「だといいが。酷《ひど》い苦労はかけたよ」

十歳で父親を亡くした大吾は、わずか二年で母親が父とまったく違う人間性の男と再婚したことで荒れに荒れた。

手がつけられないほど荒れた大吾を、「このままだとこの子は早晩死ぬかよくて刑務所だ」と言って、父方の祖父が一千万で買うと言って遠野《とおの》に連れて帰った。

墓参りでもばったり会わなかったと、夏越《なごし》の祓《はらえ》の日に大吾は言っていた。縁遠いが不仲ではないと、正祐は聞いている。

数えてみれば、大吾にとっては十三か四で離れてしまった実家だ。墓参りでも会っていないなら、正祐には想像もつかない縁遠さだ。

「あなたでさえ緊張してぼんやりと冷凍のエビフライを買ってしまうのですから、私はあらかじめ相談して決めておきたいです。三浦哲郎《みうらてつお》全集を抱えていきそうで怖いです」

土産のことを、正祐は訊いた。

今の想像から、ご両親のお好みはなんですか？とは続けられない。

「本当にな。冷凍のエビフライとは」

自分の失態と、その後の麗子《れいこ》が揚げてくれたエビフライを囲んでの団欒《だんらん》を思い出してか、大吾は笑った。

「三浦哲郎全集もそれはそれで喜んでくれるような気はするが。後で考えておくよ」

母親に何がいいと、大吾は即答できない。

この間エビフライを囲んで笑えたように、三浦哲郎全集を囲んで笑うことを少し想像したのか、大吾は小さく噴き出していた。

「大変ではありますが、驚くほど穏やかに進んでいきますね」

お互い疲れているけれど、それでも誰からも何一つ聞きたくない言葉を聞いていないことに、ふと正祐が気づく。

「おまえと出会った三年前は、こうはいかなかったかもしれないな。社会の変化と、それから」

仕事先の理解の早さは、どう考えても最近派手にパートナー関係を公表した作家同士のカップルのおかげだ。

その二人が世間から驚くほど好意的に受け取られていることは、彼らも予想したわけではないだろう。

「白洲《しらす》と伊集院《いじゅういん》のおかげで、疲れが恐らく半分以下になってる」

自棄《やけ》のようでもなく、大吾は本心からの感謝を声に滲《にじ》ませた。

「二人に礼が言いたい」

「私もです」

それぞれの仕事先と正祐の家族への挨拶で受け入れられて祝われて初めて、何処《どこ》か構えていた気持ちがあったことに二人ともが気づく。

反論や弁明を、胸に準備として置いていた。その準備を使わずに済んだ。

「清蒸《チンジョン》を奢《おご》るか。高くついても当たり前だ」

「わたしにも必ず半分出させてください」

六月に中華屋で皆で食べた清蒸を囲んでの食事代となると、それなりの金額になるのであらかじめ正祐が告げる。

言っておかないときっと大吾が会計を済ませてしまうと、想像がついた。

「半分じゃなくていい」

「いえ、それは」

「合理的に、単純な算数でこういうことは決めていこう。俺はあの二人と同業者だ。おまえはそうじゃない。感謝の大きさは同じでも、実際話の通りの良さに苦労が減るのは圧倒的に俺だ」

気持ちだけの話ではないと、大吾が丁寧に語る。

「冬瓜《とうがん》をそぼろで炊《た》いたよ」

透明な若竹色の冬瓜が冷やされて、ガラスの小鉢の中でそぼろをまとっていた。

「きれいです」

「うまそうだ。これは、天明《てんめい》純米でどうだ」

「まろやかでしょうね。もう空きましたか」

天明は嬉しいがさっきの蔵太鼓をもう呑んでしまったのかと、空の片口を正祐が思わず覗く。

「鮎に酒を呑み込まれた。天明二合頼む」

「お水も飲みなよ」

さすがにペースが早いと百田も苦笑して、それでも天明を注いでくれた。

「一合多く呑んだら、多く払う。そういうことだ」

「納得しました」

納得したが、「単純な算数」の意味を示すために今、いつもより早く大吾が片口を空けたのだとも気づく。

強情に物分かり悪くいると目の前の男の体に悪いと、正祐はため息が出た。

片口より先に、冷たい水を新しく二つ百田が置く。

ちゃんと言うことを聴いて、大吾も正祐もまず水をゆっくり飲んだ。

「渇《かわ》いていた」

「そうでしょうね。お酒は……」

なんのためかわかっても呑み過ぎには首を振って、そこから正祐が昨日読み終えた小説を思い出す。

酒を呑み過ぎた男の、とても耐えがたい行いが終盤にあった。

「昨日、三浦哲郎の『百日紅《さるすべり》の咲かない夏』を読み終えました」

「百日紅の咲かない夏」は、掌編《しょうへん》の名手であった三浦哲郎の長編小説だ。代表作である「白夜を旅する人々」も連作ながら長編と言えるが、そこから十年以上が経ってから書かれた作品だった。

「初読だったのか？」

意外そうに、大吾が尋ねる。

つるりとした出汁の沁み込んだ冬瓜を、正祐は一口食べた。

「はい。普段はあらすじを読まないんですが、百日紅はたまたま新聞評で少し内容を知ってしまって。姉と弟の、と書かれていたので手が出ませんでした」

「ああ……そういえば姉という存在そのものに苦手意識があったな。おまえには」

「ええ。そして過去形でもありません」

この間久しぶりに会った三つ年上の萌《もえ》は、正祐にとっては理解しがたい横暴な姉だ。久しぶりに会って改めて知ったが、横暴も過去形ではない。

だから正祐は、自分の名前が金子《かねこ》みすゞの弟と同じだと知りながら、みすゞと弟には不穏な逸話《いつわ》も残っているので三年前まで触れないようにしてきた。

さらば、我等の選手、勇ましく往け。

祖父がつけてくれた名前と同名の弟に、みすゞが遺したその言葉は大吾から教えられたのだ。

「ただ、本当に久しぶりに姉と会いましたが以前よりは随分横暴さが減っていました」

「あれでか……」

率直に作家として鋭い批評を受けた大吾は、これから親族になる萠を苦く食《は》み返しているようだ。

「姉はあなたと同い年ではないですか？　大分落ち着きましたよ。それで、姉と弟の物語もまっさらな気持ちで読めるのではないかと思って、百日紅を読み始めたのです」

「まっさらのしょっぱなが百日紅か」

深い同情が、大吾の声に込められている。

「ええ。一冊の本を読んで、こういう気持ちの堕ち方をしたのは初めてです」

「三浦哲郎を読み続けている中で百日紅に到達すると、気持ちが堕ちる」

自分も初読の時同じだったと、大吾は言った。

「語るのも……何か申し訳ないようにも思いますが。ほとんど自伝といえる『忍ぶ川』を読んでいても、僅かに登場するたった一人生き残ってくれた姉の存在に、複雑な感情を私は持っていました。特別な思いが垣間見えるようで」

「妻になる志乃《しの》を実家に連れていった結婚の前の晩、姉との時間を過ごしていたな。姉がどう思うかが実は『私』にとって最も大きく、姉が『いいひと』と志乃のことを言って親猫が仔猫にするように弟をぶつという表現に、姉への強すぎる思慕を感じざるを得なかった」

「四人の兄と姉を失っていて、それでも目の不自由な姉は生涯嫁《とつ》がず生きてくれていて。それを俗な感覚で語っていいはずがないと、己を戒《いまし》めていました。なのに」

なのに、長編小説の「百日紅の咲かない夏」は、姉と弟の強すぎる絆を一貫して描いた作品だ。

「だが仕方ない。唯一生きてくれた姉だ。先天性の難を抱えて、それ故当時として女には辛《つら》かっただろう嫁がないという選択を否応なく強《し》いられ」

「特別すぎる姉です。それはわかります」

ずっと以前に「百日紅の咲かない夏」を読み終えている大吾が擁護《ようご》するのに、正祐が一旦頷く。

「これは、読者の小説家への敬意の一つだと思って聞いていただけますか」

自分が持った感想は、こと作家である大吾を前にしては言葉にすることを躊躇《ためら》うものだった。

「おまえが人への敬意に欠いたことは……まあほとんどない」

まったくないとは言えず、大吾が「話せ」と促す。

「書かないで、欲しかったです」

胸にしまうこともできた言葉を、正祐は打ち明けてしまった。

これからを大吾とともに生きていくと決めた今だから、秘密を持てなかった。

「俺も作家という身の上で言うが、書かないでくれたならと初読時に思った。おまえと同じことを」

「百日紅の咲かない夏」には、姉と弟の性的な触れ合いが僅かにだが書かれている。姉弟を超えた思いは終始隠されることがない。

「家族の物語から感じる、姉への愛情や執着が、尋常ではないと思うのはこちらの浅ましさなのだと思っていたかった。俺は」

「あなたはやはり作家だと改めて思います。私の心情も今、等しく明文化されました」

長い物語の最後に、姉と弟は同意して丁寧な心中をした。弟は最後に、姉の作った炒飯を食べた。

「だが、小説だ」

物語を回顧するようにして、大吾が酒を呑む。

「三浦哲郎の自伝的小説に比べて、あの作品はフィクション感が強い。サスペンスというジャンルに置くことも無理ではないだろう。作家の立場で言うなら、きっかけを得てまったくの虚構を書くことも多い」

「……菊千代《きくちよ》」

そういえばそれは既に目の前で行われたと、正祐はすぐに思い出した。

大吾は喉に入った天明に咽《むせ》ている。

「恥ずかしさで今後とも時々死にます」

「まあ、正直それは」

ため息を吐《つ》いて、大吾にしては随分と反省を露《あらわ》にした声を聞かせた。

「悪いがあきらめてくれ。俺もしくじったとは思ってるが。三年前か。着想を得て勢いで菊千代を書き始めた時にはまさか」

まさかの先は、正祐にもわかる。

「こうなるとは思わなかったんだ」

まさか、お互いの仕事先、家族、この間《かん》に友人となった人々に、二人が一緒に生きていくと知らせることになるのを三年前に想像することは、大吾だけでなく正祐にも無理だ。

「本当に」

怒ろうとしたのに、正祐は微笑《ほほえ》んでしまった。

くすりと笑って百田は、茗荷《みょうが》の浅漬けを箸休めに置いてくれた。

「俺の親に会ったら、後は手続きを進めるだけだ」

「いい本も私もいつでも読めるようになるのですね」

軽口を正祐はきいたが、早く百田に祝いの献立を作ってもらいたい。

知ってか知らずか、百田は静かに板場に立っていた。

「その前に白洲と伊集院に礼を言っておくか。箸休めだ」

「何かご用意しましょうか」

「清蒸だぞ？　それに白洲が本気で美しいと思うものを選んだら、下手すると車一台分の値が張る上にまったく趣味じゃないと言われる可能性の方が高い」

さすがの天敵、大吾は白洲をあまりにも理解している。

「けれど伊集院先生は、ラナンキュラスを贈ってらっしゃいましたよ」

そこまで高額ではないと、正祐は言いたかった。

「それだけ伊集院は白洲を理解してるのかもしれないし、なんなら伊集院が選んだものなら白洲はそれだけで嬉しいんじゃないのか？　恋敵は真珠のような白い薔薇を贈っていたな。それらの理不尽をばねにして大活躍するかと思い込んでいたが、声を聴かないな」

真珠のような、恐らくは値も張るのだろう花束を贈った宙人《そらと》の恋敵の声が聞こえない場所が、国会議事堂だとはさすがに大吾も言わない。

「理不尽と言っては申し訳ないですよ。それらの」

理不尽に代わる言葉を、一頻《ひとしき》り正祐は探した。

「なんでしょうね」

まったく見つからない。

「伊集院先生は、本当におやさしい方です」

だが白洲が伊集院といて幸せなことは、誰の目にも明らかだった。

「ふうん」

宙人を正祐が褒めたので、大吾がつまらなそうな子どもっぽい声を聞かせる。

「あの方はなんだったのだろうと、下世話かもしれませんが興味が湧くことは実のところあります。真珠の薔薇の」

つまらない嫉妬は相手にせず、ふと、心に浮かんだことを正祐は語った。

「おまえ、本当に人間らしくなったな」

確かに下世話としか言い様のない興味を語った正祐に、大吾が目を丸くする。

「けれど、これから先どれだけ先生方と親交を深めたとしても、絶対に尋ねてはいけないことだとも思っています」

興味のためではなく、自分への戒《いまし》めのために正祐は今それを大吾に教えた。

「……おまえの言う通りだ」

不意に、大吾の声がおとなしくなる。

子どもの自己決定権について、自分たちより年上の白洲はまだ考えたくないと言っていた。

まだ考えたくないという人には、きっと触れられたくない場所がある。

「おまえが今、言葉にしておいてくれてよかった。俺はもしかしたら何かの弾みで白洲に迂闊《うかつ》に過去を尋ねたかもしれん。それは絶対に駄目だ」

長く考え込んでいた大吾が、正祐を安心させた。

「補い合いだな」

安心が伝わったのか、大吾が深く笑む。

「はい」

日々綴《つづ》っている言葉たちが、消えてしまわずに重なっていっているのを感じて、正祐も小さく笑った。


「東堂大吾《とうどうだいご》が僕に感謝するなんて、心からの愉悦に浸っているからここはお祝いに僕が御馳走《ごちそう》するよ」

まだまだ暑さの残る長月《ながつき》二週目の水曜日、美しいアカハタとアヤメカサゴを選び抜いた中華屋の円卓で、真っ白な麻のスーツの白洲絵一《しらすえいち》は嫣然《えんぜん》と言った。

時計回りに、正祐《まさすけ》、大吾《だいご》、白洲、宙人《そらと》で円卓を囲んでいる。

「その話は事前に済んでいるばすだ」

大吾が一瞬で白洲への感謝と思いやりを手放しそうになるのを感じながら、すべもなく正祐は乾杯の済んだ生ビールを呑んだ。

「篠田《しのだ》さんはー？　篠田さんにも会いたいー！」

選び終えた氷の上の魚が厨房に戻ってしまってつまらないのか、宙人が駄々を捏ねる。

「相変わらずそういうところはガキだなおまえは。いや、実際篠田さんにもお世話になったんで塔野《とうの》に頼んで誘ったんだが」

続きを託されて、仕方なく正祐は生ビールのグラスを円卓に置いた。

「ダブルデートをお楽しみください。ご遠慮しますとの……ご伝言……でしょうか」

言われてしまえばこうして関係を明かした今、篠田には笑顔で断る権利があると正祐がため息を落とす。

「ダブルデートか！　なんかすごいレトロじゃない？　俺初めてだ。楽しいね！」

今日も今日とて金髪に人骨模様の黒いTシャツを着ている宙人は、三人の顔が曇ったことにキョトンとしていた。

「前菜の盛り合わせです。ピータン、ザーサイ、腸詰め、蒸し鶏の香港生姜《ホンコンしょうが》ソースになります」

白い皿にきれいに盛られた前菜を、いつもの黒いワンピースの女性が説明して去る。

「おいしそー！　いっただっきまーす!!　おいしい！」

ピータンはよけてまっすぐ蒸し鶏の香港生姜ソースからいった宙人が、すぐさま歓喜の声を上げた。

「おまえはあれだな。喜びから喜びへ移りゆく、喜び男だな。感心する」

「馬鹿にしないでいただきたい」

大切な愛人を大吾が軽く罵《ののし》ったと知れて、白洲がきれいな指にまるで矢を持つように箸を持つ。

「馬鹿にはして……いない。感心している。何度でも天変地異だ。白洲が伊集院《いじゅういん》を馬鹿にするなと言うなんて。天変地異っていうのは一生に一回起こるか起こらないかって頻度のもんだろ。非常識だぞ」

こんなに何度も天変地異を起こすとはと言いたい大吾の気持ちもよくわかったが、正祐は席の主旨を思い出してほしかった。

「東堂先生」

自分から先に感謝を伝えるのは、自分だけが一般人なのでやはり筋が違うと思い正祐が大吾に呼びかける。

「ああ、そうだな。二人のことがきっかけの一つにはなったし、二人のおかげで同性パートナーだということを今のところほとんど問題にされていない。ただ報告しているだけでも疲れているのに、その説明をしないで済んでいるというのは」

そこまで一息に言って、大吾は背筋を正して白洲を見て、そして宙人を見た。

「白洲と伊集院が堂々と在り方を示してくれたおかげだ。道がなかったところを二人が歩いてくれて、その後ろをのうのうと歩いているようなもんだ。本当に感謝してる」

素直な気持ちを大吾が語る。

「僭越《せんえつ》ながら私も感謝しています。そもそも」

二人が羨ましいのではないかと、夏の初めに正祐は大吾に切り出した。

けれどそれをここで語るのはさすがに大吾が立たない気がして、不自然に言葉を切る。

「二人が堂々としてるのを俺が羨ましいと思ってると、塔野が気づいたんだ」

しまわれた言葉に気づいて、続きを大吾が伝えた。

「うらやましい?」

「君が?」

宙人も白洲も、その考えはまったくなかったようで不思議そうに説明を待っている。

「アカハタのカルパッチョです」

「わあ!」

運ばれた大皿を見て声を上げたのは宙人だった。

白い大きな皿には、わずかに桜色をした透けるようなアカハタの身が円形に並べられて、オイルとピンクペッパーの上から香草が散らされている。

「本当だね。喜びから喜びへ。まだ東堂先生の話が途中だよ」

やんわりと白洲が、宙人を叱った。

「ごめん」

「いいさ。たいした話じゃないし、出されたものはすぐに食おう。塔野が気づいてくれて思い知ったが、俺は何処《どこ》までも日の下を歩きたい人間のようだ。襤褸《ぼろ》を纏《まと》っていようが裸だろうが、まっすぐ他人の目を見ていたい」

そう言って、いつものように丁寧に大吾がアカハタを口に入れる。

隣で大吾の言葉を聴きながら、マンション退去に背を押された形になったけれど切り出してよかったと、改めて正祐は思えた。

「時代だよ。そういう時が知らない間に来ていたと僕が知ったのは去年のクリスマスだ。彼がクリスマス・ツリーを飾っていたら、近所の子どもたちがね」

音も聞かせない箸遣いで、白洲がアカハタを小皿に取る。

「ご夫婦なのよ。素敵なお二人って、お母さんたちも言ってますって。驚いたよ。何十年も僕は前の世界の……牢屋に入っていて気づかなかった」

文筆家らしい物言いで、その日までの自分を白洲は教えてくれた。

「大人になったらなんでも自由にしていいのよ、お二人みたいに」

少女たちに与えられた言葉を、恐らく白洲は正確に反芻《はんすう》している。何度も胸に返したのだろう。

「それで、僕も言った。……そうだね。大人になったら、みんな自由にしなさい」

柄にもない言葉だと、静かに白洲は微笑《ほほえ》んだ。

僕は、子どもの自己決定権のことは、考えたくないかな。

六月にまさにこの席で白洲は、自分にはそれをまだ冷静に考えられないと言っていた。

正祐も、きっと大吾も、今その言葉を思い出している。

「この間、その牢屋に一緒に入っていた人に偶然、会えた」

こちらからは決して訊くまいと決めていることを、白洲は語り出した。

「随分美しい言い方をすると呆れるだろうが、彼とは幼い頃からずっと銀河鉄道に乗っていた。かたい木の椅子に並んで座って、きれいな星たちをただ、見ていた。僕たちは知らなかったが、そこは自由のない美しい牢屋だった」

それが白洲と同姓同名の、今は国会議事堂から声の聞こえてこない代議士だと、正祐にも大吾にもわかる。真珠の薔薇の男だ。

「永遠にそこにいると信じていたけれど、彼が現れて。ここは、舞い降りてと言いたいところだ」

「うん。舞い降りたよ」

ゆっくりと隣の愛人を見た白洲に、いつもより少し弱い、泣き出しそうな声で、それでも宙人は笑った。

「僕はその列車を降りて。ついこの間、やっとちゃんとその人にさよならを言えた。彼も、僕ではない人と一緒にいたよ。牢屋に入っていたことに彼もちゃんと気づいたみたいだ。誰が、どんな力で」

その牢を取り払ってくれたのだろう。

小さな白洲の呟きに、三人ともが見てきていない過去を思う。

牢の中に入ったまま一生を終えた人もいただろう。牢を開けるために切り裂かれた人もいるだろう。

今もそれは終わったことではない。

「話してくれたことに感謝する。これから先、俺も、塔野も、牢に入らないように自由をしっかり見て生きていくよ」

「話してくださって、ありがとうございます」

大吾の言葉のままの思いで、正祐は白洲に頭を下げた。

「そんなつもりで話していない。けれどそうだね。これからも、ふとしたことで牢に入ってしまうことはあり得るかもしれない」

「入《い》れないよ。絶対」

その金髪が太陽のようだとしか言い様のない頼りになる明るさで、宙人が約束する。

全員に。

「それにね、最初にあんなこと言ってたけど、本当はおめでとうって思ってるから話したんでしょう？　素直じゃないんだから」

冒頭の白洲の言い様を、宙人は叱った。

「ねえねえ俺調べてきちゃった。今日友引だよ？」

結婚するので報告だとは事前に話してあって、だから宙人が暦《こよみ》を見てこの日を決めたのだと初めて三人が知る。

「だからなんなんだい？」

瞬時に氷点下のまなざしになったのは、当の愛人だった。

「伊集院、おまえも六曜《ろくよう》を」

「六曜など」

「本当に。六曜なんて」

大安仏滅、友引を語る六曜を、大吾も正祐も、白洲も忌《い》む。

「六曜ってナニ？」

「教育が至っていなくて申し訳ない」

ゼロ地点では持ち帰りだと、白洲は二人に謝った。

「ま、プロポーズはまたにしよ。まだまだ恋人気分めっちゃエンジョイしてるもんね」

「少しだけつらい」

めっちゃエンジョイという日本語が、白洲をそれなりに痛めつけている。

「これは訊いてもいい話なら是非《ぜひ》聞きたいんだが、おまえらの馴れ初《なそ》めを知りたい」

そこには暗さがないだろうと信じられて、大吾が尋ねるのに正祐も頷いた。

「話してもいいけど」

「話してくれるのか。篠田さんが今日ご辞退したことを後悔するぞきっと」

「いいよ。篠田さんに話してくれても僕は」

「なんだ大盤振舞いだな」

大した話ではないとうなだれている白洲に、大吾は拍子抜けしている。

「だって、去年のバレンタインの夜に白樺《しらかば》出版のパーティーで出会っただけだもんね」

「まさかそんな」

話していいなら話すとけろっと語った宙人に、正祐は思わず声が出てしまった。

「インタビューではオペラシティで出会って、犀星社《さいせいしゃ》のおかげだとおっしゃってましたが」

まさかは失言だったと、言い訳を添える。

「話を盛り上げてみただけだ。バレンタインの夜に出会って、うっかりしたことになったので、半年くらい彼を殺そうとして銃まで家に置いていたんだが上手《うま》くいかず。庭に埋めることを考え、山に埋めることを考え。何もかもが大きすぎると頭を悩ませているうちに」

「結局こうなったの」

簡潔に説明して、白洲はため息を、宙人は笑顔を振り撒いた。

「思いの外納得する話だな」

「何処にも矛盾がないです」

その短い説明に、大吾と正祐はなんの齟齬《そご》も感じられない。

「伊集院と出会う前の、真女児《まなこ》の如《ごと》き白洲を知ってるからな。殺そうとしたのも頷けるし、上《う》手《ま》くいかなかった結果このくらい白洲が変わったのも納得だ」

「どう変わったの？」

「別人のように穏やかだし幸せそうだ」

無邪気に尋ねた宙人が、大吾の言葉にくしゃりと笑った。

「ところで、その銃はどうなさったんですか？」

無粋かもしれないが一人の社会人として聞き流せなかったところを、正祐が問う。こうした融通《ゆうずう》の利かなさは、正祐の校正に知らず活きていた。

白洲と宙人は言いにくそうに顔を見合わせている。

「『拳銃と十五の短編』だな」

三浦哲郎《みうらてつお》の文芸文庫の短編集のタイトルを、苦笑とともに大吾が円卓に落とした。

「あれは、いい短編集でした。本当に」

目の前の大問題も忘れて、正祐はつい最近大吾に借りて読んだその短編集に思いを馳《は》せる。

六人のうち四人の子の背信に苦しんで逝った父親の遺品から、拳銃と弾が出てきた。三浦哲郎の母親が、自分の終末期を感じる中でその拳銃を案じる。引き取った息子は、古びて使い物にならない拳銃を家に置くうちに、錆《さび》を落としてどう使うかを考え始めている己に気づき、最後にスケッチをして警察に届ける。

「昔読んだ時に、あの銃は、子どもたちを殺すための銃だと僕は思っていたけど」

白洲は、作中に書かれている言葉とはまるで逆のことを言った。

三浦哲郎自身は、父はその拳銃を持つことで「いつでも死ねる」と心の支えにしていたのでないかと想像している。

「お守りなんだね」

いつの昔に白洲が短編を読んだのかはわからないが、今はお守りだと白洲自身の腑に落ちていることが全員を安堵させた。

円卓の下で、宙人がしっかりと白洲の手を握っている。引き留めるように。

そうして何度も、宙人は白洲の手をやさしく握ってきたのかもしれない。

「あの小説の中では警察に届けていたぞ」

「ええ届けていました」

暗にというよりははっきりと、大吾と正祐は警察に届けることを提案した。

「クラシックなカーブが気に入ってるんだ。彼との思い出の品でもあるしね」

「ほら見ろ」

白洲に礼の品など選べるかと言った大吾が、思わず正祐の顔を見る。

「私は白洲先生をまったくわかっていませんでした……これからもわからないと思いますが」

何か手土産をなどと考えた自分に、正祐は反省を深めた。

「お守りは今度俺が見つけてあげるから、銃は警察に届けようよ」

朗《ほが》らかに宙人が白洲の足に手を置く。

「銃に代わるようなお守りはなんだい」

「春になったら四つ葉のクローバー見つけてあげる」

「指輪」

微笑み合っている二人を見て、大吾は単語を吐き出した。

「買うか。結婚指輪」

隣の正祐に問いかける。

「どうしたんですか。急に」

「うらやましくなったんだ」

完全なやけっぱちで、大吾は心情を吐露した。

「仕事柄お互い邪魔で、きっとなくしますよ。特にあなたは」

「塔野くんは現実的だね。意外だ」

僕たちも指輪を買おうかと甘やかに宙人に言ってから、白洲が肩を竦める。

「実は私、婚姻の証なら他のものがいいんです」

「なんだ。先に言えよ」

そんな思いがあったならとっとと教えろと、大吾がいつでも力強い目張りが入ったような目を見開いた。

「文芸文庫がすべて揃っている本棚が見たいです」

つつましやかに控えめに、恥じらって正祐が俯く。

今話題に出た「拳銃と十五の短編」も文芸文庫で、定価の本が見つからず正祐は大吾に借りてやっと読んだ。最後に入っていた「化粧」に涙した余韻が、まだ胸に居残っている。

「おまえらしいが」

疑いが、大吾の声に滲《にじ》んでいた。

「本当に文芸文庫が目当てなんじゃないんだろうな。俺との結婚。全部は揃ってないぞ」

全部は持っていないという大吾の言葉に、いつもは表情の乏しい正祐の顔があからさまに曇る。

一冊一冊が文庫としては高価なので別の形で持っているものは買わずにきてしまい、絶版になって更に高額になり大きすぎる後悔をしているのが正祐には文芸文庫だ。

「ふふ。僕は全部持ってるよ」

「二年前にその台詞を言われていたら危なかったな！」

反射で白洲を羨望《せんぼう》とともに見てしまった正祐に、大吾が悲鳴に近い声を上げる。

「本当ですね」

「本当ですねじゃない！」

「いえ、そうではなくて」

二年前白洲は、鎌倉《かまくら》の洋館に正祐を飾っておこうとした。

「銃のカーブを称えながら、伊集院先生が春に探す四つ葉のクローバーの代わりに白洲先生は銃を警察に届けるんですよ？」

「……本当だ。すっかり変わっちまったな。白洲」

「なんだよ！　いいことじゃん!!」

健やかな宙人の声に、白洲は「届けるとは限らない」とうそぶいている。

「お待たせいたしました。アヤメカサゴの清蒸《チンジョン》です」

いつもの女性が、大皿に横たわる蒸されて白髪ねぎと針生姜《はりしょうが》の上からごま油を回しかけられた、朱色に金糸が入ったような柄のアヤメカサゴを運んでくれた。

「わあ！」

宙人が真っ先に素直な声を上げる。

「少しいい紹興酒《しょうこうしゅ》を頼みたいが」

紹興酒を呑むのは正祐と白洲で、確認のために大吾が訊いた。

「僕も呑みたいけれど、せめて割り勘にしてくれないか。その方が気持ちよく呑める。それに感謝されているのだとしても、僕たちも祝いたい。ねえ」

「もちろんだよ！　俺生ビールもう一つ」

強情さからではなく、白洲と宙人から改めての申し出を受ける。

「ありがたく甘えるか」

「ええ。お誘いしたのに、ありがとうございます」

いつの間にか友となった二人に、大吾と正祐は朱色の魚越しに頷いた。


翌日の校正室で昼時に、正祐《まさすけ》は「篠田《しのだ》さんにはおまえが話しておけ」と大吾《だいご》に言われたことを律儀に語った。

「殺そう殺そうとしていたらあのようになったと。なるほどなるほど、納得の馴れ初めだなあ」

味わい深そうに篠田は、正祐の隣のデスクで昼のサンドイッチを片づけながら何度も頷く。

「いらっしゃってくださったらと、みなさんおっしゃっていましたよ。私も篠田さんがいらっしゃらないのは残念でしたが、真っ先に伊集院《いじゅういん》先生が篠田さんは？　と大きな声で」

午前中に長かった校正に一つ区切りをつけられた正祐は、自分で作った弁当をきれいに食べ終えて丁寧に包んだ。

一緒に暮らし始めたら一人分を皿に載せて冷蔵庫に入れるだけだと思うと、きちんと話し合えた今となってはそれが楽に感じられている。

「ありがたい話だが」

少し篠田らしくない、考え込むような間があった。

「塔野《とうの》や先生方がオープンにしてくれたので、俺の話をしてもいいか？」

前置きを、それこそきちんと篠田はくれた。

「はい」

どんな話なのか、興味というよりは強い緊張を感じて正祐が背を正す。

「俺は今、こうして多くの人が自己開示できることがとてもいいことだと思ってる。この数年で大きく変化したよ。社会は」

堅苦しい言い方になったな、と篠田が言い添えて、正祐は首を振った。

口を挟まず、ただ続きを待つ。

「ただ、俺は自己開示はしない方向で生きていくつもりだ。今のところは」

恋愛や家族、生活について、今までも篠田は「わかりやすい昔話」しかしていないと正祐もいつからか気づいてはいた。

その「わかりやすい昔話」があまりにも一般的過ぎて、もしかしたら通じやすい例として語られているだけで篠田の事実とは違うのかもしれないとも、最近は思うことがある。

「聴かせてくださって、ありがとうございます。人それぞれの選択だと、身に染みているつもりです」

正祐自身、大吾との仲を人に知られたくないとはっきり思っていた時期があったことを自覚していた。

「おまえの言う人それぞれは、とてもいいな」

やさしい声を聞かせた篠田の今日の眼鏡のつるは、昨夜のアヤメカサゴに似た珊瑚色《さんごいろ》の螺鈿《らでん》の細工が施されている。

「どうしてですか？」

「言う人は多い言葉だが、本当はそれぞれだと思っていないし、自分と違う人間を尊重していない時に言ってる場面は多い気がするよ。俺自身そういう言い方をしたことはある。ただ話を終わらせるために、人それぞれ」

言われると様々な人の声で「人それぞれ」「人それぞれ」が聞こえてきて、不意に正祐は怖くなった。

今篠田が言ったことはきっと本当だし、そういう踏まれ方を篠田はしたのかもしれない。

正祐も、大吾も、白洲《しらす》も宙人《そらと》も、もしかしたらこれから先踏まれることがあるのかもしれない。

「おまえはちゃんと、人それぞれだと思って人それぞれだと言ってる。そう聞こえるよ。……俺も清蒸《チンジョン》は食べたかったが、やはりダブルデートならではの会話もできたんじゃないか？　馴れ初めの話が出たってことは」

決して卑屈にではなく、いいことだと篠田が言ってくれた。

昨夜の円卓を、正祐が思い返す。

「篠田さんがいらっしゃっても、白洲先生は昨日のお話をなさったように思います。それに、最後は文芸文庫の話になりました」

「ああ、その話参加したかったな。俺全部持ってるよ」

「え？」

「手が出ない値段だと思うことは何度もあったが、後々後悔するのはわかっていたからな。社会人になる前に出版されて絶版になっていたものも地道に集めた。新刊が出たら必ず買う。高《たか》見沢潤子《みざわじゅんこ》の『兄 小林秀雄《こばやしひでお》との対話』や、『原民喜《はらたみき》戦後全小説』なんかは本当に買ってよかった」

何気なく当たり前に篠田が語ったことに、正祐はまさに重すぎる後悔に倒れそうになった。

「東堂《とうどう》先生なら全部持ってるんじゃないのか」

ただでさえ幸薄い顔に絶望が浮かび上がったのを知って、これからは好きに読めるだろうと篠田が慰めをくれる。

「甲斐性《かいしょう》のない人なんです」

「おまえそれも本心から出てるだろう！」

うっかりというように、篠田は声をたてて笑った。

つられて自分の失言に、正祐も笑ってしまう。

「……なんていうか。この間ここで聴いた言葉を思い出したよ。今」

「もしかして、得難い幸せ、ですか？」

「なんでわかった」

言い当てた正祐に、篠田は心の底から驚いた顔をした。

人の感情の機微がわかる正祐ではないことを、知って長く同僚としてつきあってくれていたのが篠田だ。だから昼くらいは一緒に食べようと誘ってくれたことにも、正祐は気づくのに何年もかかった。

「私も今、そう思ったからです」

得難い幸せだ。

自分の人生に人と交わり関わっていく幸せや喜びがあり得ることを、ほんの数年前まで正祐は想像したこともなかった。

「お昼は終わったかい?」

コンコンとドアをノックしながら、小笠原《おがさわら》が姿を現す。

「はい」

「今ちょうど休憩を終えるところですよ」

食事中ではないと、正祐と篠田は小笠原を振り返った。

もちろん食事中は、デスクの上から校正原稿を片づけている。端に資料を積んではいるが。

「さっき、届いたよ。塔野くん」

何をとは言わずに、小笠原はしっかりした大きな封筒を正祐のデスクの上に置いた。

表書きはなかった。けれど封筒にはいつもの、「犀星社《さいせいしゃ》」の印字がある。

中身は間違いなく、「寺子屋あやまり役宗方清庵《むなかたせいあん》」の最終巻原稿だ。いつも以上の厚みがあった。

「……よくもまあ」

「なんだね塔野くん。いくら結婚するからといって、もう少し抒情的《じょじょうてき》な台詞《セリフ》は出てこないのかね」

呆れた声を聞かせてしまった正祐に、更に小笠原が呆れる。

「すみません。やはりあれこれと忙しくしているもので、転居先もまだ見つからず。なのでいつの間に書いてらっしゃったんだろうと、感心してしまったんです」

「ああ、それは確かにすごいな。さすが東堂先生だ。なかなかな。西荻窪《にしおぎくぼ》のいい物件には当たり前に人が住んでるからなあ」

転居先が見つからないのは自明の理と、篠田が同情をくれた。

「余計なお世話かもしれないけれど、西荻窪で東堂先生が執筆してなおかつ二人で暮らすなら買うか建てることを私は勧めるよ。その規模になると家賃が高すぎる」

思えば松庵《しょうあん》にこの三階建ての庵《いおり》のような建物を所有している小笠原が、「結果その方が安くなる」と経験を伴ったことを教えてくれる。

「取り壊しになる私のマンションは、取り壊しになるだけのことはあって破格だったとしみじみと思います。さすがに実家の本も引き上げたいですし」

これから家を建てられるかどうかはともかく、西荻窪に書庫として使えるサービスルームがあるマンションを借りられたのは幸運だったと、入居時にぼんやりしていた正祐は、退去を見据えて思い知らされていた。

「耐震基準見直すレベルだから破格だったんだろうな。書庫問題は常に悩みどころだ……あ」

家に纏《まつ》わる雑談から、勘のいい篠田が結婚話の発端にどうやら気づいてしまう。

「うん？　……ああ。うんうん。まあ、そういうものかもしれないね」

篠田が何に気づいたのかに小笠原も気づいて、「まあまあ」と年配者らしいものわかりのよさで笑った。

妻子、孫までいる小笠原は、様々な結婚を見てきたのかもしれない。

「いいんじゃないかね。そういう、当たり前のような理由で大きな決断をするのは」

「自分もそう思います。感情が高ぶって決めたりするより、生活の中で決めるのはとてもいい判断だよ。塔野」

困難の少なさを想像して、小笠原と篠田は頷いてくれていた。

「ありがとうございます。実は言いにくくて、黙っておりました」

二人の安堵が、正祐にはあたたかだ。

「じゃあ、しっかりね」

何をとは言わず、小笠原が校正室を出ていく。

正祐のデスクには、「寺子屋あやまり役宗方清庵」の最終巻初校が静かに待っていた。

犀星社の封筒と、正祐がしっかり向き合う。

「今から読むのか」

若干の怯《ひる》みを、隣で篠田が見せた。

どれだけ正祐がこのシリーズに思い入れているか、その動揺や感情の揺らぎを五年以上間近で見ていた同僚だ。

「楽しみで待てませんよ」

朗《ほが》らかに答えて、正祐は硬い紙の封筒を開けた。

秋彼岸《あきひがん》、秋分の日の夕方、正祐《まさすけ》は大吾《だいご》に連れられて埼玉県に行くことになった。

大吾の両親への挨拶《あいさつ》だ。

丁度二人の家からの道が出会う往来で待ち合わせて、そこから西荻窪《にしおぎくぼ》駅に向かった。二人で電車に乗ったのは、この三年以上の間でも数えるほどしかない。

「あの、これで合っているのでしょうか？」

右手にしっかり摑んでいた籠を、正祐は目の高さに上げて大吾に見せた。

生の棗《なつめ》だ。

「ああ。亡くなった父親が好きで、ガキの頃よく齧《かじ》った。久しぶりに見たな」

「駄目ですよ。今齧っては」

手が出そうになった大吾を、笑って正祐が叱る。

実家でよく見たものを大吾がやっと思い出したのは、棗だった。

正祐が不安に思って今確認したのは、いざ買おうとしたら商業的生産がほとんどされていないとわかったからだ。

母親の麗子《れいこ》に事情ごと相談したところ、食用に栽培している人を探してくれて今日届けられた。

あまり売られていないことを恐らく大吾は知らなかったが、入手することが困難だったと教える気には正祐はなれなかった。

わざわざ知らせるような困難だとは思えないし、挨拶への緊張が先立っている。

「緊張します」

胸に留めてはおけなくて、さすがに秋の気配が香る往来をゆっくり歩きながら、正祐は呟いた。

「軽い挨拶で済むだろう。年賀状くらいは書くが、季節の挨拶さえしていない不義理の息子だぞ？　普段は存在も忘れてるかもしれん」

どのくらい大吾は母親と会っていないのか、それも正祐の気にかかる。

生の棗が実家の味だと大吾は思い出したけれど、亡父の好みだったとは今初めて正祐は聴いた。

ちょうどこれから店を開けようとしている鳥八《とりはち》の前を通りかかる。百田《ももた》が暖簾《のれん》をかけたところだった。

「おやじ」

まだ一番客の姿はなく、大吾が百田に声を掛ける。

「どうしたんだい。珍しいね」

開店時間に通りかかった二人を見て百田がそう言ったのには、きちんとしたわけがあった。大吾はジャケットを羽織っていて、正祐はいつもより更に鈍色《にびいろ》のスーツを着ている。秋彼岸の祭日に身支度をここまで整えて、駅に向かっているのは一目瞭然だった。

尋ねるように、大吾が正祐を見た。

百田への報告は最後にしようと決めていたが、今日の大吾の実家での挨拶でいったん一区切りになる。

「いいか?」

今百田に伝えたいと、気のはやりではなく大吾は思ったようだった。

「ええ」

緊張のある正祐は、むしろ百田の言葉が聴きたい。

「おやじ。俺たち、籍を入れようと思ってるんだ。具体的には、一通り挨拶が済んだら俺が正祐を養子にする」

「私は苗字が変わります」

まだいつからとはっきり決めていないのは、百田に頼みごとをしてからというのもあった。

「どのくらいの人を寄せるかわからんが、内輪で軽く祝いの席を設けようと思っている。少し先の話になるが、料理をおやじに頼みたいんだ」

ここでやらせてほしいというのはいくらなんでもと二人ともが迷っていて、引き受けてくれるなら場所は百田に委ねようとも話している。

「それは、とてもいいことだ。おめでとう。私も嬉しいよ」

すぐに百田は、渇《かわ》いた喉にきれいな水がしみいるような言葉をくれた。

大吾と正祐で顔を見合わせて、安堵の長い息が零れる。

「ここでやりたいなら貸し切りにするよ。立ってもらって、二十人入るかどうかでよければだが」

「ありがたいが、難しいことを頼むようだが本当はおやじにも」

「祝う側にいてほしいです」

「料理を作ってかい」

無茶を言っていると承知で言った二人に、百田は朗《ほが》らかだった。

「それは俺たちのわがままだ」

「悩みどころでもあります。私たちは百田さんの前で出会っていますから」

鳥八の中で、何度も正祐は大吾と居合わせていた。正祐は東堂《とうどう》大吾だと気づいて、見ないように触らないようにしていた。

奇《く》しくも三年前の春彼岸に、うっかり隣に座って、うっかり正祐の方から話しかけた。

いや、話しかけたと言ったら大吾は笑うだろう。正祐の方から喧嘩を売ったのだ。

「いつも通り、いや二人のためにいつも以上に腕をふるっていい酒を揃えたいという、おやじのわがままもあるよ。私にはそれは、最後の大仕事になるかもしれない」

「そんなこと言わないでくれ」

「そうですよ」

「最後の大仕事になるなら、それは私には得難い幸せだ」

得難い幸せ。

またその言葉が、二人に与えられた。

二人ともが胸が詰まって、ありがたさに何も声にならない。

「まあそれは、日にちが見えてきたら相談しよう」

日時を言いださない二人に、それがまだ決まっていないことを百田は悟っているようだった。

「それに実は、私は余計な心配を少ししていたんだよ。本当によかった」

ふと、長い息を百田が往来に落とす。

「どんな」

百田の心配は初めて聞くことで、尋ねた大吾だけでなく、正祐も不安を帯びて答えを待った。

「二人のことを誰がどのくらい知っているのか、わからなかったからね。どちらかにもし何かあったら、もう一方は一人でどうなっちまうんだろうと。先生は有名人だ。そうじゃなくとも案じるさ」

カウンターの向こうで静かに魚を捌《さば》いて焼き物を焼きながら、いつから百田はそんなことを考えてくれていたのだろうと、正祐は言葉もなかった。

「そうだな。悪い想像はいくらでもできる」

そうした想像をしてきたつもりでいても、二人をよく知っている百田から聴かされて大吾の声が改まる。

「後は俺の親だ。今から行くところなんだ。心配はしていない。公平な人だ」

正祐が手にしている棗の籠を、無意識に大吾の目が探した。

「珍しいものを持ってるね。どこで見つけたんだい？」

生の棗はほとんど流通していないことを、料理人の百田は知っているようだった。

「あの」

その話を大吾にしていないので、正祐が言葉に詰まる。

「死んだ父親の好物だったたのを思い出したんだ。ガキの頃、母親が洗ってくれてそのまま齧った」

懐かしい思い出話を、大吾は百田にも聞かせた。

「家族には、あまり大きな期待をするもんじゃないよ」

神妙な顔で、やさしさは残したまま、不意に百田が大吾に告げる。

「家族だから覆われてることもある。まあ、年寄りの何かだ。老婆心か」

老人だがね、と言った百田に、ほっとして大吾も、正祐も笑った。

「大丈夫だ」

「今後ともよろしくお願いいたします」

百田を安心させた大吾の隣で、正祐が腰を折る。

「気をつけていっておいで」

お守りのような声に頷いて、日が落ちていく駅に向かって二人は歩き出した。

書かないで、欲しかったです。

何故《なぜ》なのかふと、「百日紅《さるすべり》の咲かない夏」を読み終えた後に、初めて小説に対して湧いた感情を語ってしまった自分の声が、正祐の耳に返る。

とうに、正祐は「寺子屋あやまり役宗方清庵」の最終巻を読み終えて、丁寧な校正を終えようとしていた。

想像しなかった出来事が、最終巻にはあった。何故それを想像しなかったのだろうと、読んで正祐は自分に驚いた。

堂々とした、一片の曇りもない素晴らしい最終巻だった。

その話も、正祐は大吾としていない。最終巻を正祐がどう感じたか、大吾が気にしているのはわかっていた。それでも感想を綴《つづ》る言葉が、今はまだまとまらない。

指先の棗を探すのが大変だったことを、話せていないように。

「どうした」

いつものように、大吾は正祐に尋ねた。

「不安か」

そんな顔を今、正祐はしていたのだろう。大吾こそが不安そうに問う。

「いいえ。少しも」

声にしてから正祐は、今自分が嘘を吐《つ》いたことに気づいた。


じいさんが、そのクソガキはおまえらの手に負えないそのままだとガキはシャブ中か何かで死ぬからと両親を説き伏せて。どうせ早晩自分は死ぬからそのときは好きに何処《どこ》へでも行くといいと、ポンと一千万払って遠野《とおの》に俺を連れ帰った。

新宿から北へ向かう電車で五十分ほど離れた埼玉県の町を、正祐《まさすけ》は、大吾《だいご》から聴いた身の上話を耳に返しながら歩いていた。

祝日の日暮れ時にしては随分と人が多いと感じる。背の高いビルが並ぶような都市ではないが、アスファルトとコンクリートと、似たような大きさの似たような時間を経ている家が何処までも続いていた。

三年前、初めて大吾と映画を観た帰りに、何故《なぜ》大吾が十四歳から遠野で祖父の教育のもとに育ったのかを正祐は聴いた。荒唐無稽《こうとうむけい》な話ともいえるが、作家東堂《とうどう》大吾にその過去はよく似合っていると、その晩正祐は思った。

青い棗《なつめ》が入った籠《かご》を持ち直して、夜が近づいてもまだ蒸し暑い秋彼岸《あきひがん》を歩く隣の男を見上げる。歩くうちに暑くなったのか、ジャケットを腕にかけていた。

正祐は鈍色《にびいろ》のスーツをきちんと着たままだ。

一緒に時を進めるうちにいつの間にか正祐は、大吾が十四で先輩の車で事故を起こしたことや、「そのままだとガキはシャブ中か何かで死ぬから」と言われたことに強い違和感を感じるようになった。

その違和感をいつの間にかしっかりと抱えていたと、この町を歩きながら初めて気づく。

「自分のことしか考えていない」

不意に、無言で埃《ほこり》の匂う長い道を歩いていた大吾が、瞬時に胸が冷えるような言葉を落とした。

「じいさんが、俺の父親のことをそう言ったのを思い出した」

驚いて息が止まった正祐に気づいて、大吾が苦笑する。

「どうして、ですか?」

ようよう、正祐は尋ねた。

「父親は海外赴任ばかりで、ほとんど家にいなかった。父にとっては一時帰国でたまに帰る家だが、俺と母にとっては毎日を暮らす家だ」

――埼玉はベッドタウンなんだよ。何処までも団地が連なるような町なのに、何処までも緑しかない遠野は異世界だった。

三年前の大吾の声を、正祐は思い出した。そのときの大吾は、この町を嫌っているようには見えなかった気がする。

語られた通り、町一つ分あろうかという団地が遠くに現れた。

「いい町悪い町というのがあるとは思わない。俺にはこの町は何故だか合わなかった」

その言葉以上の何でもないと、正祐も腑《ふ》に落ちる。

この町が合う人もいるだろう。だが大吾は合わなかった。本人が合わなかったという町は、他者である正祐からは似合わなく映る。

「きっかけはともかく、遠野にいけてよかったです」

確かに大吾は命拾いをしたのかもしれないと、正祐にさえ思えた。

遠野で祖父の教育を受けて作家になった大吾しか、正祐は知らない。自分のしるべを辿ってしっかり歩いている大吾は、この町を歩き出した途端にいつにない弱さを見せていた。

それがどんな理由からくる弱さなのか、正祐にはわからない。

――不安か？

――いいえ。少しも。

けれど西荻窪《にしおぎくぼ》を離れる時に吐《つ》いた正祐の嘘と、大吾の弱さが共鳴していく。

その共鳴は何か不安な旋律だ。

「じいさんと父親は遠野で育った。その父親が一時帰国のためにここに家を用意したと思うと、今更じいさんの言葉の意味もわかる。まあ、二人とももう」

いない人だと、大吾は笑った。

いない人ではなく、今もこの町に暮らす大吾の両親に、これから正祐は挨拶《あいさつ》にいく。

亡くなった父親が好きだったという、青い棗の実を持って。

二人ともが言葉少なになっていた。


駅から二十分程歩いて辿り着いたその家は、それでも大吾の実家だと一目で正祐に思わせた。

恐らく大吾の年齢と同じ程建っているけれど、きちんと手入れがされている。打ち直したのか屋根が新しい。小さな庭が整っているのが、ブロック塀の向こうに見えた。

「ここに来るのも久しぶりだ」

家を見て足を止めていた大吾が独り言《ご》ちる。

この町に着いてからずっと大吾は、正祐には初めて見るような横顔をしていた。

祖父と暮らした遠野に、大吾は「帰る」という言葉を無意識に使う。今この家には、「来る」と言った。

「細かいことが気になるのは、私の仕事柄でしょうか」

言葉尻が心に掛かって呟く。

「性格と、両方だろう」

何を突然と、大吾は訊かなかった。

家は目の前だ。近づくごとに大吾の声から覇気《はき》が削られていく。

「久しぶりというのは、どのくらいですか?」

不安を声に滲《にじ》ませないように努めて、正祐は尋ねた。

長い間が開く。

「……何年振りだったか」

何年、と言った大吾は、以前訪ねたのがいつだか思い出せずにいるようだった。

「大丈夫だ」

大きな手が、正祐の背中を押す。

その手はいつも通り、正祐にとっては心強い頼れる力を持っていた。

小さな黒い門を開いて、大吾がインターフォンを押す。

待ちかねていたように、応答もないまま外開きのドアが開いた。

「いらっしゃいませ」

きっと、連れの来客に用意したのだろう言葉が、女性からかけられる。

「おかえり」

そう言ったのは、白髪交じりで眼鏡をかけた男性だった。

「ただいま」

大吾が二人にそう答えるのに、正祐はようやく息が吐けた。

「はじめまして。塔野《とうの》正祐と申します」

棗の籠を前に持って、頭を下げる。

その時大吾の両親がどんな顔をしているのか、もちろん正祐には見えない。

「いらっしゃいませ」

もう一度、女性は言った。不思議な、不思議そうな声だった。

「母と、義父《ちち》だ」

「東堂和良《かずよし》といいます。妻は宮子《みやこ》です」

校長をしていると聞いている和良が、長という字の似合わない鷹揚な笑顔をくれる。

ふと、正祐に今思っても仕方のない疑問が湧いた。大吾から話を聞いて、自爆テロに巻き込まれて亡くなった実父の記事に気づくようになった。戦争と平和が語られる時に「過去にはこうした日本人記者が」と、今も記事になることがある。

その人の名前は東堂平太《へいた》だ。

「私は婿になったんですよ」

正祐が一瞬持ってしまった疑問に気づいたのか、さらりと和良は言った。

「入り組んでいますが、亡くなった遠野の義父は私にとっても父です。よき父を得て幸せでした」

想像の中の義父よりずっと、和良は話をしてくれた。そんなに多くはない大吾の話から、おとなしい人を正祐はいつの間にかイメージしていた。

一方、リビングに引っ込んで茶の支度を始めた母、宮子は挨拶を聞いたきり顔が見えない。

「再婚で俺の苗字が変わらなかった理由を、ちゃんと考えたことがなかった。婿養子に？」

正祐には思いがけないことを、大吾は和良に言った。

「なんとなくね、こうなったんだ。まあ上がってください」

玄関で正祐は戸惑ったままでいたが、和良がスリッパを示してくれている。

「お邪魔します」

大吾が父を喪《うしな》ったのが十で、和良が義理の父親になったのが十二。

——空《から》の棺《ひつぎ》で、遺体もないのに国葬みたいな告別式で。俺は何処までも馬鹿なガキで、その葬列も自慢だった。

本当に馬鹿だったよと、大吾は正祐に己のことを話した。

時々、大吾は自分のことを馬鹿だという。

それはいつも、らしくない幼さが滲む感情に絡んでいると、それもたった今正祐は気づいた。

「どうぞ」

和良が外を向いて並んでいる二つの椅子に、大吾と正祐を促してくれる。

「失礼します」

「随分、物持ちがいいんだな」

大吾の呟きにダイニングセットを正祐が見ると、確かに家と同じほどの年月を過ごした物に見えた。

「これ、お土産《みやげ》です。よかったら」

座る前に正祐は、宮子と和良の前に籠を置いた。大吾の父親が好きだった物なので、「つまらないものですが」を枕につける気にはなれない。

麗子《れいこ》が探してくれた、きれいな生《なま》の棗がそこにはある。

あたたかい茶をいれていた宮子の手が、止まった。随分長いこと、宮子は棗を見ていた。

もうすぐ六十になると聞いている宮子は、黒髪を短く揃えて、濃い灰色に少しだけ青が入ったあまり見ないきれいな色のワンピースを着ている。特別若く見えるということではなく、年齢がわかりにくい。

全体に漆黒の印象が、大吾の母だと正祐には思えた。

「ありがとうございます」

礼をいい、棗の籠に手をかけて、けれど宮子は動かさない。

丁寧《ていねい》な言葉に、正祐はなお緊張した。

「お茶をどうぞ」

湯気の立つ白いカップが、それぞれの前に宮子から置かれる。

「懐かしいな」

変わった香りを正祐がかいでいると、大吾がそう言って一口飲んだ。

「ガキの頃、ずっとこのお茶だった」

「そうなんですか。……いただきます」

薬茶《くすりちゃ》のように、陳皮《ちんぴ》や僅かな生姜《しょうが》の香りがする。もう一つ、覚えがあるような香りが茶と一緒に正祐の喉を通っていった。

なんの香りだろうと顔を上げると、庭を覗く大きな窓に陰りが落ちている。

けれどはっきりと庭木の形が、正祐には見えた。

背の高い木に、艶のある緑の葉。ほとんどが赤く熟した、籠の中にある青いものと同じ実。

もう一つの香りはきっと、干し棗だ。

「私」

この家の庭に立派な木がある棗の実を探して、しかも青い実を土産に持ってきてしまったと正祐が動転する。

「仕事で知り合った。歴史校正者の塔野正祐さんだ」

大吾が自分をきちんと呼んだことに場違いな可笑《おか》しさが湧いて、庭に囚《とら》われた気持ちを正祐はなんとか呼び戻せた。

「塔野正祐です。西荻窪の歴史校正会社、庚申社《こうしんしゃ》に勤めています。先生の作品を担当しています」

「先生はよせよ」

畏《かしこ》まった正祐に、きっとわざと、大吾が砕ける。

「一緒にお仕事をしているんだね」

尋ねてくれたのは和良だった。

「一緒にというのはおこがましいですが。本になる前の原稿の確認をお手伝いする仕事です」

「もともと俺の小説の校正をしてくれていたが、三年前に初めて会った。それで」

「夕飯は食べていくの？」

和良の手を借りて本題に入ろうとした大吾を、宮子が遮る。神経質そうに細い、それでいて強い、印象的な声だ。

「いや、夕飯はいいよ」

挨拶をしてできれば鳥八《とりはち》が開いている時間に帰ろうと、大吾は正祐に言っていた。

正祐の実家では、皆でえびフライを囲んでビールを呑んだ。六人で様々を、長く話した。

それはそれと、正祐は考えていた。

「どうして？　支度してあるのに」

痩せた宮子の指が、テーブルの上で撓《たわ》んでいる。

「お友達も一緒に食べていってちょうだい」

不自然な力が籠められた指に囚われていた正祐を不意にまっすぐ見て、宮子の声が変に高くなった。

「母さん。話したはずだ。今日は俺は」

「梅酢でちらし寿司を作るから」

カタカタと何か不思議な音が聴こえる。

音の方を正祐が見ると、宮子の短い爪が小刻みにテーブルを叩いていた。

「俺は結婚の挨拶に行くと伝えたはずだ」

大吾の声に、明らかな苛立《いらだ》ちと険が滲む。

「だからちらし寿司の用意をしたんだけど、お友達と来たじゃないの。拍子抜けしちゃった」

噛み合わない会話に、正祐は膝の上に置いたまま動かない指が冷たくなっていくのを感じていた。

「正祐は友人ではなく大切な」

「塔野さん、ちらし寿司は好き？　うちは甘くしないの。この子の父親が食事が甘いのを嫌ってね。それで梅酢」

「宮子」

完全に扉を閉めてしまおうとしている妻を、夫が咎《とが》めて呼んだ。

「宮子。ちゃんと、大吾の話を聴こう」

「何を聞くの。揶揄《からか》われたんでしょう？　今日は」

「大吾がきちんと報告に来てくれるなんて嬉しいことだろう。聴こう」

落ち着いた和良の声が、丁寧な分必死に聞こえる。

「あなたはわかっていて私を馬鹿にしていたの？」

「馬鹿になんて……」

肩に触れて宥《なだ》めようとした和良の手を、宮子が振り払う。

「今日だって話したじゃない。もう赤ちゃんがいるのかもしれない。きっと大吾にそっくりな男の子よ。大吾も父親にしか似なかったからって私が言ったら、あなたもそうだねって言ったじゃない」

目が乾いて仕方ないのに、正祐は瞳が閉じられなかった。

「……僕だって驚いてる。だからちゃんと大吾の話を聴こうとしてるんだ」

「私には育てられないからって、大吾はお義父《とう》さんにとられた。そのまま大吾のことは何もわからないまま。お義父さんは手紙をくれたけど、結局大吾がどうなったのかはいつも後から知るの。母親なのに、手紙や、それからテレビや新聞や雑誌で」

叫ばずに宮子が声のトーンを変えないので、どんな風にそれを聴いたらいいのか正祐にはまるでわからない。

「あなたがこの家に来たのは三年ぶり。おじいちゃんとお父さんのお墓参りに行った帰りに、遠野のお土産を置いていった。お父さんの仏壇に上げて私たちもありがたく飲んだわ、遠野の地ビールを」

隣で、大吾が息を詰めていることが伝わってきた。

この町に足を踏み入れてからの大吾の見せていた弱さの理由が一つ、正祐に知れる。きっと、大吾は母親のことがほとんどわからない。理解できるほど母との時間を持っていない。

棗の木が庭にあったことさえ覚えていないほど、大吾にとってここは住んだ家ではない。

父親が生きていた頃はまだ小さな木だったのかもしれないと、正祐は闇に落ちた庭に心を逃がそうとした。

「それでも、あなたは立派な大人になった。おじいちゃんのお陰ね。自慢の息子なの。年上の女性作家とおつきあいしていることも、私はテレビで知った。素敵な人だったわね」

「あの人とはとっくに別れた」

過去に恋人だった冬嶺瑤子《ふゆみねようこ》には、遠野から都会に移り住んで抜け落ちていた文化を教えられたと、大吾は正祐に話していた。思えば祖父を亡くし作家になって東京に住んでからの大吾の話に、実家のことが逸話《いつわ》として出てきたことがない。一度も。

たまに会うが、立派な人だと思う。

義父のことを大吾はそう言った。確かにその見解に間違いはないように正祐にも映るが、大吾の「たまに」と両親の時《とき》の感覚には恐らく大きな乖離《かいり》がある。

「子どもの頃も女の子にモテて、女の子と一緒にいたわ」

「ガキの頃のことなんて覚えてない」

「私は覚えてる。あなたが私の手元にいた時間は短かったから覚えてる。あなたはちゃんと女の子が好きだった」

「今の俺には正祐が生涯の伴侶だ。籍を入れると報告にきた！」

立ち上がって、大吾は声を荒らげた。

「……大きな声を、出さないでください」

喉を締められる思いをしながら、それだけ言うのが、正祐には精一杯だ。

「そうだな……すまん」

「あなた、とてもきれいな顔をしてるのね」

テーブルに身を乗り出して、宮子が正祐の顔に見入る。

「宮子。よしなさい」

腕を摑んで和良が宮子を引き戻そうとしたが、宮子が力を込めて拒んだので弾みで腕が当たって茶がこぼれた。

「大吾はずっと女の子がよかったの。きれいな恋人と並んでいるのを見た。母親なのに、テレビで。ううん、それはいいの。あの人と別れたこともテレビで知ったわ。それもいいの。そのうち素敵な人を連れてきて、私に会わせてくれるのがわかったからいいの」

感情を押し殺そうとしている声が、正祐にはただ悲しくて怖い。

「お父さんとそっくりな男の子に、会わせてくれるの。私はそれをずっと楽しみにしていたの」

「そんな約束をした覚えはない」

「あなたは社会にも認められた立派な男性で、仕事も成功してる。素晴らしい女性と交際していたのよ。だったら母親がそう思い込むのは当たり前でしょう。あなたのことはちゃんと育てられなかった。だけどお父さんやあなたにそっくりな子を、私は可愛がるわ。あなたたちが望んでくれたら面倒だって見る」

「あなたたちって……誰の話だ」

呆然と、大吾は母親を見つめた。問いかける声が弱い。

「私は今度こそ子どもを育てるの。今度こそ私の手でちゃんと育てる。あの人にそっくりな男の子を」

ほとんど会わずに時間を共有しなかった結果、それぞれがそれぞれの望む物語を完成させてしまっていた。

——軽い挨拶で済むだろう。年賀状くらいは書くが、季節の挨拶さえしていない不義理の息子だぞ？　普段は存在も忘れてるかもしれん。

西荻窪を出るときに、大吾は正祐にそう言った。母はリベラルだとも聴いた。その時唐突で曖昧《あいまい》に感じたのに、流してしまったのを妙にはっきり覚えている。

ぼんやりとあのとき、本当は正祐にも伝わったのかもしれない。

それはほとんど対話してこなかった、大吾の中で創造された母親の姿だったということが。

「女の子みたいにきれいな顔をしてるのね。だからなのね。大吾はずっと女性がよかったの。あなたとは違うのよ。あなたみたいにきれいな顔をしていたら、いくらでも男性を貶《おとし》められるんでしょう？　大吾にそうしたみたいに。お願いだから他の男の人にしてちょうだい。いくらでもいるでしょう、あなたならいくらでも。誰でもあなたを選ぶわ。大丈夫よ、お願い他の人にして」

一息に宮子が正祐に懇願する。それはまるで、自分が被害者であるかのような訴えだった。

凍った泥を頭から浴びせられたように、感覚という感覚を正祐が奪われる。

庭の棗にも、もう逃げられない。

「母親だと思っていたが、今日限り」

立ち上がった大吾の震えるほど低い声が何を言おうとしているのか、正祐にはわかった。

凍った泥に口まで覆われているのに、指を伸ばして大吾の腕を摑む。

「駄目です」

「だがっ」

感情を高ぶらせる大吾を引き留めるために、両手で正祐はその腕を抱えた。

「やめてください。私が耐えられません」

きっと。

以前の自分なら、これだけの泥に浸《つ》かってしまったら固まったまますべてが終わるのをすべもなく見ていた。

以前なら大吾を止めるために体が動かなかった。泥だらけの心と一緒に凍りついて。

以前というのは、この男を愛する前の自分だ。

「帰ろう」

そのまま大吾は正祐の手を引いて、母を振り返らずに席を離れた。

振り返る気力は正祐にもない。

けれど玄関に、咄嗟《とっさ》に追ってくる歩幅の小さい足音が響いて恐怖に肌が粟立った。

紐が解けた靴に指が動かず焦っている正祐の背に、籠ごと棗が投げられた。足元に無数の青い棗が転がるのが見える。

母が、麗子が懸命に探してくれた棗だ。大吾の母に渡したいと相談したら、今朝になんとか間に合わせて届けてくれた。

戦慄《わなな》く大吾の唇が何か言おうとして、きっとあまりのことに言葉を探せないでいる。

「棗なんて、庭にたくさんなってるわ。大吾を返して。大吾を返してちょうだい！」

叫ぶ宮子を振り返ろうとした大吾が、正祐の鈍色の上着に玄関で潰れた実から棗の汁が当たったことに気づいてしまう。

「……駄目です」

「俺はあなたのものだったことは一度もない！」

ようよう正祐が絞り出した声は、間に合わなかった。

正祐の腕を摑んで、大吾が家を飛び出す。腕を引かれるまま、正祐はただ歩いた。

駅に向かう通りに出て、街灯の下で大吾が立ち止まる。

濡れてしまった正祐の上着を、大吾は自分の上着の袖で拭いた。そのことが気がかりで仕方なかったとそんな風に、一心不乱に棗のしみを落とそうとしている。

「お母様のおっしゃった通り、大きな棗の木が庭にありました」

何か大吾にかけられる言葉はないかと探して、正祐は教えた。

はっとして我に返ったように、腰をかがめていた大吾が正祐を見上げる。

「俺は」

責めたつもりはなかったのに、大吾を余計に苦しめたことが正祐に伝わった。

「とんだ馬鹿な餓鬼だ。何も知らずに」

全部自分が悪かったと、きっと大吾は思っている。

違うと正祐は言いたいのに、それを説明する言葉が出てこなかった。簡単に見つかる言葉ではない。

確かに大吾は、まるで覚えていない母親像を、想像して創造していた。実の父親があ&あだったから、再婚した今の夫がこうだから、母はこういう人物でこう考えると決めていた。

この町に降り立って、段々と大吾は思い出したのかもしれない。母親を知るほどに母親との時間を過ごしてきていないことを。

言葉は見つからず、大吾の手を正祐は握った。

いつもは熱を持っている大吾の指が、正祐と同じように冷たい。

「地に足が、ついていません」

「……俺のだな」

「当たり前ですよ」

自分の母親が、とても許容できないことを言い、そして棗を投げつけた。

伴侶に。

「大丈夫です。私はあなたを知っています」

叶う限りの力で、正祐は大吾の指を摑んだ。

しるべを失って浮遊してしまう大吾を、繫《つな》ぎとめるのは自分の仕事だと力を籠める。そんなことができると思ったことは一度もないのに。

この町にくるまで、正祐は大吾が書き終えた「寺子屋あやまり役宗方清庵《むなかたせいあん》」最終巻に胸を塞がれていた。書かないでほしかったとさえ、思っていた。

素晴らしい最終巻だった。明日に繫がる希望がある。

主人公の清庵に、子どもが生まれたのだ。

「不安なら今は、ご自分ではなく私の方を信じてください」

自分の男の中にも、それこそが人として最も幸せな明日であるという思いがあるのだろうかと、正祐は校正をしながら時折手が止まってしまっていた。

けれどあれは物語だ。素晴らしい物語だ。

一つの長い物語を、一人の作家が書き終えただけだ。

むしろ一点、物語を離れた一文があることが、整合性を整える校正者の仕事として気にかかっていた。

その一点こそが、作家でなく目の前の情人が書いた一文だ。

「どうやっていつ、こんな風に、自分ではない他人を信じたんでしょう。あなたに出会わなければ私は人を愛するどころか、知ることもありませんでした」

母から正祐への言葉と行いに、傷つき果てている目の前の男は、物語を完結させた作家であり、迷いの一文を残した一人の人だ。

「出会って、よかったか?」

「私を見てください」

何を訊くと、正祐は笑った。

笑えた。それが今の自分だと、僅かに血が巡り始める。

「俺が覚えているよりずっときれいな目だ」

大吾の指の方が冷たい。

「今、また強くなったからでしょうか」

「どうして」

「あなたを守るためです」

「俺はおまえを踏みつけさせた」

咎《とが》める心のまま、大吾の声が聴いたことがないほど掠れた。

「いいえ。あなたは踏みつけさせてはいません」

事実をそのままに教えることだけが、今の正祐にできる精一杯だ。その精一杯ができるのは、文脈の間違いを探す校正者としての資質でもあると、胸を張って。

きれいだと言ってくれた目を、長く大吾は見つめていた。

「俺は」

凍っていた大吾の指にも、血が通い始めるのがわかる。

「おまえを知っている」

手を大吾の背に伸ばして、正祐は必死で情人を抱いた。

一瞬だけまったくらしくなく戸惑った大吾もまた、正祐を抱いた。

何処までが自分で何処までが彼なのかわからなくなるほど強く長く、二人は抱き合った。

遠くに列車の車輪の音が響いて、ようやく離れる。

駅に向かって、そのまま二人は歩き出した。

後ろから、駆けてくる足音が聞こえる。

咄嗟に大吾は正祐を抱え込むようにして、背の方を殺してしまうほど強く睨《にら》んだのが正祐に見えた。

「……お義父さん……」

呼びかけた大吾の声から、少なくとも宮子ではないとわかって正祐も息を逃がす。

「本当にすまなかった。本当に、本当にすまなかった。どうしても今謝らなくてはならないと」

それで走ってきたという和良の手には、グレーの上着が握られていた。

「これを、塔野さんに」

上着の上で棗が潰れたのを、和良も見ていたのだろう。

何も答えられず、大吾は立ち尽くしている。

「お言葉に、甘えます」

このままでは大吾と両親が絶縁してしまうと危ぶんで、正祐は大吾に告げた。

「ありがとう、ございます。それから、お義父さんが謝ることではないです」

「宮子を止められなかった。大吾も知ってるはずだ。あんなことを言う人では」

「俺は母のことは何も知りません」

僅かに宮子を庇おうとした和良に、大吾の声が固くなる。

「……そうかもしれないね。すまない。違うんだ。大事なことをどうしても、言わなくてはいけないと思って」

宮子を庇おうと思って追ってきたのではないと、和良は首を振った。

「君たちにはなんの責任もない。宮子が言ったことはとても不当で……卑劣だ。塔野さん。あなたには傷つけられなくてはならない理由は何一つない」

上着を正祐に差し出して、目をしっかりと見て和良が己を責めるかのような声を聞かせる。

「許してくださいと私が言えることでもない。あなたは何も悪くないのに傷つけられてしまった。あなたは何も、何も悪くない。ただそれだけは今日のうちにどうしても言わなくてはいけないと」

途切れ途切れの言葉を、正祐はちゃんと聴いた。

「ありがとうございます。走ってきてくださって」

何か言わなくてはこの人は永遠にその言葉を繰り返す気がして、自然と礼が口から零れる。

「いや……とんでもない。気をつけて、帰ってください。二人とも」

不意に力が抜けたように声を細らせて、和良は深く頭を下げた。

「お義父さんも」

大吾が和良に言い残して、正祐の背を押す。

駅に向かって、和良の気配が遠のくまで無言で歩いた。

「あなたは、お義父様を信頼なさっているのですね」

義父は善人だ。

三年前に聴いた言葉と今別れた和良が、正祐の中で確かに一致した。

「何故そう思った」

「あなたが少し、落ち着きました」

「そうか」

少し落ち着いて、そして大吾は立ち止まった。

「すまなかった」

「あなたも、謝らないでください」

いつかこの言葉を大吾から聴いたのを覚えていて、正祐は咄嗟に「あなたも」と言った。

「あなたと私と二人で歩き始めた道のはずです」

「……そうだった」

自分も、しっかりと持たなくてはならないと、正祐は気持ちと背中を張った。

持たなくはならない。

二人でいく時を、手放さずに。


一緒に西荻窪《にしおぎくぼ》駅についたけれど、どちらからも誘い合うことはなく鳥八《とりはち》の前を通り過ぎた。

今夜、正祐《まさすけ》は大吾《だいご》のそばにいようと思い言葉にしたけれど、明日会社だろうと気遣《きづか》われて松《しょう》庵《あん》で別れた。

明日は月曜日だが、祝日の振替で休日だ。仕事柄大吾は忘れてしまうのだろうか。

いや。一人になりたいのかもしれない。マンションに帰ってシャワーを浴びている正祐も、一人であることに何処《どこ》か安堵していた。

二人でいたら、今夜のうちに今日起こったことについて話し合わなくてはならない。どうしたらいいのか、今夜考えるのはきっとまったく得策ではないことぐらいは正祐にもわかる。

それはいつか同僚の篠田《しのだ》が教えてくれた言葉だ。

夜は助言を与える。一晩眠って考えた方がいいと篠田が言ったのは、一年前大吾と試し同棲を始めた日だった。

「何故《なぜ》一晩眠るとおっしゃっていたんだったか……」

そんなに寒いはずのない秋分の夜なのに、正祐は冷たい気がして湯の温度を上げた。

何かを纏《まと》ってしまった気がしてシャワーの下から出る気になれない。

それでもいくらなんでも不経済だという変に現実的な頭が働いて、正祐は湯を止めた。

体をきっちり拭いて、乾いた寝間着に着替える。

今日正祐は悪意を浴びた。

あれほどの悪意を浴びた記憶は、正祐の中にはない。

居間にずっと置いてある、祖父の形見の群青色《ぐんじょういろ》のソファに抱かれるように正祐は体を預けた。

きっと今夜は、一緒にいてもいなくてもどちらでも辛い。

「出会ってからこんな夜は初めてですね」

どうしているだろうかと、そう遠くにいない大吾を正祐は思った。

大吾の辛さを癒せる力が、今の正祐にはまだない。

——大吾にそうしたみたいに。お願いだから他の男の人にしてちょうだい。いくらでもいるでしょう、あなたならいくらでも。

意味も噛み砕けないまま、「他の男の人にして」が、耳をついて離れない。

なんだろう。このこびりついて離れない冷たい泥水は。

侮蔑《ぶべつ》する言葉そのものは、宮子《みやこ》は発しなかったかもしれない。

代用の効く間柄だと、愛とは別の何かだと思っている。大吾と正祐の間にあるものを、あの人は。

人の愛に向ける言葉とは違う、人に向ける言葉とは違う、言葉を正祐は浴びた。

それを隣で見ていた大吾が、見たことがないほど弱って浮遊している。地に足がついていない。

当たり前だ。親という足元が崩れ落ちた。

自分がしっかりしなくては。

碇《いかり》にならなくては。

「他の、男の人に」

けれど繰り返し、凍った泥と同じ言葉が正祐を苛《さいな》んだ。

大吾ではない、会ったこともない、存在も知らない誰かを大吾の代わりにできる人間のはずだと、疑いもせず決められた。

感情や愛情があることを知ろうとしていない。

人だと思われていない。

それがこれほど心を潰されることだと、踏みつけられるまで正祐はまるでわかっていなかった。

こういう日に、自分はどうしてきただろう。

「こんな日は」

こんなことは自分の人生にはなかった。

想像もしない言葉をかけられて、いつまでもいつまでも洗い流してもまだ肌に汚れが残るような経験はしたことがない。

することもなく、終わったかもしれない。大吾と出会っていなければ。

長く正祐は本と対話してきた。それが正祐の常だ。だから本に尋ねようと、目の前に積んでいた硬い書を手に取る。

よりによってそれは、「文集母」だった。

偶然ではない。三浦哲郎《みうらてつお》の著書だ。古い本でなかなか見つからず、やっと入手して楽しみにここに置いた。

その時とはかけ離れた感情で、正祐は「母」という文字を見つめた。

恐る恐る表紙を開く。

中表紙には、三浦哲郎の母親が書いたのだろう手紙の写しが真ん中にあった。

「『リンゴ代よくせいこんしろと少し残った』」

きっとあたたかなことが書いてあるのに恐ろしくなって、本を閉じる。

「人の母だ」

言葉が口をついて出た。

三浦哲郎は家族を描き続けた。父、母、妻、姉。この本は母親の本だ。

親とはいったいなんなのだろうと、ぼんやりと靄《もや》のような思いに囚《とら》われる。好きも嫌いもない。人としてどうかも考えない。親は親というだけで逃れようのない大きな存在に思える。

こうしてあたたかに差し出せることならいい。

「ごめんなさい。母さん。せっかく」

棗の果汁が染みた上着は玄関に置いた。

大吾は母を知らなかったが、自分は母を知っているのだろうかと、母に呼びかけたせいで正祐は考え始めてしまった。

母について満足か不満足か自分に問うたことはないが、今はもうわからない。いや、敢えて考えてこなかった。

親に満たされていたら、十八で祖父を求めなかっただろう。

皆、自分に与えられた家で満ちるしかない。

または満たされないことを知ることになる。

きっと、十四で母のもとを離れた大吾も何も知らずに旅立った。知りたくなかったのかもしれないし、そこを見なかったのかもしれない。

何しろ大吾はその時幼な子だったのだ。

細くて高い宮子の声が、繰り返し正祐の耳に返って鋭い爪で胸を抉《えぐ》っていった。悪意とともに、はっきりとした狂気が今になって伝わって体が震えてくる。

「何故耐えられたのだろう」

四人の兄姉の命への背反と向き合い続けた三浦哲郎の本に、助けを乞うて正祐は触れた。

「何故」

ざらりとした紙は、きっと三浦哲郎が書いた母に似合うあたたかなものを選んだに違いない。

何故彼は、こんなにも家族を尊べたのだろう。

「……いけない」

暗がりに心が堕ちていって底を打つ前に、正祐はなんとか顔を上げた。

いつの間にか長い時間が経って、夜が明けようとしている。

立ち上がって、カーテンを開けた。

——単に、見えないからだな。見えないから夜には決めない。

一年前に教えてくれた篠田の声が蘇った。

——真っ暗だろ?　夜って。夜明けとともに見えなかったすべてが見えてくる。

軽い声だった。篠田の言葉が無性に聴きたくなった。

「さっきまで闇夜だったのに」

鴉《からす》の羽根のようだった夜の果てに、紺碧《こんぺき》に近しい暁《あかつき》が訪れて確かに世界が見え始める。

美しくて怖い夜明けは、それでもせめて今は眠るべきだと言っていた。

一人では助けられない。大吾のことも自分のことも。

けれど自分はいつからか一人ではなくなっていたと、朝の訪れに正祐は教えられた。


吉祥寺《きちじょうじ》駅近くの不動産会社の前に立って、正祐《まさすけ》はガラスに貼られた物件を眺めていた。吉祥寺は西荻窪《にしおぎくぼ》より地代が高い。

「買った方がいいと言うけれど……」

大吾《だいご》が家で執筆しながら二人で暮らせる家は、家賃だけで正祐の給料のほとんどという価格だ。

もっともどうやって支払うのかは、既に話し合いがついていた。買うことはそもそも視野に入れていて、大吾が職業柄ローンは先が見えないのでとりあえず自分が即金で払うと言った。

家周りのことをする給料を引いて正祐は家賃を入れる算段になっているが、大吾はトントンだろうと言う。

「億」

単位を呟いて、何がトントンなのだろうかと正祐は気が遠くなりそうになった。

実家は恐らくその単位にいくらかを掛け算した家なのに、自分とは無関係に思えるのは不思議でもなんでもない。自分の家ではないし、自分の家になると想像したことは一度もなかった。

長男だけれど、正祐はあの家に「帰る」ことを一度も考えたことがない。

「……なんでも、暗い方向に考えすぎてしまう」

あれから三日が経っていた。

手元に「寺子屋あやまり役宗方清庵《むなかたせいあん》」最終巻がきたのが半月前だから、大吾はとうに次の原稿に入っていることは日常のこととしてわかっている。

日常と違うのは、大吾は執筆中なのに毎日「会おう」と連絡をしてきた。電話も、メールもくる。

もう少し時間をおきましょうと、正直に正祐は返事をした。声や文字から大吾の焦燥《しょうすい》が伝わるのに、受け止める準備も慰められる準備もない。

正祐が浴びた冷たい泥もまだ、拭《ぬぐ》えていない。

けれど決して、己のせいだと思っている大吾に拭わせたくはなかった。

また、メールが届いたのが振動でわかる。いつもなら正祐はすぐに携帯を見ないが三日前からは違う。

大丈夫か。

綴《つづ》られた文字を、ゆっくりと読んだ。

「大丈夫ですよ」

会えなくても、お互いを一人にはしない。呟いた文字を打って、躊躇《ためら》わずに送信した。

期日に間に合わせて今日、正祐は最終巻の校正を返していた。こうして自分を案じてくれる情人が書いたある一文に悩みながら、一文字も入れられず返してしまった。

あのままでいいとは思えない。けれど正祐は今、校正者としての自分と情人の伴侶としての自分との境界線がわからないほど混乱している。そうして多くのことを長い時間考え続けているのに、何も決まらないし何も進まない。

大吾の両親に挨拶《あいさつ》をしたら、祝いの席のことを決めて家を決める予定でいた。

顔を上げて正祐は、物件情報を見つめた。

一旦据え置きにするのは簡単だ。その方が圧倒的に簡単だ。

簡単な方を選び続けたら、もとの道には戻れないだろう。

それを自分が望んでいないことを、正祐はちゃんとわかっている。

「塔野《とうの》さん。お待たせしてすみません」

待ち合わせをしていた人物の声が、背後から聞こえた。

「いいえ。今来たところです」

初めて友人になった同業者の片瀬佳哉《かたせよしや》が、眼鏡とスーツで立っている。

「よかった。いきましょう。酒盗《しゅとう》のカルボナーラ楽しみですね」

珍しく今日は、お互い終業後に待ち合わせて食事の約束をしていた。

今年の一月に友人になった片瀬とは、たまに休日に江戸に纏《まつ》わる土地や施設に出かけている。けれどこんな風に終業後に食事に出かけるのは初めてだった。

メールで片瀬に誘われた。迷ったが、気持ちが晴れる気がして正祐は初めて会った店にまた行きたいと返事をした。

「あの昭和風情の繁華街の中に入り込むと迷いますよね。僕も実はあまり自信がないです」

一人でたどり着ける自信がないと書いた正祐に、片瀬が道を渡りながら笑う。

「同じような軒《のき》の呑み屋さんがたくさんありますから、私は無理です」

片瀬は、正祐には人生で初めての友だ。

今から正祐は大吾を助けなくてはいけないと、思っている。そのためにはまず自分が立ち直らなくてはならない。

間がよく連絡をくれた友と、今胸を塞いでいることとはまるで関係ない楽しい話をして力をもらえたらと、正祐は心の隅で願っていた。

いつものように江戸物、その資料の話をしつつ、正祐と片瀬は鹿児島料理を食べながら焼酎を呑んだ。

この店の料理はどれも酒を誘って、つい呑み過ぎてしまう。

いつもより片瀬が饒舌《じょうぜつ》になって、願い通り正祐には気が紛れる時間となってくれた。

「花魁《おいらん》道中の高下駄で歩くのがどれだけ難儀なのか知りたくて」

今片瀬が話しているのはきっと、白樺《しらかば》出版での大吾のシリーズと向き合っている中で気持ちに掛かったことだろう。

「足にダンベルを括りつけて歩いてみました」

「すごいですね」

真顔の片瀬に、思わず正祐は噴き出した。

自然に笑えた。そのことがとてもありがたい。

「道中じゃなくても、どうしても歩みはゆっくりになります。体には三十キロ前後の衣装と飾りですから、更にそこに甥っ子を抱かせてもらって。何してるのって怯えられてしまいました」

「なんて答えたんですか？」

必ず最後に食べましょうと約束していた酒盗のカルボナーラをつまみに、正祐は霧島《きりしま》を、片瀬は赤兎馬《せきとば》を呑んでいた。

「仕事だよって」

「それは、嘘ではありませんね」

その様子を想像して、また笑みが零《こぼ》れる。

花魁道中の様子を詳細に描かれたなら、そうして体にかかる負荷を知ろうとするのは片瀬らしい誠実さだと心から感心した。

今日、片瀬と会えてよかった。

そう思って向かいの片瀬を見ると、ふと沈んだ顔をした気がした。

「わかっていたつもりでいましたが、まだまだでした。調べれば調べるほど気持ちが塞ぎます。吉原のことは」

「そうですね。見かけがそうして華やかな分、日々のことを思うと堪らないです」

「まあ、リアルで」

酔っても、そう呟いただけで片瀬はいけないというように首を振る。

恐らくは担当している時代小説の描写のことだろう。自分たちが経てきていない時間の出来事を「リアルで」と言わせられるのは、作家の筆力の証だ。

「分けて考えなくてはならないのも、わかっていたつもりでしたが」

主語が省かれて、片瀬がその気持ちの塞ぎと何を繫《つな》げて語っているのかまるでわからない。

「抑圧を描くことに長《た》けてきた人のそれまでということを、どうしても考えてしまいます。今は抑圧を受ける側に寄り添おうとしてらっしゃいますが」

ため息のように片瀬が語っている人が、一人の作家であり、そして恐らくは東堂《とうどう》大吾だと正祐は察した。

片瀬は大吾の新作の校正を担当して、だからこそ花魁道中の重みまでを知ろうとしている。片瀬は作家としての大吾に敬意を持つようになったと、話してくれている。

「どちらがその人の本質なのだろうなどと考えてしまうのは、読者としての感覚でしかないのですが」

考えてしまう己を咎《とが》めながら、何か片瀬は珍しい憤《いきどお》りを秘めて見えた。

「何かあったんですか？」

その感情の生まれるところをまるで想像できず、無防備に正祐が尋ねる。

「あの」

躊躇《ちゅうちょ》を見せながら、片瀬は赤兎馬と氷が入った低いグラスを置いた。

「耳に入っていませんか？　……東堂先生が、ご結婚なさるという」

名前のところで限界まで声を小さくした片瀬に、正祐がグラスを取り落としそうになる。

「同性パートナーだと、聞きました。お相手は校正者だという話で」

なんとか正祐は、自分のグラスをテーブルに置いた。

人の口に戸は立てられない。

信頼できる者にしかまだ話していないけれど、それぞれの仕事先に打ち明けてからもうふた月になる。たまたまはたで聞いたものもいるだろうし、大吾も正祐も口止めはしていない。

誰かに知られて困る愛情ではないと、信じたはずだ。

「大丈夫なのかな。その人」

ぽつりと、片瀬は呟いた。

その言葉で、片瀬の負の感情の源がようやく知れる。

横暴な抑圧を相手に強《し》いることも描いてきた東堂大吾と、抑圧を受ける側を描き始めた東堂大吾のどちらが彼の本質なのか。人はそう簡単に変わらない。

だから彼は自分たちと同じ仕事の誰かに横暴を強《し》いているのではないか。

何故だか片瀬はそんな風に勘ぐっている。

「私です」

感情が制御できずに、正祐は口走った。

「今まで黙っていてすみ……」

はっとして心から驚いたように片瀬が自分を見たのに、咄嗟《とっさ》に謝りそうになる。

——謝るな。

大吾の声が聴こえた。

——お互いのことだろう。絶対に謝るな、二度と。俺にだけじゃない。誰にも謝るんじゃない。

伴侶に同性を選んだことで社会制度との不一致がでてきて、自分が優位な性を生きてきたことに初めて気づいたと、話していた時だった。

気づいて、優位に立てない視界を描き始めた大吾の作品を、校正しているのが片瀬だ。

「私なんです。そして」

大吾の校正をしている片瀬と友人になり話をしながら、大吾との関係性を黙っていたのは仕方のないことだけれどやはり申し訳なく思う。

「大丈夫ですよ。私は大丈夫です」

さっき、吉祥寺駅前から大吾に打った文字だ。

話せる範囲で片瀬に話そうと、正祐は決めた。きっと友はわかってくれる。今彼が抱えている何かしらの靄《もや》を払ってくれる。

けれど、人の頬が瞬時に強い感情で紅潮するところを、正祐は初めて間近に見ることになった。

「すみません僕」

固い声を、片瀬が絞り出す。

「用事を思い出しました。僕の分置いていきます」

一万円札がテーブルに置かれた。

これでは多いと正祐は胸の隅で思ったけれど、動けないし声も出ない。

立ち上がり上着を手にして、後は何も言わず片瀬が店を駆け出していく音を聞いていた。

友人が何を案じていて、何に靄を纏っていて、どうしてそんなにも足早に出ていくのか。

一刻も早く、自分を離れたいようにしか、正祐には受け止められなかった。


文字通り、本当に長い長月《ながつき》が終わろうとしていた。

松庵《しょうあん》の大吾《だいご》の家の居間に、正祐《まさすけ》はいた。百田《ももた》に合わせる顔がないと大吾が辛いことを言うので、簡単なつまみを正祐が作って二人で軽く呑んだ。

「分籍する」

猪口《ちょこ》を、いつもの紫檀《したん》の座卓の上に置いて、大吾は言った。

向かい合わせに座っていた白いシャツにカーディガンの正祐は、すぐに言葉が見つからない。

「あなただけの戸籍を作るということは、あなたらしいと思いますが」

日本の戸籍制度だと、子は父親の戸籍に連なっていく。大吾の実の父親はもう亡いが、もしかしたらその亡くなった父親が戸主のままであることもあり得る。

「説明が要らないのがおまえのいいところだな」

父親を離れた己の戸籍は、結婚、または成年であれば誰でも自分だけの判断で作れた。

「閲覧制限をかける」

「どういうことでしょうか」

その意味とそうする理由まではわからず、正祐も猪口を座卓に置いた。

「分籍しても親なら子の戸籍謄本《とうほん》を請求できる。転居履歴が見られるそうだ。簡単にはいかないかもしれないが、それを見られないように制限をかける」

「どうやって」

「加害を受けたことを申請書類に書く」

加害という言葉に、正祐はあの日の宮子《みやこ》を思い出さざるを得ない。

「何を言うか何をするかわからない」

思い出していたので、自分にだと正祐にもわかった。

あれから一週間しか経《た》っていない。なのにその日までとこんなにも世界が一変してしまった。

得難い幸せ。

やさしい音楽のように繰り返し耳に触れていった、幸いたちの行方《ゆくえ》がわからない。

「それは、あなたの選択することではありますが」

今、言葉を選び間違えるわけにはいかない。だからどうしても言葉が少なくなってしまう。

「理由の中に私が入っているのですから、私にも考える時間をいただけませんか。大きなことです」

「俺の方には迷いはない」

大吾がひたすら自分を責めている。

「このことは謝らせてくれ」

「あなたのせいではないと言いました。私は」

「だが俺には落ち度があった。母は……俺にはほとんどわからない人だった。俺は母と過ごしていないし、きちんと話をしてきていない。なのになんでだか迂闊《うかつ》に身勝手に信頼して、結果おまえにあんな言葉を聞かせたんだ」

張ろうとしている大吾の声が、痩せていた。

「俺が悪い」

「いいえ」

違うと、はっきりと正祐は思っていた。大吾のせいではない。

理路整然と理由を今すぐ明文化したいのに、まるでパズルを床に落としてバラバラにしてしまったかのように言葉が繋《つな》がらない。

「あなたに触れていいですか」

代わりに、正祐は尋ねた。

大吾こそが尋ねるように正祐を見る。

答えを待たず、立ち上がって正祐は大吾の傍らに寄った。肩に、肩を触れ合わせる。

大丈夫なのかな。その人。

友人の言葉を思い出して、正祐は唇を強く噛みしめた。大吾に傷つけられたりしていない。

守ろうと必死にいてくれる。

分籍のことも閲覧制限のことも、この短い間に調べ直したのだろう。

ふと見ると紫檀の上に、普段身の回りに置くのをあまり見たことがない大吾の携帯があった。

もう問い合わせや手続きを、きっと大吾は進めている。

指先で大吾のシャツを摑んで、強く正祐は握りしめた。

「……傷ついただろう」

いいえと言えば、それは大きな嘘になる。

ここに二人の愛情がある。

打ち明けたら大切な人々が、やわらかな祝福を言葉にして心を埋め尽くしてくれた。

けれどせめて「是《ぜ》」とだけ言って欲しかった大吾を産んだ人が、冷たい泥の入った器をぶちまけた。

正祐の初めての友も何も言わず立ち去ってしまった。もしかしたらもう、友は失ったのかもしれない。

ここにある、愛が理由となって。

「私があなたを助けたいんです」

こんなことではその望みは叶わないと、声に出す。

「俺は大丈夫だ」

「いいえ」

虚勢を張った大吾に、正祐は首を振った。

力強くいてくれなくていい。

力強いということを抑圧的だと思っているわけではない。大吾の力強さを、ずっと正祐は頼りにしていた。

けれど今は力強くいてくれなくていい。ただ健《すこ》やかでいてほしい。心安らかにいてほしい。

抉《えぐ》られた心のままで、情人を守るためだけに立とうとしないでほしい。

「どうか」

当てもなく正祐が口を開いた途端、この部屋では聞きなれない振動が、耳に届いた。

見ると、紫檀の上の携帯が光っている。黒地に白く、「東堂和良《とうどうかずよし》」の文字が浮かんでいた。

長く鳴って、振動が途絶える。着信が何度か続いたことが、光が失せるディスプレイから正祐にもわかった。

「あなたは、お義父様《とう》を信頼していました」

賭けなのかもしれない。こんな時に賭けかもしれないのは耐えがたいほど怖い。

「あなたが以前話してらっしゃったお義父様と、実際お会いしたお義父様は、私には一致して見えました。ご連絡をくださるなら、お話をなさってみてはいかがですか」

必死な分、正祐の声が強張《こわば》る。

けれど走ってきてくれた和良は、誠実さをきちんと纏《まと》った人に思えた。

答えの出ない目をして大吾が正祐を見つめる。

また、紫檀の上の携帯が鳴った。

らしくない緩慢《かんまん》な動きで、大吾が携帯を取る。ディスプレイに触れて耳元に、それを近づけた。

「……はい」

電話の向こうの声は正祐には聴こえない。

「大吾です」

小さな子どもの声を聴くように、正祐は大吾の声を聴いた。

自分一人で大吾を支えられるだろうか。今だけではない。これから先ずっと。何があるかわからない未来の時に、助けられるだろうか。

一緒に生きていくということは、そんな日も巡るということだ。

短く話して、大吾は携帯を置いた。

「明日、義父が西荻窪《にしおぎくぼ》に来るそうだ。一応、話を聞いてくる」

一応、という言葉は大吾にとても似合わない。

「私も」

行かない方がいいという声と、今の大吾を親と二人で会わせられないという声との両方に、正祐の声が途切れる。

「同席してもいいでしょうか」

驚いたように正祐を見た大吾の目が、既に疲れていた。

「おまえがもし、そうしたいなら」

その返答は、正祐を頼りに思ってのことではなかった。恐らく大吾は、正祐には同席する権利があると考えている。

「不適切だとおまえは言うかもしれないが、こんなことになったので尋ねたい」

弱った声のまま、大吾は肩のところにいる正祐を見つめた。

「清庵《せいあん》が子どもをなしたことをどう思った」

一息に、大吾が問う。

最終巻は、これまでとは違う大きな仕掛けで発売される分、入稿にもしっかり時間が取られていた。誤字脱字も絶対に許されない。正祐は最初の校正を返したが、再校はこれからだ。

「『百日紅《さるすべり》の咲かない夏』を、もう一度読みました。あなたの言った通り、小説だと思えました」

書かないでほしかった。

そう思った最初の小説、三浦哲郎《みうらてつお》の「百日紅の咲かない夏」を正祐は一昨日もう一度読んだ。

友人が立ち去ったあと心が砕けそうになって、文字に助けを求めた。

綴られた言葉たちを読むうちに、砕けた心が寄せ集められ整うのを感じられた。

そして大吾が言った、「作家は着想を得てまったくのフィクションを書くことがある」という言葉が腑に落ちた。

「人の幸いの形はすべて違うと、知っているつもりです」

大吾の指に、自分の指を置く。

——おまえの言う人それぞれは、とてもいいな。

不意に、篠田の言葉が耳に返った。

——おまえはちゃんと、人それぞれだと思って人それぞれだと言ってる。そう聞こえるよ。

その言葉が今正祐に聴こえたのは、戒《いまし》めだ。

あなたが子どもを持ちたいと思って書いたわけではないと、わかっている。

そう言った方が大吾の心は凪《な》ぐだろうか。

そうではない気がする。

導《しるべ》を見失ったまま、正祐は大吾の肩に頬を預けた。

翌日の日曜日、西荻窪《にしおぎくぼ》だが初めて入る駅近くの喫茶店で、和良《かずよし》と昼過ぎに待ち合わせた。雑誌に載るような明るいカフェだが、正祐《まさすけ》は初めて入った。会う場所を決める時に、「普段使わない店がいい」と大吾《だいご》は言った。

「ありがとうございました」

あの日に渡してくれた上着はクリーニングから返ってきていて、正祐は最初に和良にそれを返して礼を言った。

いつ、何がどうなるかわからないという以前には持たなかった怖さが、今は致し方なく胸にある。

「わざわざクリーニングに……申し訳ない。二人とも、会ってくれてありがとう」

向かいに座っている和良は、一週間前より歳をとって見えた。

普段使わない店がいいのはきっと、大吾にも何が起こるかもう想像がつかないからだ。好きで使っている店に行けなくなるとまで考えてのことだろう。

「いえ、お義父《とう》さんこそ遠くまですみません」

堅苦しいけれどきちんとした挨拶《あいさつ》をした大吾の隣で、正祐も頭を下げた。

「塔野《とうの》さんもいてくださった方がありがたいです」

同席していいのか問おうとした正祐に、やわらかな声が告げる。

「この間は本当に申し訳なかった。私が謝ることではないと大吾は言うだろうけれど、私には大吾に謝らなくてはならないことが、あるんだ」

眼鏡の奥の瞳で大吾を見て、和良は何かを、語り始めた。

「宮子《みやこ》の、お父さんとの結婚前の話は、聞いたことはあるかい？　平太《へいた》さんの方だ」

宮子のことを、和良が大吾に問う。

「仕事で出会って、結婚してすぐに俺が生まれたとだけ」

持っている答えの少なさに、大吾はまた弱さを纏《まと》っていった。

三人分のコーヒーの湯気が消えかけている。

和良が一口、口に入れた。

「私と宮子は、学生時代に知り合って婚約していた。大学でジャーナリズムを学んだ時だよ」

辻褄《つじつま》の合わない和良の言葉に、大吾が目を瞠《みは》っている。

「お互い報道に関わる職場に勤めて、宮子はフリーのジャーナリストだった東堂さんと……君のお父さんと出会ってしまった。熱烈な恋に落ちたんだ」

「それじゃあ……」

「そうなんだ。私は一度ふられている」

恐らく初めて知って大吾が驚いているその話は、けれど大吾の家を知る正祐にも俄《にわ》かに辻褄の合う過去だった。

「仕方ない。君のお父さんは本当に魅力的な人だった。仕事も近いのに、僕は通信社の管理職への道を着実に歩いている頃だった。とても敵《かな》わない」

三十年以上前のことを語る和良は、今は穏やかだ。

まだ若かったその時に本当はどんな感情を持ったのかは、目の前に座って聞いていても正祐には想像もつかない。

「通信社にいたので、一報を聞いてすぐに宮子のところに走った。下心はなかったと、言わせてほしい。報道も押し寄せる。慣れない場にも出て行かなければならない。最愛の人を喪《うしな》ったばかりなのに。そう思って、全力で彼女を支えた」

空《から》の棺《ひつぎ》という大吾の声が、正祐には思い出された。

それは自慢だったと、大吾は言っていた。十歳の大吾だ。

その時宮子は最愛の夫と少なくとも十年以上の結婚生活を送って、空の棺をどんな風に見ていたのだろう。

「彼女が語らなくてはならない場面では、私が原稿台本を書いた。気丈な人だったので不誠実だと拒絶されるかと案じたが、彼女はずっと無表情で無抵抗だった。何もかも、後になって、段々とわかった気がしていることだけどね」

当時を振り返って、和良が遠くを見る。二十年前のことだ。

「報道も、国も、大袈裟《おおげさ》に言えば国民も、平太さんの死をあまりにも大きく扱った。葬儀は覚えているかい?」

「黒い大きな車に乗って葬儀場に、行きました。たくさん人がいるのが不思議で。総理大臣が焼香《しょうこう》にきて、自分と母に一礼をしていきました」

それは正祐には、初めて大吾から聞く話だった。

大吾にとっても、語るには大きすぎる葬儀だったのかもしれない。

「私人としてだが、来ていたね。そうして多くの人に弔《とむら》われる中で、彼女は一度も泣かなかった」

「……何故《なぜ》、ですか」

「感情に蓋《ふた》をしてしまったんだと思う。時々、平太さんがまだ外国にいるようなことを言うので不安で、目が離せなくなった。亡くなったんだよと言うと、だって見ていないと、言った。ご遺体のことだ。病院にも何度か連れていったよ」

そうでしたかと、大吾の声が落ちた。

「君は十歳だ。何もわからなくて当たり前だよ」

慌てて和良は言ったが、大吾の気持ちが落ちた理由は別だと正祐にはわかる。

盛大な葬儀が誇らしかったと、大吾は言っていた。母の様子にも気づかず、胸を張っていた自分をきっと責めている。

「さっき下心はなかったと言ったが。僕は、宮子に強い未練があった。四十前で独身だったのは、どんな女性に出会っても宮子じゃないと思ってしまったからなんだ」

一週間前に初めて会った、灰色に強い青が入ったワンピースを着ていた女性を正祐は思い返した。

神経が細いようでいて強い声、言葉、仕草。

別れた後に心が残るのは、未熟な正祐にさえわかる気がした。

「心に蓋をしたまま痩せ細っていく彼女に、プロポーズをした。平太さんの一周忌の後だった」

隣で大吾が、一つ一つ心を揺らしながら聞いているのが正祐にも伝わる。

敬愛する父を喪ってから二年あまりでの母親の再婚に、大吾は荒れ果てた。大吾にとっては経緯も理由もわからない、心を閉じてしまった母の早すぎる再婚になったのだ。

「ジャーナリストは絶対に嫌ですと、言われて。僕は管理職だからと情けない言葉を返したが、彼女はそこは聞かなかった。ちょうど民間人校長の公募が始まって、飛びついたんだ。条件が管理職経験者でね」

通信社に勤めたのに今は校長になっている理由も語られて、大吾は言葉を挟《はさ》まずにいる。

職業病故だが、和良の一人称が「私」と「僕」の間で揺らぐのを、正祐は静かに聴いていた。

若い頃の思い、自身の思いが籠《こも》るときに「僕」になる気がした。校長を務めている人だ。普段はきっと、「私」と語る場面が多い。

「あまりにも君を置き去りにした再婚だった。今更謝っても時は戻せないが、本当に申し訳なかった」

テーブルにつくかと案じるほど、和良は深く頭を下げた。

何か言わなくてはと、大吾が惑《まど》っている。

「頭を上げてください」

ようよう、大吾は和良に声をかけた。

「それは、確かに俺は何も知らずにいましたが。お義父さんは母を、そうしてずっと支えてきてくださったんじゃないですか」

「ジャーナリストはもう絶対に嫌」

ふと、和良は宮子のその時の言葉を反芻《はんすう》していた。

「泣かずに、感情に蓋をして、その時閉じ込めた思いは癒《い》えたんだと僕は思い込もうとしていた。だけど、離れている大吾に……平太さんを重ねて」

宮子の幸福な物語は、思えば初対面の正祐が聞いてさえ驚くほど強固に編まれていた。

誰も気づかない蓋の内側で、その物語はいつから完成していたのだろう。

「擁護《ようご》じゃないんだ。本当にあんなことを言う人じゃない。長い時間閉じ込めていた感情の蓋が、きっと開いてしまったんだよ」

負の感情を抑え込んで、けれど消えずに発酵するかのように内圧が限界まで上がって、内側から爆発するように蓋が開いて中身が飛び出してしまう。

「私にも、覚えがあります」

無意識に正祐は、口を開いていた。

「思ってもいないような酷《ひど》いことを」

一年前の試し同棲の最後の夜も、散々だったと思い出す。

「あなたに叫んだことがあります。それも一度では、ありません」

思っていないことまで感情に巻き込まれて叫んでしまうことは、確かに人にはあると、今の正祐は覚えていた。

「だからと言って、俺にはとても母の言葉を許容することはできない」

突然人生の根幹に関わる話を打ち明けられた大吾の言葉が、硬い。

「……わかってる。私が、悪かったんだ」

「そうは思っていません」

「私が悪い。一緒に暮らす中で、時々、まだそこに蓋がされていると感じることは本当はあった。僕は僕で、そんなはずはないと自分に言い聞かせて見ないふりをしていた。時間とともに消えてくれていると根拠もないのに期待して」

その長い長い時間を、悔やんでも悔やみきれないほど和良が後悔しているのが、辛く伏せられた瞼《まぶた》に映っていた。

そっと伸ばした指をテーブルの下で大吾の手の上にかざして、正祐はその指を握った。

僅かに、大吾の体が揺れる。

確かめるように、大吾は正祐を一度見た。

「……親というのは、なかったことにするのは子どもにはとても難しい存在です」

弱さとは違う、大吾がそんな静かさを持っていることに驚かされる声が、正祐にも届く。

「これから先、母とどう向き合うのか。簡単に答えは出ません。よく、考えます」

今はきっと精一杯の和良への言葉が、大吾の喉元を離れていった。

「そうだね」

そうするしかないねと話を終わらせようとして、和良が不意に、声を詰まらせた。

「大吾の父親が必要だろうと、宮子に言ったんだ。僕は」

校長で、もうすぐ定年を迎える男の声が、若く、「僕は」と頼りなく泣く。

「そのプロポーズは後悔してる。卑怯だったし、早過ぎたし、肝心の約束は守れなかった。お義父さんが、大吾をこんなに立派に育ててくれた。そうして、僕たちはこのまま年を重ねていくのだと思っていた。本当に愚かだ」

蓋がされている宮子の心を見ないようにして、もしかしたらその蓋の中にはもう何もないのかもしれないと期待して、生きていけると願った和良の思いも、聴いていてわからなくはなかった。

「だけど、彼女が叫んで初めてわかったことがある。僕はずっと待っていたんだ。彼女が叫ぶのを」

まるで真逆のことを和良が言ったのも、正祐にも、恐らく大吾にも不思議ではない。

「蓋をしてしまった感情を、開けてくれるのを。僕だってないことにしようとしたのに、それでもいつか彼女が閉じ込めてしまっている感情が外に出られることを、望んでいた」

たどたどしい声が、細る。

「こんな形ではなく」

皺《しわ》が刻まれた指が和良の顔を覆うのを、言葉もなく正祐は見ているしかなかった。

互いに見送ることはせず、カフェを出て頭を下げて左右に別れた。

「義父に会わせてくれて、ありがとう」

松庵《しょうあん》に向かって並んで歩きながら、大吾が自分に「ありがとう」という平易な言い方で感謝を示すのはとても珍しいと、正祐は戸惑った。

「おかしな言い方かもしれないが、彼女が……母が父の死で壊れていたと知って」

続きを、大吾は言えない。

言えないのは当たり前だ。恐らく近い感情を正祐も持ったが、決して言葉にはできない。

宮子が正気であの日の言葉を選んで、正気で棗《なつめ》を投げつけたのではない。

十二歳の大吾を混乱させた再婚も、目を瞑《つぶ》った選択だったのかもしれないのだ。

「おまえは謝るなと繰り返すだろうが……聴いてくれるか？」

言えなかった続きを長く思考したのだろう大吾が、正祐に尋ねた。

「あなたの話は、どんなことでも聴きます。私たちはたくさん、話をしながらここまできました」

謝罪は受け取りたくないが話は聴きたいと、伝える。

「これから先も」

「ああ、そうだな」

確かめ合って、ほんの少し二人は微笑《ほほえ》み合った。

「母が父を亡くして二年で再婚した理由のようなものは、今日初めて知ったが。なんというか、俺の想像にはなかったちゃんとした成り行きだった。俺は義父《ちち》がいてくれてよかったと思う」

ゆっくり話した大吾との言葉を正祐はきちんと聴いたが、感情の流れをすぐには推測できない。

「よかったと思う訳を、尋ねてもいいですか?」

わからないまま先を聴くことはできず、正祐は問いを挟んだ。

「義父が現れなかったら、俺は十二であんなに荒れはしなかっただろう。だが母は、葬儀の時にはもう壊れていた。義父が支え続けてくれなかったらもっと壊れていったかもしれない。俺は父に代わろうとして、その壊れた母を独りで支えることになった。何もわからないまま、学びもないままに。母にも俺にも、とてもいい結果は考えられない」

もともとの気性になぞらえて、大吾がその想像をしたことは正祐にも腑に落ちる。

「私は今一つ、想像をしました」

「どんな」

けれど大吾の想像から迂闊《うかつ》に抜け落ちた人を、正祐はそこに添わせた。

「いずれにしろ、おじいさまがあなたと、もしかしたらお母様を助けたのではないでしょうか」

今日明かされた過去でいっぱいになっていた大吾に、正祐が必ず現れたであろう人を教える。

「ああ」

十四を待たずとも、大吾と宮子だけになったなら、その人はあの棗のある家を何度でも訪れただろう。

「そうだな。そうだろう。いずれにしろじいさんに助けられて」

そしてどうなっていたかまでは、大吾にも正祐にもわからない。

「だがたられればだが、義父がいてくれて本当によかった。壊れ始めたときに気づいてくれてずっと見ていてくれたんだ」

和良の手当がなければ宮子はと、正祐にもそれは怖い。

「墓で会わなかったのは、三回忌の法事の後一度も来なかったからかもしれないな」

ふと、大吾は夏越《なご》しの祓《はらえ》の日に話していた、不思議と母親と父の墓でばったり会わなかった理由を知ったようだった。

「今、どのくらい彼女は正気なんだろう」

母を知らずにいた時間の分、大吾がわからない人の正気と狂気を思う。

長く遠くに思いを馳《は》せてから、大吾ははっとして正祐を見た。

「おまえに謝りたいのは」

話が逸《そ》れたと、そんな風に語りなおす。

「俺は十四で母のもとを離れた。最初は、母も義父も憎んだ。父を尊敬していたから」

だから再婚に荒れたと、それは出会った最初に正祐は大吾から聴いた。

「幼さに呆れるが、だから母と会わずに、遠野《とおの》で、じいさんからの学びに俺は遊び。それで満ち足りて。いつしか、母は想像の人になっていた」

言い訳を大吾は添えなかったが、正祐には少年だった大吾がそこで満ちるのは当たり前で、むしろ大吾を救ってくれた奇跡にさえ思えた。

「身勝手に母を信頼した理由が、まるで知らなかった過去を今日聞きながらやっとわかった。父を愛したのだから、公平な人だろう。義父とすぐに再婚したのは、父をあんな形で亡くした反動だろうと、想像で母という人の物語を紡《つむ》いでいた。丁寧《ていねい》に、矛盾なく」

思いがけず、正祐は安堵した。

「実家のある駅に降りた時に本当は、俺の中の母が俺が編んだ母親だと、気づいていた。思い出したと言う方がしっくりくる。家に近づくほど何も思い出がないと焦りが込み上げて不安だったのに、それでもまだ想像で作り上げた母親を信じようとした」

あの日隣を歩きながら正祐が危ぶんだ大吾の揺らぎに、大吾自身がしっかりと気づいたことに、安堵したのだ。

崩れ落ちた足場が、自覚という土に固まることを期待した。

「その愚かさでおまえにあんな思いをさせた。すまなかった」

けれどその安堵を伝えようとした刹那、大吾は正祐に謝った。

「俺が、心から愛して生涯を歩こうとしている人に」

いつでも断定を躊躇《ためら》わない大吾の言葉遣いに、躓《つまず》きに似た間がある。

その躓きに、どうしても正祐の耳にも宮子の言葉が蘇った。

——お願いだから他の男の人にしてちょうだい。いくらでもいるでしょう、あなたならいくらでも。

「あんな貧しい言葉を」

きっと、大吾も同じ言葉を思い出している。

大吾も正祐と一緒に、凍った泥を浴びたのだ。実の母親から、かけられた。

「私は」

正祐は、大吾に言いたいことがあった。

「あなたに愛された私のままですよ」

言いたいことはもう幾度か言った気がする。それでもまだ大吾には伝わらない。

お互いに泥に汚れたまま、歩いていた。

「ですから、もう、何も謝らないでください」

そう告げて見上げると、大吾は困ったように似合わないため息を吐いた。

もっと、情人に渡せることがあるはずだ。ため息を吐かせたりしない、綴《つづ》れる言葉が自分にはあるはずだ。間違いなく一歩一歩を、人と、この人と踏みしめてきたのだから。

いずれ再校が手元に来るだろうと、ふと己の仕事のことを正祐は思った。大吾の再校だ。

心残りの一文をそのままに、正祐は最初の校正を渡してしまっている。

自分はまだ、仕事を終えていない。

今この状況に於《お》いても正祐には、それはとても大きなことだった。いや、この状況だからこそ大きい。

泥が冷たくても一緒に歩く自分たちの日常を、踏みしめなくてはならないのだから。

神が集まりにいっているという神無月《かんなづき》に入ってすぐに、正祐《まさすけ》の手元に「寺子屋あやまり役宗方清庵《むなかたせいあん》」最終巻の再校がきた。

庚申社《こうしんしゃ》の二階の校正室で、さすがに涼しいというよりは秋が深まっていく午後、正祐は再校と向き合っていた。

冒頭から後半にかけての書き込みは、一つ一つ丁寧《ていねい》に、いつも通りの自分の仕事として進めることができた。

けれど、いよいよ終盤というところに出てくる一文でどうしても手が止まる。

そこが何も触れずに初校を渡してしまったところだ。

けれどその一文のことを正祐はずっと考え続けている。

——不適切だとおまえは言うかもしれないが、こんなことになったので尋ねたい。清庵が子どもをなしたことをどう思った。

清庵が子をなしてそれが物語を未来に繋《つな》ぎながら閉じていくのを、大吾《だいご》の実家に行くまでは正祐は確かに不安に感じていた。

だから初校でその一文に触れなかったのかもしれないと思うと、自分の乱れた感情が校正に影響することが恐ろしくて余計に手が出ない。

「隣で一時間固まられると、さすがに気にかかる」

いつものように正祐の隣で仕事をしている篠田《しのだ》が、「休憩だ」というように大きく伸びをして言った。

——人の幸いの形はすべて違うと、知っているつもりです。

そう大吾に返した時に正祐に聴こえたのは、篠田がついこの間くれた言葉だった。

「どうしたらいいのかわからない一文が、ありまして」

だがこれは最終巻が閉じる部分なので、同僚としてでもとても相談はできない。篠田も最終巻は真っ新な気持ちで読みたいはずだ。

人の幸いの形はすべて違うと、大吾に返した正祐の言葉は上滑りだった
心がなかった訳ではない。その場ではこう伝えるべきだと思った。他に選択肢はなかった。

——おまえの言う人それぞれは、とてもいいな。

心がなかったから、篠田の言葉が聴こえたのだ。せっかく与えられた信頼と、真逆の振る舞いをしたことはその場でわかった。

「三浦哲郎《みうらてつお》も止まったままか？」

夏越《なご》しの祓《はらえ》の後からずっと三浦哲郎を読んでいた正祐が、三浦哲郎どころか個人的な読書も停滞していると、同僚は気づいている。

相談を待ってくれているように、正祐には篠田が見えた。よく考えたら片瀬《かたせ》から何か聞いているだろう。あの時、正祐は片瀬に思いもしない強い声を聞かせてしまった。

何故《なぜ》、片瀬が突然帰ってしまったのか考えるのは辛い。正祐の方から篠田に、片瀬への伝言を頼むべきなのかもしれない。

だがいったい、どんな伝言をしたらいいのか一文字も思いつかない。

友さえ得たことのない三十年だったので、こうして人の気持ちの明るくはない機微《きび》について考えを巡らせるのは、正祐には苦しみに近かった。

「誰かと」

呟きかけた声が止まる。

何より今は、伴侶となろうとしている人と、その母親との関係を考えなくてはならない。

分籍について自分にも時間をくださいと大吾に言ったが、正祐は大吾と母親の離別について何一つ考えられてはいなかった。

考えているのはひたすら大吾のことだ。

大吾自身、実家を離れてからこんなにも足場が崩れたことはないだろう。人生で一番大切な時期を祖父と遠野《とおの》で過ごせたと言っていた。

和良《かずよし》の話によれば、宮子《みやこ》は最初の夫を喪《うしな》った日から壊れている。けれど大吾が伴侶にもし女性を選んでいたら、母の変異をこんなにも思い知ることはなかったかもしれない。

自分を選んでいなければ大吾はまっすぐ立っていられた。

泥を浴びたまま手当ができていない正祐の心は、いつの間にか手が付けられない程凍《こご》えていた。

「誰かと一緒に生きていくということはこういうことなのでしょうか」

無意識に、主語のない問いが零れ落ちる。

「違うよ」

何をと尋ねず、篠田は即答した。

驚いて隣を見ると、篠田はいつもと同じようにあたたかで誠実で、けれどいつもより強いまなざしで見ていてくれる。

今呟いた自分の声が、谺《こだま》のように正祐の耳に触れた。痛いほど強張《こわば》った声だ。

「……っ……」

本当に傷ついたのは大吾の方で、足場が緩んでしまったのは大吾なのだから、自分がしっかりしなくてはと正祐はずっと気を張りすぎていた。

違うと言ってくれた、信頼する同僚、信頼する人の声に、一気に弛緩《しかん》して涙が溢れて止まらなくなった。

声も出せず、両手で顔を覆う。

長くしゃくり上げていた正祐の背を、篠田の手が軽く叩いてくれた。買い置きのミネラルウォーターの蓋《ふた》を開けて、見えるように手元に置いてくれる。

頭を下げて、乾ききっていた喉に正祐は冷たい水を流し込んだ。

「後は先生のご両親に挨拶《あいさつ》だと聞いたきりだったから、気にかかってた」

小さく呟いて、篠田は正祐が鞄からハンカチを取り出すのを待ってくれていた。

何度も洗濯した平凡なグレーの綿で頬を拭うと、ゆっくりと涙が止んで明瞭な視界が戻ってくる。

「自己開示するかな」

いたずらっぽく笑って、篠田は正祐を見た。

——ただ、俺は自己開示しない方向で生きていくつもりだ。今のところは。

大吾との結婚報告の後篠田に告げられていたので、聴いていいものなのか正祐が惑《まど》う。

「カテゴライズはしたくないが、わかりやすく言うと俺はどうやらバイセクシャルだ。長く一緒に暮らしてる今のパートナーは同性だよ」

無理にはと正祐が言う前に、さらりと篠田は打ち明けた。

その話を聴いて、まったく驚いていない自分に、正祐は驚いた。

今まで篠田が話してくれた過去のエピソードのいくつかは、一般論という名の作り話だとい

つからか気づいていた。

こうして隣に座った最初の何年かは、ただ無邪気に聞いていた。無意識に彼自身の話とわかりやすい教訓とを聞き分けていたと気づいたのは、まさに「自分は自己開示しない」と篠田が言った時だ。

「一緒に暮らそうと言い出したのはパートナーだった。それならちゃんとしたいと言ったのは、俺だ。ちゃんとというのは、大切な人たちにパートナー関係を打ち明けること。そしてもう一つのちゃんとは、結果公正証書を作ることになった」

「公正証書……ですか」

あまり耳慣れないが、正祐も存在と内容は知っている。

実際、大吾との「結婚」の形の中に選択肢として話には出た。

「作ったよ。まあ面倒だったが、俺は几帳面だからそれほど苦じゃなかった。結婚で得られる権利を一つ一つ証書に証拠として公文書にした。養子縁組の方が楽だな。だが、パートナーの両親から俺が酷《ひど》い侮辱を受けて周囲への公表はやめたんだ。俺が年下なんで」

公表できなかったから苗字を変えられなかったと、簡潔に篠田が公正証書作成を選んだ理由を語る。

「酷い言葉だった。今でもたまにふとした弾みに思い出す。目の前で聞いたパートナーは、その場で両親と縁を切った。もう何年にもなるが、会うどころか連絡先も渡してない」

「そう、ですか」

このままだと大吾も同じ選択をするだろうと、正祐には想像がついた。

けれど大吾の心を思うと、その選択をしないでほしいとも正祐には言えない。不当な侮辱により耐えられないのは、正祐より大吾の方だ。

「俺からおまえに言えることは」

きっと似たような状況だろうと、篠田は察してくれている。

残念なことだが、同性パートナーの間ではよく聞こえる話なのかもしれない。

「どちらを選択しても、後悔するし辛い。パートナーも俺も、二人ともだ。最良の選択はないよ」

さらりと篠田は、「ない」と言った。

ないと言われると、ないものを探していたとわかる。徒労に心を割《さ》いて疲れ切っていた。

「その時その時、それぞれの感情で決めるしかない。もし、法律が愛情を守ってくれたなら。守らないまでも、存在しているものだと認知してくれたなら」

きっと何度も巡った思考なのだろう。篠田の声は何処までも平坦で、感情を乗せていなかった。

「あなたの他人の愛情を踏みつけ侮辱する行為が間違ってますよ。で終わりだ。だがまだ法整備されていないから、俺たちは親子なんてどうにもならない辛さを、自分たちの感情で考えて割り切らないといけない。どっちの苦痛がよりましな苦痛なのかを、選ぶ行いだよ」

ゆっくりと語ってくれた篠田の身に起きていることを、ゆっくりと正祐が咀嚼《そしゃく》する。

やぶ入の寝るやひとりの親の側。

いつだったか、この句の解釈を篠田が語ったことを正祐は思い出した。

——所帯を持とうかという頃に、田舎の農家に帰る。母はもう亡く、畑から炊事から全部父親がやるのを目の当《ま》たりにする。どうすることもできず、一人の親の側で天井を見るような思いがする句だよ。

親子と言えど別々の命だとも、そのとき篠田は言っていた。

あの話は間違いなく、篠田自身の語られない思いを正祐に感じさせた。

「思ったよりずっと」

張っていた声が、緩んで。

「辛くて困難です」

弱音を声にできたことで、自分が自分に還っていける。

ないことにしようとすればいずれ、宮子《みやこ》の身に起きたように頑強な蓋の中で膨れ上がって飛び出す日も訪れかねない。

真っ黒な、最早元はどんな悲しみだったのかも不明となった大きな魔が噴き出すところを、正祐は確かに見た。

「今は、だよ。自分の愛情のために選び取った困難だ。今はな」

いずれ社会が変わると、篠田が望みを捨てていないことは正祐にも希望になる。

見たこともない他人を信じていると、以前は大吾も確かに言っていた。

「篠田さん」

一生しないはずだった話を、篠田はしてくれた。

「ありがとうございます。今のお話は聞かなかったことにします」

隣の篠田を、赤い目で正祐はまっすぐに見た。

五十本の眼鏡をコレクションしている篠田の、今日の眼鏡のつるは青藍《せいらん》だった。今初めて鮮やかな美しい青嵐が正祐に見えた。

マンション退去の通知書が届いた、夏越《なご》しの祓《はらえ》の朝に見上げた空を、思い出すことができた。

「いいよ。そんな馬鹿丁寧に」

珍しく篠田が困ったのが正祐にもわかる。

「一つだけ興味の質問をしてもいいですか？」

ならと、正祐なりの問いを用意した。

「へえ、おまえが興味の質問か。それは興味深いな。どうぞ」

なんだと、眼鏡の奥の目をもういつも通りに篠田が見開く。

「お勝手はどのようになさっているのでしょうか」

「なるほど。そうくるか」

――俺は、男と、お勝手のことで揉めないし悩まない。経験がない。

去年篠田が、正祐に言った言葉だ。

「できる時にできる方がやる。揉めたことはないよ」

「まさかそんなことが」

「一度もない。これは自慢だ」

「羨ましいです」

笑って話を終わらせるつもりが、正祐は心の底から篠田が羨ましくなった。

「給料制にすると、話はついたんだろう？　社長にも副収入の件を確認して」

「はい」

それでもなお正祐は、一緒に暮らし始めたら大吾とお勝手のことで何かしら揉める気がしている。

けれどその揉め事は、不思議と楽しい想像だった。

「『みんなちがって、みんないい』のは」

正祐の名前の由来でもある、金子《かねこ》みすゞの詩「私と小鳥と鈴と」の一節を篠田が引用する。

「どんな間柄でも同じだ。小鳥でも鈴でも、私でも。俺もおまえも」

「……本当にそうですね」

揉め事の想像だが、大吾と生きていく時間を楽しみに思うことが正祐は久しぶりにできた。

秋彼岸《あきひがん》以来だから、僅か十日足らずなのに永遠のように感じられていた。

「秋彼岸の夜に、三浦哲郎の『文集母』を閉じて……その後『百日紅《さるすべり》の咲かない夏』を再読したきり確かに本を読んでいません。こんなに長い時間本を読まなかったのは初めてです」

さあ、今日家に帰ったら何を読もう。どんな本を開こう。

見ていてくれた篠田のお陰で、正祐は自分を思い出し、取り戻していた。

「あれはいろいろ考えてしまうな」

「ええ。考えてはいけないと、こちらが腹を括ったところを赤裸々に描いているので」

「百日紅の咲かない夏」は、姉と弟の強すぎる思慕の物語だ。

私小説の騎手である三浦哲郎の代表作が収録された「忍ぶ川」からは、氏自身の姉への特別な思いが感じられてならない。

「まあ、書きたいとなったら書くのが作家なんだろうが。俺は、俗な想像をしている。妄想だな。一読者として、三浦哲郎は姉にひとかたならぬ思いはあったんだろうと。だが」

ぼかさずに率直に、篠田は想像を言葉にした。

「『化粧』は読んだか？」

だが、の続きは、「拳銃と十五の短篇」の最後に収録されている「化粧」だった。

「はい。なんだか、泣きました」

「化粧」に泣いたとは、大吾とも話した。

「忍ぶ川」から時を経た私小説で、三浦哲郎の母親の加減がよくない。目が弱い先天性色素欠乏症の姉の白い髪を幼い頃から染めてきたのは母で、これから姉の白い髪、白い肌や眉の化粧はどうするのだろうと三浦哲郎は考え込んでいる。

「俺もあれは泣いた」

嚙みしめるように、篠田にしては随分と声に感慨が籠《こも》った。

「三浦哲郎の母親がもう年老いて、娘も物がわかるようになって。三浦哲郎自身も、姉も、年を取っている。恐らく今の俺たちよりももっとずっと上だな」

「そうでしょうね」

もう白髪の年齢なのにあんなに真っ黒に髪を染めなくてもと、姉のことを無邪気に三浦哲郎に言ったのは彼の娘だった。

「『忍ぶ川』の頃から時が経《た》って。失われた若さと一緒に、俺が妄想したような……なんていうんだろうな。持ち続けるには重い荷物のような思いも、泡や、湯気や、煙のように立ち消えたと感じた。独りになるかもしれない姉の身の上を、身内としてごく当たり前に案じている。そういう掌篇《しょうへん》で」

ふと、どのくらい先なのかわからないほど遠くを、篠田が見た気がした。

「俺にはまだ想像もつかないし信じられもしないけれど、ひたすらに生きていれば、人にはそういう日がくるんだという希望になった」

綴《つづ》られた希望を、長く反芻《はんすう》するように正祐が聴く。

「いつか」

宮子の声、背に当たった青い棗《なつめ》。

和良の後悔と悲しみ。

大吾の嘆きと憤《いきどお》り。

「重い荷物のような思いが、泡や、湯気や、煙のように」

正祐が堪えていた、不安と、痛み。

いつかはその荷を降ろせるのかもしれないと、篠田に、人に教えられている。

本にも、教えられていた。

本とともに生きてきて、そして正祐は今、人とも生きている。

本が、本を書いた人が、本を読む人が、正祐には生《せい》で愛情だ。

「仕事をします」

凛とした声が、覚えず正祐の身の内から出ていく。

「おっと、俺もだ」

長い休憩を終えて、二人はそれぞれに校正原稿に向かった。

ずっと見つめたままただ止まっていた一文を、丁寧にもう一度正祐は読んだ。

書いた人を、当たり前に信じる。

その一文の横に、正祐はしっかりと強く鉛筆で線を引いた。

これが、大吾との情愛だ。正祐には情人の最も深い愛し方だ。

仕事を通して、知り合うべきでさえなかったのに、出会って愛し合った。

大吾と正祐は、正しく不適切な関係なのだ。


久しぶりに鳥八《とりはち》にいこうと、何かしらの原稿を終えた大吾《だいご》から正祐《まさすけ》に誘いのメールがきた。

新月に向かう月が完全に消えようとしている寒露《かんろ》の祝日、秋彼岸《あきひがん》から半月が経っていた。

大吾との待ち合わせの前に、正祐はこの間和良《かずよし》と会ったカフェにいた。片瀬《かたせ》に会うためだ。

——俺はこういうお節介や保証は、普段はしない。だが今は普段じゃあないから。

片瀬の話を聴いてやってくれ、大丈夫だからと、確かに篠田《しのだ》にしては強く言われて正祐はこのカフェで一時間ならと約束をした。

早めにきてしまうのは正祐の習い性だ。篠田と話した日からまた読み始めた、三浦哲郎《みうらてつお》の「文集母」を手元に開いていた。読み進めてみると、「母」とまとめるには少々乱暴に思える掌《しょう》篇《へん》も混ざっている。

宮子《みやこ》の言葉を聴いた夜に開いた時の感情は、もう湧かなかった。

けれど片瀬を待ちながら、宮子の言葉を聴いて以来どうしようもなく人が怖くなっていると自覚する。

篠田に助けられた。だが、それでもまだ、人は想像もしないことを言うと知ってしまったから怖い。知ったばかりな上に、片瀬は先週の夜言葉もなく席を立って行ってしまった。

「お待たせしてしまって……！」

外から正祐が見えたのか、待ち合わせ時間前なのに片瀬はカフェの中に駆けてきた。

吉祥寺《きちじょうじ》の鹿児島居酒屋を出て行ったときと、同じに。

「いえ……早くきてしまいましたから」

「本当にごめんなさい！」

どうしようもなく強張る正祐の声を聴いて、泣き出してしまいそうな目をした片瀬は頭を下げた。

「あの日は本当にごめんなさい！　許してもらえないかもしれませんが本当に本当にごめんなさい!!」

「お客様……すみません少々お声が」

注文を取ろうとして後ろに立った店員が、小声で片瀬を諫《いさ》める。

「ごっ、ごめんなさい！　コーヒー一つお願いします……」

慌てふためきながらコーヒーを注文して、まだ片瀬は立っていた。

「座ってください」

正祐は今日シャツにズボンだが、祝日なのに片瀬がスーツを着ているのは珍しいと気づく。

また頭を下げて、片瀬は正祐の向かいに座った。

ほどなく白いカップに入れられたコーヒーが運ばれ、片瀬の前に置かれた。

「お願いします。あの日の失礼の、言い訳をさせてください」

なんとか顔を上げて、片瀬が正祐に懇願する。

怖さは残っていたけれど、静かに正祐は頷いた。

「僕は、先生の作品の女性や、若衆への扱いに常々疑問を」

東堂《とうどう》大吾とは言わずに、気遣《きづか》って片瀬が「先生」と語る。

「いえ、憤《いきどお》りを感じていました。強い憤りです」

「それは、致し方のないことです」

思いもかけない大吾の作品批判が始まって、着地点が見えずに仕方なく正祐は正直になるしかなかった。

「作品について考えているときは、僕は読者で作家は遠い人なんですが。同じ仕事をしている校正者を伴侶にもたれると聞いて」

それで片瀬が何を思ったのかは、吉祥寺の夜にもまるでわからなかったことだ。

「もしかして本気で殺す気なのかくらい書き込んでくるじゃないですか……」

不意打ちで、普段なら絶対にしないはずの仕事の打ち明け話をされて、正祐は反射で噴き出してしまった。

「仕事上は不適切な会話ですが。おっしゃる通りです」

そこのところはもう今更取り繕《つくろ》っても片瀬に悪いと、同意する。

「それで、いつの間にか我が身の理不尽に置き換えて想像してしまっていたんです。妄想の中の先生の横暴が止まらなくて、いったいその人はどんな目に遭《あ》っているのかと勝手な憤りが高まり過ぎてしまったんです」

「……不思議な感情ですね」

何故《なぜ》片瀬がそんな感情を持ったのか、正祐には理解できなかった。

「多分」

片瀬自身も、その自分の行き過ぎた感情に戸惑っているように見える。

「ワイドショーを見る感情ってこういう感情じゃないでしょうか？　自分や自分の友人に不貞をされたような強い錯覚。僕は初めて感じた気がしますが」

その説明は、正祐にもなんとなく理解できるものだった。

テレビのない生活を長くしている正祐だが、二年前アイドルグループのセンターにいる弟の光希《こうき》が年上の女優との交際が発覚した時、マンションに光希を匿《かくま》った手前状況を確認した。

熱に浮かされたような感情的過ぎる人々のコメントに、正祐は激しく困惑した。皆、片瀬が今言ったように自分の身に起きたことのように語っていたのだ。

「言い訳を重ねますが、見知らぬ校正者を案じて高まってしまった憤りだったんです。正直に全部言わせてください。やはり菊千代《きくちよ》のような目に遭わされているのか同じ校正者がと、本当にいらぬ余計なお世話な義憤《ぎふん》が高まってしまって」

「……ここは、一階ですね……」

窓から飛び降りることもできないと、突然登場した若衆菊千代に正祐が天井を見上げる。

「最早現実のように、酷《ひど》い目に遭っているのに間違いないその想像の中の校正者が、自分の、目の前の友人だと知って……突然顔が見えたことであの時は大混乱してしまって。想像というより妄想も本当に申し訳ないやら己が恥ずかしいやらで、咄嗟《とっさ》に嘘をついて帰った次第です」

最初は不可解な長い言い訳だったが、死にそうになりながらも最後まで聴いたことで、正祐は考えもしなかった理由で片瀬が突然立ち去ってしまったのだと知ることができた。

「翌日頭が冷えて、打ち明けてくださったのに何も言わずに駆け出すなんて取り返しのつかないことをしたと……気づいて。どんな差別主義者だと思われても仕方ないですし、そんなことよりどれだけ塔野《とうの》さんを傷つけたのか。もう本当に死にたいくらいで」

手つかずのコーヒーは冷えて、片瀬のお冷のグラスは汗をかいてただ濡れている。

「二度と会っていただけなくて当たり前だとわかっています。本当に本当にごめんなさい……！　どのように思われたのかは想像がつきます。それは僕のせいです。傷つけてしまって、本当に」

「傷つきました」

謝り続ける片瀬に、正祐はその時の思いを教えた。

「人生で初めてできた友人が、私の伴侶のことで背を向けてしまったのだと」

――差別を受けて排除される可能性もある。

大吾が懸念していたことが次々に起きていると、絶望した晩だった。

「勘違いをして、傷つきました」

「そんな酷い勘違いをさせて本当に」

「今も、その校正者のご心配を？」

もう謝罪は充分だと首を振って、正祐は片瀬に尋ねた。

「あの」

心配していませんと即答はせず、背筋を伸ばして片瀬が改まる。

「正直に言わせてください」

まっすぐな目をして、片瀬は正祐を見た。

「僕の大切な友人は、もしまだ、友人でいてくださるならですが」

同じ気持ちに今この時まで塞いでいた正祐が、頷いて微笑《ほほえ》む。

「理不尽や横暴に耐えていないのか、とても心配です。この間僕は大混乱を起こして塔野さんを傷つけてしまいましたが、それでも塔野さんが『私は大丈夫です』とおっしゃった声が耳に残っています」

固い声でしたと、そこだけ遠慮がちに片瀬は言った。

「それはきっと」

無理をしていると思われても仕方のない強張《こわば》りを見せたことは、正祐にも自覚がある。

「ワイドショーから離れた、片瀬さんだけのお気持ちですね」

「おめでたい話に無礼に水を差してごめんなさい」

真摯《しんし》に、片瀬は謝った。

さっきまでの、焦燥から繰り返された謝罪とはまったく違う、彼自身の中からくる揺らぎのない友への思いが正祐に伝わる。

「私ももし三年前に同じ噂を聞いたなら、同じように不安になった気がします」

思えば出会いは最悪だったと、隣の席にたまたま座った東堂大吾を心から憎んで罵《ののし》った自分を、正祐は思い出した。

先に罵ったのは正祐だった。言われっぱなしでいるような大吾ではないので、すぐさま応戦され百田《ももた》も何度も音《ね》を上げるほど喧嘩を繰り返した。

片瀬の問いに答えようとして、初めての夜に大吾が「完全同意しろ」と言ったことを思い出す。

優位な性で優位な生き方をしてきた男の、抗《あらが》えない者を知らない命令形だ。

「最初からではありませんでしたが」

何故正祐が胸が冷えるよう悲しみを持つのか、生まれつきの強さを持つ自分にはわからないけれど、知ろうと思うと大吾が言い始めたのは付き合い始めて一年が過ぎた頃だった。

「大きな体で、強い力と強い心で私を踏みつけないように」

きっと、正祐の気持ちをわからないままの大吾の強い命令形を聞く日は、二度と訪れないだろう。

「いつも気遣ってくださいます」

己の優位性を知った大吾は、知る前より強くなった。

人を、正祐を思い、だからこそ母親からの言葉と行いに苦しんでいる。

その苦しみは弱さではなく、大吾が新しく纏《まと》った強さだ。

「それは」

そうして大吾は新しい作品に踏み出し、信頼する友が全力で校正をしている。

「惚気《のろけ》ですね」

ようやく安心した声を聴かせた片瀬は、花魁《おいらん》道中と同じだけの重荷を背負って歩いてみたと、話してくれた人だ。

「そうかもしれません」

長く息を吐いて、二人は笑うことができた。

「許してくれますか？」

落ち着いたまなざしを、片瀬はしている。

「訳を話そうとしてくださって、ありがとうございます。聴くことができて本当によかった」

人はふとしたことで感情的に物語る。物語って事実を見誤る。

「友人の気持ちをちゃんと知れて、よかったです」

長い訳を片瀬が話してくれなければ、初めての友人に同性を伴侶にしたことで背を向けられたのだと、永遠に思い込むところだった。

思えば、大吾が正祐の胸が冷えるような思いがわからないと言った時、正祐は冬嶺瑤子《ふゆみねようこ》と大吾がよりを戻したいのだと勝手に物語って孤独に震えていた。

「いいえ。あれはあの人が悪いです」

だが片瀬の見知らぬ校正者のための義憤と、自分の冬嶺瑤子への勘違いを一緒にしては片瀬に悪いとはたと気づく。

「どうしました？」

正祐の独り言に問いかけて、片瀬は冷めきったコーヒーを一口飲んだ。

「以前喧嘩をした時のことを不意に思い出しました」

片瀬の物語と一緒にしては悪いけれど、正祐自身もそうして物語った。

時に人は物語る。時にその物語は事実から遠ざかる。理由は様々だ。

それを人に教わったことを、強くなっていく大吾に今日伝えようと、正祐は時計を見た。


「百田さん、こんばんは。……お待たせしてすみません」

少し久しぶりになってしまった百田にしっかりと挨拶《あいさつ》をして、先にカウンターに腰かけていた大吾を見つけて正祐が足を速める。

「いや。おまえは明日仕事なのに、間が悪くてすまん」

恐らく今日脱稿したのだろう大吾は、ちゃんと暦《こよみ》を見ていて肩を竦めた。

「ここにくるのに曜日を考えるのはもう無理ですよ」

笑って、上着の裾を軽く払って正祐が大吾の右隣に座る。

いつものように。

いつものようにがこんなに一つ一つ幸いに染みるのは、まだいつもを取り戻せていないからだとも、わかった。

頼まずとも「とりあえずビール」のきれいな白い泡が細やかに立った生ビールを、百田が正祐の前に置いてくれる。

「元気にしてたかい」

そんなことを百田が尋ねてくるのは珍しくて、正祐は答えに詰まった。

「なんとか」

大吾の隣で、百田に嘘は吐《つ》けない。

「先にやってた。おつかれさん」

半分ほど呑んだ生ビールのグラスを、大吾は掲げた。

「おつかれさまです」

何か仕事を終えたのだろう大吾を、正祐が労《ねぎら》う。

時が動いていけば、心は固まったままではいないと思えた。水が流れるように、互いにただ辛いままではない。きっと。

「なんだ」

元気だなと、思いがけない安堵を得たように、大吾が正祐を見て呟く。

正祐のために迷い弱ることをしてくれる大吾の手元には、まだ正祐が強く鉛筆で線を引いた再校はいっていない。そういう日にちだ。

「仕事は大事ですね」

それでも大吾は自分の仕事を成し終えて、この間会った時より地を踏みしめて見える。

「ああ」

今まで続けてきたことを淡々とこなすことが日常を返してくれることもあると、二人は時間とともに知ることになった。

「銀杏《ぎんなん》を炒ったんだ。ビールに合わせて塩をきつめにしたよ」

きれいな黄金色の皮をぷっくりとまとった小皿を、百田がカウンターに置いてくれる。

「ビールが進んでしまいます」

大吾の前にも同じ皿があるので、遠慮なく正祐は熱い銀杏を頬張った。

弾けるような香ばしさに粗塩が混じりあって、ビールを誘う。

「今週末、鎌倉《かまくら》に行こうと思う。おまえはどうする」

鎌倉と言われれば、訪ねる理由は一つしか正祐には思い当たらなかった。

「白洲《しらす》先生のお宅ですか？」

「ああ。訪問のアポを取ったよ。酒井《さかい》さんの手をわずらわせてな」

随分と他人行儀な言い方をして、大吾がいたずらっぽく笑う。

「お仕事先を通されたんですか？　連絡先をお互いご存知でしょう」

「いや、家にはたどり着けるが連絡先は結局ちゃんとは知らん。最初にもらった名刺はあの後捨てたしな。中華の誘いは伊集院《いじゅういん》の方にしてるだろう。『伺いたいんだが』、『どうぞとおっしゃっていいます。いつになさいますか』と酒井さんと連絡を取り合った」

「酒井さんもお忙しいでしょうに……」

つい、迷惑だろうという思いがそのまま正祐の声音《こわね》に乗ってしまった。

「俺もそう言ったが、直接連絡を取り合われるより百万倍マシですと言ってたぞ。別に殴り込みに行くわけじゃないのは酒井さんだってわかってるだろうにな」

いや、何が起こるかわからないと案じるのは無理はないと、大吾の言い様を聞いて正祐が酒井に寄り添う。

「今週末は……実は母と約束してしまったんです。すみません」

棗《なつめ》を探してくれた麗子《れいこ》は、その後正祐からいい話が聴けないことを案じてか連絡をくれた。ある程度は話さなければならないだろうかと悩みながら、実家に寄る約束だけ正祐は麗子としていた。

「そうか。じゃあ一人で行くかな。ついでに鎌倉文学館に寄ってくるか」

「それを言われると行けないのが辛いです」

「そう言うと思って言った」

落ち着いた横顔で、大吾は笑っている。

大吾が何故白洲に会いに行くのか、訊かずとも正祐にはわかる気がした。

この間大吾と正祐が浴びたものを、一足ごとに棘に刺されるようなその道を、きっと、白洲は長い時間歩いてきた。ついこの間まで牢屋にいたと、教えてくれた。

せめて通ってこなかった道の歩き方を、大吾は尋ねたいのだろう。

自分は一緒ではない方がいいのかもしれないと、正祐は思った。隣にいたら正祐は、大吾自身が何か悔やんだり己を省みたりした時に、そうしないでほしいと咎《とが》めてしまう。

大吾には大吾の思いがある。正祐が篠田《しのだ》の前で泣いてしまえたように、大吾の弱音を聴くのは正祐だけではないのかもしれない。

人の手を借りようとしている。正祐も、大吾も。

信頼する人の手が、今二人には必要だ。

自分たちだけでは牢から出られない。牢とはそういうものだ。誰かに鍵をかけられ、誰かに鍵を開けられる。

出してほしい、出してくれと、声を立てて。

出ようとしている大吾を、正祐は頼もしく思った。

「はい、舞茸の天ぷら」

「いい音がすると思った。これは日本酒にいきたいが」

考え込む大吾が、正祐を見る。

「私はまだビールがありますから、決めてください」

「そうか。じゃあ、からはし純米二合」

いいねと百田が、小さく言った。

ほどなく黒い片口に注がれた、とろみのあるきれいな水のような酒が置かれる。

懐かしい、嬉しいと、正祐は思ってしまった。

「実は」

久しぶりに鳥八に誘ったのは嬉しい理由ばかりではないと、教えるように大吾の声が陰った。

「義父《ちち》から手紙が来た。宛名書きにおまえの名前もある。俺はもう読んだ。気が進まなかったら」

「読ませてください」

読まなくてもいいと言おうとした大吾を、穏やかに正祐が遮る。

椅子にかけていた上着のポケットから、白い封筒を出した。

達筆な硬筆で、宛名書きがしてある。促されて中から取り出した便箋には、「東堂大吾様、正祐様」と既に一つの家族に宛てる形で連名で記されていた。

読むのに意を決することは、敢えて正祐はしなかった。和良のことは信頼する。そう決めていた。

一つ一つ大きく心を揺らしては、もたない。

手紙の中では、あの日のことを謝りたいと宮子が言っていると、思いがけない知らせが告げられていた。けれどまた混乱して己が侮辱を働くのを宮子が案じているので、心が整うのをどうか待って謝罪を聞いてやってほしい。自分が見ているし、病院にも通っていると丁寧《ていねい》に綴《つづ》られていた。

「お待ちしましょう」

読み終えて、本心からの言葉で正祐は大吾を見た。

「家はもう探したい」

待つか否かには答えないまま、少し子どもじみた声を大吾が聴かせる。

「大丈夫です。そう簡単に見つかりませんよ」

「それだ。やはり建てるかとも何度も思うが」

和良からの手紙をどう考えているのか、大吾は語ろうとしなかった。

「新築は、金額のこともあるが。俺は松庵《しょうあん》の辺りに建ってる古い家が好きだ。タイミングが合って、譲ってもらえたらありがたいんだが」

どう思うと、大吾が正祐に問う。

「私も松庵を歩いていると、家や庭を眺めてしまいます」

経済的な意味で決定権は自分にはないと思うのを、正祐はいつの間にかやめていた。

二人で長く暮らす家だ。よく話し合って決めたい。

二人にとっての終《つい》の棲家《すみか》になるかもしれないのだから。

「不動産屋に、出物があったら声を掛けてもらえるか訊いてみるか」

「そうですね。慣れないことですから、私とあなたで探していてはいつまでも見つからないかもしれません」

実際、ここで正祐が結婚を口にした日から二人とも真面目に探しているが、ちょうどいい物件は見つかる気配さえしない。

「それでは困ります」

「ああ」

困るとはっきり言った正祐に、大吾はあまり似合わないやさしい声を聴かせた。

「困るな。明日にでも不動産屋に話しておくよ」

「お願いします」

明日は会社の正祐は、大吾にその役目を頼んだ。

「家のことは巡り合わせに任せるのがいいと思えるが、祝い席も先延ばしにするのは」

言葉を切った大吾が、零《こぼ》れかけた謝罪を止めたのだと正祐が気づく。

「彼女に、おまえにはきちんと謝罪してほしい。だが、それを待っているというのも理不尽だ」

手紙に書かれた義父の頼みから見えなくなる予定に、不意に抑えきれない大吾の憤りが込み上げたのが熱で伝わった。

宮子は謝りたいと言っている。どんなことでも、謝罪があるならそこで終わらせるしかない。人と人の間のことは。法律が無関係な限り。

けれど、これで解決なのだろうかと、正祐は唇を強く横に引いている大吾を見つめた。

大吾も、自分も、きっと宮子も良和も。

これで終わりだという顔はしていない。

——どちらを選択しても、後悔するし辛い。パートナーも俺も、二人ともだ。最良の選択はないよ。

一つだけ教えられると篠田が言ってくれたことは、実際大切な言葉だった。

待っても探しても、最良はないということがある。終わらないこともある。終わらないことを抱えて、正祐はこの人と生きていくのだ。

持たずに生きてきたけれど持つことを自分もすると、出会った頃、大吾は正祐に約束した。

約束を二人で叶える、その過程にいる。気が遠くなるような道のりが、今は楽しみというよりは心細い。

それでもそこかしこの分岐に、信じられる道標《どうひょう》が立っていた。

いばらを踏んで立ててくれた人々が、いる。

「おやじ。祝いの席の日取りがなかなか決まらん。申し訳ない」

カウンター越しに大吾は、百田に謝った。

「私はいつでもいいさ。決まったら教えておくれ。さあ、脂《あぶら》ののった秋刀魚《さんま》だ」

敢えて力の出るものを、今日の百田は用意してくれている。

「うっとりします……」

それぞれに一尾ずつ並べられた銀色の秋刀魚は、潔いバツの切れ目が入ってやわらかな山肌のように焦げ目を纏《まと》っていた。

「たまらんな」

この秋刀魚はたっぷりと肥えて脂を滲《にじ》ませている。

大根おろしとすだちが添えられていて、しばらく二人は無言で、振られた塩もよく焼けた秋刀魚の身を掘った。

味わうことが落ち着いてくると、ここのところの三浦哲郎《みうらてつお》読書から「真夜中のサーカス」の中に入っている「赤い衣裳」を正祐は思い出した。秋刀魚が出てくる。

「真夜中のサーカス」で描かれている連作はどれも語り尽きない作品だが、今ではないと正祐は思った。人の心の明るいとは言えない淵のような話が多い。

「三浦哲郎を、また読み始めました」

またいつかにしようと、「真夜中のサーカス」は一旦脇に置いて正祐は大吾に告げた。

「何を読んでる」

今は語る気持ちになれない作品はあっても、二人の間にあるのはいつだって本だ。

「『文集母』です。あなたのご実家にうかがった日の夜に開いて、一旦閉じました。開いた途端目に飛び込んでくる三浦哲郎の母からの手紙を見て、人の母だと思って。あの日はそれが、なんとも言えない感覚だったのですが」

人の淵の話は避けても、間違いなく自分たちの目の前にあることにはできる限りやわらかくでも触ろうと、そっと語る。

「もう一度開いたら、やはり人の母だと思って。静かに読みました」

「人の母か」

秋刀魚をきれいに骨と頭だけにして、大吾は箸《はし》を置いた。

「あれは俺も読んだ。母の終末期が淡々と綴られていて、三浦哲郎にとってそれは得難い幸せだったんじゃないかと、感じたよ」

得難い幸せ。

結婚を決めてから、歌のように何度も人の声で聴いた言葉が、二人のもとに帰ってくる。

「そうですね。同じ流れで、会社で『化粧』の話になりました」

篠田と言うのを、正祐は今は避けた。

「母の終末期に、姉の化粧を案じていたな。三浦哲郎は」

「ええ。そこには身内としての当たり前の感情が感じられて」

打ち明け話には近づかないように努めながら、篠田が聴かせてくれた言葉を、正祐は大吾にも伝えたかった。

「持ち続けるには重い荷物のような思いも、泡や、湯気や、煙のように立ち消えたと感じる掌篇で。生きていれば、人にはそういう日がくるんだという希望になったと」

会社でと言ったけれど、篠田の感想だと大吾は気づくかもしれない。名前を伏せたのは余計な気遣《きづか》いだったと、少し悔やむ。

こうした機微《きび》に、正祐はまだ慣れない。

「それは、希望だな」

さっき強い熱とともに憤った大吾の声が、風の少ない水面《みなも》のように凪いだ。

「少し酒が進むつまみにしようか。新鮮なするめ烏賊《いか》の刺身と、ルイベだ」

「進み過ぎます……」

きれいな半透明の烏賊が細く切られた刺身にはわさびと醬油の皿が添えてあり、銀色の皮が光るルイベは小鉢にきれいに盛られている。

「きれいなもんだな。何にする」

「これは決めかねますね」

百田自らが言う通り間違いなく酒が進む烏賊なのだから、どんな酒でも問題はない。

問題はないが、これほどのつまみだからこそ最良の酒を合わせたい。

「私が決めてもいいかい?」

初めてのことを、百田は言った。

「是非《ぜひ》もない」

「お願いしたいです」

笑って百田は屈んで、冷蔵庫から一升瓶を取り出す。

萬代芳生《ばんだいほう》とラベルに書かれた酒が、とくとくときれいな音をたてて黒い片口に注がれた。

「はいよ」

片口が置かれて、二人は猪口《ちょこ》をやわらぎ水で洗うと、それも珍しくお互いに酌をし合う。

萬代芳は白井《しらい》酒造の酒で、ここで二人がその酒を呑むことは珍しくはない。呑みなれた酒だ。

「……言葉が出ませんね」

「まったく」

冷えた萬代芳は口の広い片口で空気を含んで、生真面目な中にまろやかさを含んですうっと喉を通りすぎていく。

いつもの酒だが、いつもよりずっと沁みた。

「おやじ」

ふと、大吾が百田を見上げる。

「十年、二十年、三十年前の重い気持ちは薄れるものか?」

「そうじゃなけりゃ、人は生きていけないよ」

先をいく人は、朗《ほが》らかにすぐに安堵を分けてくれた。

「そうか」

もう一口酒を含んだ二人の前で、百田はまだ立っていた。

「……私の家族の話を、聞くかい。遠い時間の中には、女房や子どもがいたよ」

丁度、テーブル客の注文が途切れたのを見て、もともと用意していたことをきっと、百田は言った。

――家族には、あまり大きな期待をするもんじゃないよ。

二週間前、秋彼岸《あきひがん》に挨拶に出かけた大吾と正祐が、あの日以来訪れなかった訳を、察してくれている。

きっと助けの一つになってくれる、二人のための話だ。

だが百田は、白洲とは違う。今まで家族どころか住居の話や気配さえさせていない。きっと何一つ語りたくないからだ。

「正直なところを言えば、作家としての俺は聞いておけと言っている」

堅苦しい大吾の声が、張った。

「だが、個人の、おやじを慕っているクソガキの俺は」

続きがわかって、正祐は涙が滲むのを堪えた。

「てめえのこと如《ごと》きで、そんな話をおやじにさせるんじゃねえと怒ってるよ」

そう言って欲しかった。篠田の話を聴いて篠田に助けられた正祐は、一方で篠田が今までまったくしようとしなかった話をさせたことを強く悔やんでもいる。

「俺の不徳でおやじがしたくない話をさせられるか」

大吾のように即座には拒めなかった。

悔やんだり、背筋を張ったり、俯いたり顔を上げたりしながら、たくさんの人の手を借りている。

ただ一人の人を愛して生きていくために、正祐も大吾も。

「私も、同じ気持ちです」

沈黙した百田に、正祐も告げた。

「二人とも」

くしゃりと、皺《しわ》だらけの眦《まなじり》で百田が笑う。

「ありがとうよ。だが私には二人はいつの間にか」

小さな間が、空いた。

「我が子の代わりになってくれてる」

聴かないと大吾と正祐が止めた、自分の話を百田は省いた。

「子どもは何も悪くない。何もできないんだから」

我が子と思うと言う二人に、百田が教える。

「子どもは、まだ世の中を何も知らないんだ」

みんな誰かの子どもで、幼子はその親のことさえわからないと、しわがれた声が言った。

人に絶望して。

人に希望をもらう。

隣にいる人と手を携《たずさ》えて、それを繰り返していく。

「今はもう、おやじの丹精した烏賊と選んでくれた酒が極上だと知っている大人だがな」

お道化《どけ》たようでいて、大吾は責任の荷を降ろさない。

それでも穏やかに健《すこ》やかに、二人は百田が選んだいつもの酒を、呑んだ。


久しぶりにしたたかに呑んで、二人は冷えてきた夜の往来を歩いた。

細い線のような月が、明日は隠れると告げている。

「百田さんの申し出をすぐに断ったあなたは」

薄い影を踏みながら、正祐は大吾の隣を歩いた。

「かっこよかったですよ」

「平易な言葉だな」

皮肉ではなく、驚いたように大吾が肩を竦める。

この間大吾が「ありがとう」と言った時、自分も驚いたと正祐は思い出した。

「かっこよかったです。私は今日、あなたがこの件で弱ってしまうことが、あなたの強さだと思ったところでした」

感情の芯に届くまで、二人ともが必死に日々を泳いでいる。

「でもかっこいいあなたを見て思いました。強くても弱くてもいいんです。私には」

芯の近くにある言葉は、平易になるのかもしれない。

多くの人に力をもらいながら、二人は平易な言葉でありのままの気持ちを教え合っている。

「一つだけ、きちんと否定させてください」

話さなければ永遠にわからないままになることがあるということを、正祐は今日片瀬《かたせ》の話で知った。

「他の人は、私には一切無理です。性別を問わず無理です。生涯」

無理ですと重ねようとした正祐を、加減を忘れて大吾が抱きしめる。

息をしようと大吾の肩から顔を上げたら、細い月がきれいだった。

「……声に出して、よかったです。あなたがそれをわかっていてくれることが、私には一番大切です」

「もちろん俺はわかってる。だが」

力の強さにすぐに気づいて、大吾が腕を緩める。

「わからない母を、いつまでも許せないでいる」

結局のところそこに帰結する大吾の一番の辛さが、打ち明けられた。

「だが、おまえと一緒に歩くことが俺が親と別れることに繋《つな》がるのは、おまえが辛いな」

分籍のことを考える時間をくださいと言いながら、正祐に考えられるようなことではないと、大吾は気づいてくれていた。

「はい。けれど、あなたの選択です」

荷を降ろすのではなく、むしろ負って、正祐の気持ちを気にせずどちらも選べると伝える。

「どの道を選んだとしても、あなたは何も悪くないです」

やっと、正祐は一番大吾に言いたかったことを言えた。

きっと何度も言っている。

けれど言葉の隅々まで意味という血が通って伝えられたのは、今この時だ。

自分一人では辿り着けなかった。

「俺は、そうは思えていない」

大吾は何も悪くない。それを説明する言葉を、正祐は人々から与えられた。百田もさっき、はっきりとそう言ってくれた。

「そうおっしゃるのも、わかっています」

人は物語る。片瀬と話して知ったことを教えようと、コーヒーを挟んで思った。篠田に纏わせてもらった強さも、正祐はしっかりと握っている。

「『えんびじゃねくてえびふらい』」

不意に、「盆土産《ぼんみやげ》」の一文が正祐の口から零《こぼ》れた。

不思議そうに見ている大吾を、見上げる。

「口に出して、何が楽しいのかわかりません」

「おい」

お互いの幼い頃の話をされて、大吾は苦笑して正祐から離れた。

「私たちは別々の人間ですね」

正祐も笑って、また二人で歩き始める。

「けれど私もあなたも、等しく子どもでした」

大吾が母を編んでしまった理由は、幼い頃の父の死に起因している。

「もし同じ教室にいたらあなたは『えんびじゃねくてえびふらい』と叫び、私は冷ややかにそれを眺める、どちらも自分のことで精一杯の子どもです。判断する力も、人を変える力どころか、人を知る力もまだまだ足りない」

父親を喪《うしな》った大吾は十で、母親の再婚は十二。

「私は確かに、不当な言葉を浴びました。不当な行為を得ました。残念ながらそれは、あなたのお母様からでした」

今の大吾がどんなに大人だとしても、物語のように母という人を編んでしまったのは子どもだったからだ。

「けれどあなたに一切の責任はありません」

十四で遠野《とおの》での暮らしが始まったから、大吾は生きた。

大吾として生きられた。

「あなたの子ども時代がおじいさまに守られたから、私はあなたに出会ってあなたを愛することができました」

そのことだけが、正祐には大きな安堵という水だ。

「おまえばかりそう腹が据わられても、俺は立つ瀬がない」

立ち止まり、まるで遠野の方角を見るように大吾は夜空を見上げた。

「これも情けない台詞《セリフ》だな。いや、俺は情けなくずっと不安に思ってることがある。情けないが、おまえにちゃんと聴かせてほしいことがあるんだ」

母を許せないでいる大吾は、母の言葉をきっとそのままに抱え込んでいる。それは重すぎる荷物だ。

「清庵《せいあん》が子どもを得たこと、どう思ってる。ちゃんと聴きたい」

宮子は大吾の子どもを望んだ。

同じことを問われて、正祐は「百日紅《さるすべり》の咲かない夏」の話をした。小説は小説だとわかったと話したことで、宗方《むなかた》清庵と大吾は別々の人間だと理解したと伝えたつもりだった。

そこに心が入っていなかったことが、ちゃんと大吾に伝わっている。

芯から強い人だ。導《しるべ》を見失わない人だ。

「不適切ですよ」

それでも正祐は、言葉遊びで返した。

「いつもの言葉は安心するな」

「読書家としての私は、清庵が子どもを得たことに心から満足しています」

そして率直な感想を、まっすぐ大吾に渡す。

「俺の伴侶としてのおまえは？」

大吾が尋ねたいのは、清庵と大吾を重ねて不安にならなかったのかどうか、そのことだ。

「正直に言います。一瞬歩みは止まりました。ですが私はもう、そこにはいません」

なら何処《どこ》へと、大吾が尋ねるならまた正祐は答える。

たくさん話をしてきた。これからもたくさん話をしていく。

「もう一人、大切な私をお忘れです」

けれど今は説明よりも、知ってほしいことがあった。

「私は校正者です」

あなたは何も悪くない。

「校正をお返ししました」

この思いが、遠くないいつか大吾の心に必ず届くことを、正祐はもう疑っていなかった。

「ご確認ください」

お互いを、よく知っている。

並び立って二人は地に足をつけて立てることも、正祐は知っていた。

「いつからそんなに強くなった」

困り、なんなら呆れたように大吾に問われて、正祐もそれを考える。

「私にはわかりません。一番近くで見ているあなたも、わからないのではないですか？」

「ああ、言われればそういうものだな」

首を傾げた正祐の言葉に納得して、大吾は随分と落ち着いた声を落とした。

「人には思わぬ特技かあるもんだな」

神無月《かんなづき》半ばのよく晴れた週末に、気持ちのいい風が吹く鎌倉《かまくら》の白洲《しらす》絵一《えいち》邸で大吾《だいご》は遅い昼をもらっていた。

「生活の一部だよ」

特技ではないと肩を竦めたのは、広い洋館のデッキにトロトロのスクランブルエッグと手製のベーコンにバケット、カスレときのこのポタージュを並べた白洲だった。

昼に合った軽めの白ワインまで、大吾の向かいに座った白洲の手によってデカンタージュされている。

「伊集院《いじゅういん》は幸せだな。そういえばあんたの作るメシのことで、塔野《とうの》がヘソを曲げたことがある」

当の伊集院宙人《そらと》は今日は秋の庭に風を通すそうで、金髪によく似合う麦わら帽子にオーバーオール姿で、広くて美しい庭から時々頭だけひょこひょこと見せていた。

「どうしてまた」

「俺を罵《ののし》った言葉であって、あんたのことを塔野がそう言ったんじゃない。という前提で聞かせてやろう」

その晩のことを思い出して、大吾が空の果てを見る。

「『あなたが白洲先生を料理上手の極上の花嫁のように評するのが』腹立たしくて悲しくてと言って、塔野の母親が作ったラザニアを食卓に置いた」

「支離滅裂すぎて小説にもならない」

平然と言ってのけた庭側のベンチに座っている白洲の言い分は、しかしもっともだった。

「事実は小説より奇なりだ。あいつといると、よくそれを思う。極上の花嫁には憤死するところだった」

「まあ」

極上の花嫁と評されたことについて、白洲はなんとまんざらでもない様子だった。

「何にせよ僕が極上なことには間違いないだろうね」

やはりこの男のこういうところは気に食わないしわからない。

「何故《なぜ》僕のところに？」

気に食わないと思った途端、時々振り返って庭に愛人を探しながら、白洲が不意打ちのようにやさしい声を聴かせた。

こんな風に白洲と穏やかに会話する日がくることも、大吾の人生の予定にはなかったことだ。宿敵で天敵で、妬《ねた》ましく憎らしい、嫌味な作家でしかなかったのに。

「……道を、尋ねようと思ったんだが」

極力無礼にならない言葉は、訪問の申し入れをした時に用意していた。

だが、「寺子屋あやまり役宗方清庵《むなかたせいあん》」最終巻再校に引かれた力強い鉛筆の線を、大吾はもう読んでいた。

それに何より、百田《ももた》が打ち明け話をしようとしてくれたことで、自分のことで人に道を問うてはならないと戒《いまし》めになった。

「もう大丈夫だ。悪かったな、時間をもらって。うまいメシまで」

何を手土産《てみやげ》にしても喜ぶ想像がつかないのも白洲で、今日大吾は百貨店で選んでもらったボルドーを一本手渡しているがすぐにしまい込まれた。

比較的いいものを選んだつもりだったが、料理に使われる可能性も否めない。

「道に迷ったのかい」

「塔野を、母親に紹介した」

それで酷《ひど》いことになったとだけ、大吾は教えた。

「そうか。そんなこともまだ、あるだろうね」

呟いた白洲の横顔が、寂しそうに陰る。

「呑んでるー？」

まるでその寂しさにすぐに気づいたように、萩《はぎ》と葛花《くずばな》の間から宙人が朗《ほが》らかに手を振った。

「酒もメシもうまい」

「だよねー！」

元気に答えた宙人は、その葛花のつるを避けて風の道を作っている。

「以前……たった二年前だったね。君が見たこの庭を、覚えているかい？」

「覚えているからこそ何度でも驚くが」

二年前、まだ宙人と出会っていない白洲の庭を、大吾は歩いたことがあった。

百花繚乱《りょうらん》だったが、ろくに手入れがされていない荒れた庭だった。風も光も、庭の主が通す気がない。

それはその時の白洲によく似合った庭だった。

「今のこの庭が俺は好きだし、今のあんたの庭だとよくわかる」

「そうかい」

くすりと、白洲が笑う。

「あんなに長いことと構わなかった庭なのに。普通は一年二年手入れをしてもこんな風にはならないと、彼のおじいさまが写真を見て感心してらっしゃった。乾き過ぎて、風や水をずっと待っていたのかもしれないね」

庭の話は、白洲自身の輪郭と重なった。

「せっかく鎌倉まで来たんだから、僕が歩いてきた道の話を聞いていったらどうだい。一度くらいちゃんと、人に話してみたくなった」

大吾が尋ねようとした道の話を、したいと、白洲が言ってくれる。

「いいのか」

もし本当に白洲がいいなら、興味ではなく道標《どうひょう》として、大吾は聴きたかった。

「僕は生まれた時から、人を愛することが死に値《あたい》する罪だと信じて生きてきた」

前置きなく、白洲が語り出す。

「去年までだから、三十年以上だ」

躊躇《ちゅうちょ》すればその思いは、容易に胸の奥に隠れるのかもしれない。

「生まれた時から目の前にいた人を、言葉を知るより早く愛した。愛されたから愛したのか、もうわからない。そんなことは」

　宙人から目を離さずに過去を語る白洲を、ただ黙って大吾は見ていた。

「他人だけれど、お兄ちゃんと呼んでた。同じ敷地で十八まで育った。銀河鉄道だと思い込んでいた牢に、一緒に入っていた人だ」

　牢の話は、この間の中華飯店で大吾と正祐《まさすけ》に話してくれたことだ。

　もっと、湿り気のない声だったと大吾は覚えている。あの時白洲の声を聴いて過去になったと思えたので、道を訊こうとした。

「お兄ちゃんの父親が、僕らの愛情の気配に気づくと誰も見ていないところでお兄ちゃんを殺してしまうほど殴った」

　けれど暴力を伴う子ども時代は、この庭のような速度では再生しないと大吾も知識として知っている。

　——僕は、子どもの自己決定権のことは、考えたくないかな。冷静に考えられるほど大人ではないようだ。

　皆で宙人の愛読書について語る会をした時に、白洲はそう言っていた。

「気づいた人もいただろうけど、まだ子どものお兄ちゃんが殺されてしまいそうなのに、みんななかったことにして毎日を生きてる」

　生きていたではなく、生きてると、無意識に白洲が綴《つづ》る。

当事者となる話題から距離を取れる白洲は、違う意味で充分冷静だと大吾は知った。

「殺人が起こっているのになかったことにされる毎日だった。愛し合っていたけど、十七の時に一度キスをしただけ。たまに触れる指先や肩に、熱を上げて震えて。それを恐ろしい罪だと思って、いつか生きたまま焼かれると思い込んでいたよ」

ただ人を愛した話を、白洲はしている。

「僕もお兄ちゃんも、よく生きてると思う。そう思えるようになったのは去年だ」

ふっと、宙人が見えなくなった。

不意に白洲の目が焦燥に囚《とら》われる。

「秋のタンポポ咲いてた！」

屈んでタンポポを見ていたのか、同じような髪をして宙人が立ち上がった。

「タンポポは、強いね」

息を吐いて、白洲が呟く。

「もう、大丈夫だと思っていたけど。思い出すと怖いものだ」

「辛い話をさせてすまなかった。導《しるべ》をくれたことに、感謝する」

謝罪と礼を、大吾は重ねた。

そもそも道を尋ねようと思ったことを心から悔やむ。身勝手だった。

「いや。時々こうやって、牢の中にいた僕も外に出してやらないと。たまに息をさせないとね。

今そう思ったよ」

閉じ込めていた自分に、白洲が首を傾ける。

母、宮子が心を閉じ込めていたことを、否応なく大吾は思った。

「あの子がこの庭に舞い降りて、真っ暗な牢を壊してくれた。出してくれたんじゃない。朗らかに牢を素手で破壊したんだ」

愛おしそうに宙人を見つめて、白洲は愛人の所業を語った。

「想像がつくな」

朗らかに牢を壊すのは、宙人の役目だと大吾にも腑に落ちる。

「世界が在ることさえ、あの子がいなかったら僕は知らずに死んだだろう。それを不幸だとさえ思わずに」

怖いよ。

震える小さな子どものような声が聴こえて、大吾は無意識に辺りを見まわした。

「伊集院は必ずおまえと出会って牢をぶち壊した」

子どもの声を聴かせたのは、目の前の白洲だ。

「まさか」

「よく考えてみろ。衝撃的な運命の出会いか？　バレンタインの夜にお互いが仕事してる出版社のパーティーで出会ったんだろう？　出会いとしては平凡すぎるくらい平凡だし、何度でもそんな機会は巡る」

この間無遠慮に尋ねた二人の馴れ初めは、大吾だけでなく誰にとってもきっと驚きの凡庸《ぼんよう》なエピソードだ。

「そうだった。癪《しゃく》で、オペラシティで運命的な出会いをしたと嘘をついてやったんだった。そういえば」

「だろ？　おまえは必ず牢から出たよ。そして世界と出会った」

過去を思い出させたせいで不安を纏《まと》って見える白洲に、大吾が持てる限りの言葉を重ねる。

長く白洲は、宙人を見たまま沈黙していた。

「牢の中は、ひたすらに暗い。ずっと暗いから光が存在していることもわからない」

そういう日々だったと、白洲が過去にピリオドを打つ。

「世界は光に満ちている日もあれば、牢より暗い日もある」

そのピリオドは、きっと何度も打たれてきたように、大吾には思えた。

「それでもまた、必ず光に満ちると、僕はもう覚えたよ」

ふと白洲が大吾を振り返って、そこまでが道案内だったと教えられる。

その向こうから、秋の終わりの穏やかな風がさあっと通っていった。

気持ちのいい乾いた風は、語られた過去も、大吾が抱えてきた重荷も、きれいに攫《さら》っていくかのように軽やかだ。

「ねえ。風が通ったでしょう?」

風の道を作り終えた宙人が、小径を駆けてくる。

大事な話が終わったことを、宙人はちゃんと気づいてやってきたのだろう。

「おまえのことを金髪バカと呼び続けたことを謝罪する」

ぴょんと白洲の隣に座って麦わら帽子をとった宙人に、真面目に大吾は謝った。

「ホントにひどいよー!」

「確かにひどいけど」

健《すこ》やかな声を上げた宙人の隣で、その金髪を白洲が眺める。

「髪が随分と傷《いた》んでしまっているよ」

髪の色の話ではなく、白洲は宙人の一部が傷んでいることを悲しんでいた。

「おまえらは籍はそのままか」

不躾だが、もう二人には天気を尋ねるように訊いていいと、大吾は決めた。

「いずれね」

「そうなの?」

考えてくれているの? と、嬉しそうに宙人が目を見開く。

「時が来たらそうしよう」

微笑んで、きれいな白ワインの薄いグラスを白洲は口元に運んだ。

「いついつ⁉」

「僕と同姓同名の政治家が、同性婚に繋がるような政策スローガンを掲げているから。それが達成されたら。ね」

つられて呑んだ白ワインに、致し方なく大吾が噎《む》せる。

「ちょっと待ってよ！　あの人が達成した法律で俺たちが結婚すんのひどくない⁉」

「出たな真女児《まなこ》」

宙人の言い分に、大吾は全く以て同感だった。真女児とは上田秋成《うえだあきなり》の「雨月物語」に登場する、女の形をした大蛇だ。

大吾にとって白洲は、ずっと真女児に等しい存在だった。

「いい帰結じゃないか。初恋の人が打ち立てた法律で、愛人と結婚する。……お兄ちゃんも必ずその法律を使うよ」

お兄ちゃん、と呟いて白洲は、それが真面目な考えであることを声に映す。

「君を殺そう殺そうとしていた頃、東堂《とうどう》大吾の方がまだましだと思ったことがあった」

「何故」

「なんか言ってたそれー！」

大吾は喉がもたないほどまた噎せ、宙人は不満を爆発させた。

「きっと万が一にでもそんなことになっていたら、どちらかがすぐに死んだよ」

「それはそうだろう」

「東堂先生の方がいいってどういうことー！」

そんなことはとても見逃せないと、「言ってたそれ」と言ったのに理由は忘れたのか宙人が足をばたつかせる。

「東堂先生なら、早めに刺し違えられたと思ったという話だ。君のことは殺せない」

「おい」

それはそれでどうなんだと、大吾はまた白ワインを呑んだ。

「銃は警察に届けたよ。山で拾ったと言って」

そういう嘘で銃を堂々と警察に届けるところは、やはり白洲の入り組んだ性格故だ。

「東堂先生の方がマシだと思った僕は、まだ牢に入ろうとしていたんだよ」

不貞腐《ふてくさ》れている宙人の金髪を、白い指で白洲はやさしく撫でた。

なるほど世間体は、白洲絵一と東堂大吾の方がいい意味でセンセーショナルに受け止められたという想像が、大吾にも遅れて届く。

東堂大吾の方がマシだと思った白洲はその時、確かに世間や社会が認める牢に自ら入ろうとしていたのだろう。

長く牢にいて、光を知らず、牢が世界だと思い込んでいた。

「真平《まっぴら》ごめんだよ」

そう言えるようになった白洲だから、大吾は今日、道を尋ねにきたのかもしれない。

「俺にも言わせろ。まっぴらごめんだ」

もう尋ねるつもりはなかったけれど、牢の場所を、白洲は指さして教えてくれた。

光の差さない場所に気をつけるように、示してくれたのだ。

人を愛することが死に値する罪だと信じて生きてきた。

生まれた時からと、白洲は言った。

もう、自分は充分に大人だ。牢に入れようとする言葉と向き合うことも背を向けることを選ぶ力もある。

改めて大吾はそのことを知って、選べない道を長く歩いてきた白洲に小さく頭を下げた。

「なんかよくわかんないけど」

そもそも険悪だった二人が随分穏やかにしているのを、不思議そうに宙人は見た。

「ハッピー」

「日本語で話せ」

「日本語で話しなさい」

軽い「ハッピー」に大吾と白洲が同時に苦言を呈する。

「うん。きっと秒で刺し違えたね、二人だったら。すっごいよくわかった！　俺でよかったね‼」

その日本語については一つ一つ口を出したかったが、宙人の言い分には大吾も白洲も異存があるはずもなかった。


大吾が鎌倉で庭からの風を受けた日の午後、正祐は白金《しろかね》の実家の三階にいた。

小学生の時には個室として自分に与えられていた、八畳を超える広さの洋室だ。

「なかなかこの広さの部屋を子どもがもらえるものではないとわかってはいたけれど、今となっては」

大吾との新居を見据えた今、豊かな暮らしを与えてくれた両親には申し訳ない感想になるが、仇《あだ》となった広さだ。

高校卒業と同時にこの部屋を出た。干支《えと》も一回り回ったというのに、いまだこの部屋には正祐の私物が山となっている。

「直視してこなかったけれど……」

西側の壁一面の本棚と、東側には収納スペースに仕訳した収納ケースと段ボールが潔癖なまでの直線と直角を描きながら積まれている。

「いいえ私が積みました」

積まれていると考えるなど主体が間違っていると己を咎めながら、正祐は部屋の真ん中に膝を立てて座った。

「挨拶《あいさつ》に来てくださった日に、お見せするべきでしたね。新居の書庫について揉めることになったでしょうが、自慢でもあります」

人が見たらまるで管理された倉庫だが、正祐を落ち着かせる古い紙の匂いがする。呆れながら大吾もきっと、しまいには座り込んで本を読み始めるだろう。

風を通すために窓とドアは開けていたが、それでもコンコンと二度ドアが叩かれた。

「遅くなってごめんなさい、正祐」

仕事が終わって駆けつけたのだろう母、麗子《れいこ》の化粧がきれいだ。きっと仕事で纏った桔梗《ききょう》の刺繍《ししゅう》の着物のまま、麗子は白い足袋《たび》で部屋に足を踏み入れた。

「本を眺めていました」

立ち上がろうとした正祐の隣に、麗子が着物の前を手繰《たぐ》って膝をつく。

「お着物、汚れませんか」

「あなたの部屋はいつでもずーっときれい。大学に行ってからもどの家政婦さんも言うわ。掃除機をかけて埃《ほこり》を払うだけで済むんですって。こんなに整頓された部屋はなかなかないそうよ」

「それは」

ここは倉庫のようなものだからと言いかけて、何か母親を悲しませる気がして正祐は言葉を止めた。

「棗《なつめ》、間に合わせてくださって本当にありがとうございました」

手紙を書いて電話もしたが、顔を合わせて棗の礼を麗子に言うのは、これが初めてだ。

棗の話をしたら、渡した先の話をしなければならないと、それが気が重かった。

「間に合ってよかったわ。お庭で育てている方を思い出したの。前にお茶をいただいてね」

喜ばれた？　どうだった？　東堂先生のご両親はなんて？

正祐が身構えているそれらの言葉を、麗子は言わない。

隣で、赤ん坊にするように背中をとんとんと叩いている麗子は、よくないことが起きたと悟っていて尋ねないでくれているのだと、ようやく正祐は気づいた。

母のそのいたわりに気づくのに、時間がかかった。

十八でこの家を離れただけでなく、正祐の子ども時代は女優として全盛期だった母との時間は多かったとは言えず、大吾ほどではないが正祐も母をよくは知らない。

「母さんは何故、東堂先生とのことを許してくださるのですか？」

知らない母に、正祐はそれを尋ねたくなった。

「何故あなたが、東堂先生を愛したことを誰かに許されなくてはならないの？」

いつでもやわらかい話し方をする麗子の声が、強い意志を持った。

「許さない人がいるのなら、私がその人に会いに行きます」

その声を正祐は、何度か聴いたことがある。

最近では光希《こうき》が年上の女優と関係を持ったことでその子息を傷つける結果になった時に、麗子は厳しい声を放った。

やわらかい声は外向きの声だ。それは麗子にとってほとんどと言える時間保たなくてはいけない声なので、そちらが常となっているのだろう。

「本当に会いに行くわ。お父さんと二人で」

心からの麗子の心配だけありがたく受け取って、正祐は首を振った。

「私を」

正祐は今、自分の母を知りたかった。

「認め続けようと決めたのはいつですか？」

大吾の母に会い、三浦哲郎《みうらてつお》の「文集母」を読んで、人の母だと正祐は思った。

自分と自分の母親の関係について、初めて考えた。自分も母を知らないと、知った。

もうすぐ正祐は、書類上情人と親子関係を結ぶことになる。

「おじいちゃんにはっきり言われたのは、亡くなる少し前だったけど」

何故だか麗子は、切なそうに語り出した。

「あなたが小さい頃にも叱られたわ。ものすごく叱られた」

「どうして、ですか？」

正祐は子どもの頃のことを、比較的記憶しているつもりだった。

だがそもそも祖父が「ものすごく叱る」ところを、覚えていない。

「あなたが全く望まないことをたくさん強《し》いて、いつかはあなたがそれを受け入れてくれると」

それは何処《どこ》までか続いた、ピアノ、声楽、演劇、舞踊の稽古《けいこ》であることは正祐にもわかる。望まなかったし、苦痛で仕方がなかった苦い思い出だ。

「必死だった」

「そうだったでしょうか」

けれど家族はやがて素質のなさに気づいてあきらめてくれたというのが、正祐の解釈だ。

「あなたは私に顔立ちがそっくりだったから、それが嬉しくて。絶対に私と同じ道を歩いてほしいと、必死だった。いいえ、無理やり歩かせようとしたの」

いくつまでのことだろうか。記憶にはない時間だった。

けれど三つ年上の姉の萌《もえ》は、もしかしたらその母の思い入れを覚えているのだろうと、姉からの過酷な仕打ちの理由だけがはっきりと正祐の腑に落ちる。

「打ち明けるわ。お願いだから嫌わないで。あなたが受け入れてくれないと、私はため息を吐いたの」

あなたに当たったこともあったと、消え入るように小さな声で、麗子は打ち明けた。

「どうしてできないのと、言って。そのため息を聞かれて、初めてお父さんに大きな声で叱られた」

「おじいさまが？」

祖父の大きな声など、正祐は聴いたこともない。母のため息より祖父の話に驚く。

「わたしの記憶の最初からそんな人ではなかったわ。お父さんもご自分に驚いて、すぐに謝られた。大きな声を出してすまなかったって。でもその大きな声にびっくりして、私のため息は同じだとよくわかったのよ」

親からの大きな声、親からのため息。

その重みを知る母は、まさしく親なのだと、思い知る。

「自分の子でも違う人間なんだと、教えられたの。私はお父さんにそうやって尊重されて育てられたのも同時にわかって、すぐに意味がしみた。泣いたわ」

「私が、違う人間だからですか？」

「あなたという人を踏みつけたからよ。まだ何一つ抗《あらが》う言葉もすべもないのに」

母の美しい指に頬を撫でられて、幼子のようにまるで違うことを尋ねたと正祐は恥じた。

「ごめんなさいね」

「私の幼少期に、踏みつけられた記憶はないです」

「三歳の時のことだから」

三歳の時の芸事の始まりを、果たして自分は覚えていないだろうかと、正祐は記憶を疑った。

目の前のことが世界のすべてで、母は母でしかなかった。

張り詰めた空気の寒さは、本当は少しだけ心に残っている。

そこは振り返らないようにしてきた。

怖かったからだ。

「あなたはすぐに家を出て行ってしまったわね。おじいちゃんのところへ」

「母さんに愛されてるのは知ってました。私はちゃんと」

ほんの少し怖かっただけだ。母が祖父に叱られてすぐにそのため息をやめたことは嘘ではない。

三歳以降の正祐の記憶の中に、母のため息はない。

「知っていました。今も知っています」

声が必死になって、焦りが込み上げた。

何をそんなに焦るのか。唯一の母との関係を、母への思いを、母に不安に思って欲しくない。

「抱きしめていい？」

三十になった息子に、母が問いかける。

きっとこれが最後になるとわかって、正祐は頷いた。

きれいな正絹《しょうけん》の着物の胸に、抱かれる。着物を汚してしまうのではと正祐は案じた。それは子どもの頃から正祐には当たり前の感情だった。

母はいつも特別なものを纏っている。

その特別な香りが、正祐には母の匂いだ。

きっと高級な白粉《おしろい》の匂い。母のそばでしか、かがない匂いだ。

懐かしく愛おしく、意味もなく涙が出そうになる匂いだ。

「もう一つ、尋ねてもいいですか。最後にします」

母の胸で、彼女の子どもに正祐は還った。

「なんでも訊いて？」

やわらかい声を聴いて、正祐は一人の人となって、母の肌を離れて目を見つめた。

「私が子を持たないことを、母さんはどう思いますか」

大吾の母は、大吾の息子を抱く夢を長く長く、強い望みとともに見ていた。

その夢を奪われた彼女の悲鳴のような声を、正祐はきっと生涯忘れられない。

「たくさんのことを、今思ったわ」

ゆっくりと、麗子は慎重に声を放った。

「あなたの子に会いたい気持ちはある。おばあちゃまとしてね」

おばあちゃまという言葉に似合う愛らしい笑顔を、麗子が見せる。

「あなたたちと出会った喜びを、あなたにも知ってほしいという思いは、あったみたい」

今初めて知ったわと、麗子は言った。

「でも」

ふと麗子の声が、外では決して聞かない、静かな声になる。

「私が経験しなかった人生を、あなたがどんな風に歩いていくのか。それはとても楽しみな航海のはじまりね」

指を伸ばして、もう一度だけとそんな風に、麗子は正祐の頬を撫でていった。

「時々教えてちょうだい。あなただけの、あなたという人のものでしかない時間のことを。私にも」

母と自分の関係は唯一無二だ。それはいいとか悪いとかではない。

母子の関係は、他者と比較して考えることは無理だ。

「はい」

自分もまた、自分でしかない。

初めて正祐は、自分は自分でしかないと知った。もう誰かの子どもではない。

「私は、母さんが好きです」

自然と言葉がこぼれた。

声にしたら嘘ではないとわかって正祐が安堵するより早く、母が泣いた。

麗子の頬を、きっとあたたかなのだろう涙が伝っている。

指を伸ばして、今は自分の母でしかない人の濡れた頬を、正祐は初めて拭った。

取り立てて何ということのない親子の関係のように、ずっと思っていた。

けれど不思議とこうして自分から彼女に触れることは初めてで、これが最後のように正祐には思えた。

月がきれいに半分になる日の午後、「寺子屋あやまり役宗方清庵《むなかたせいあん》」最終巻の最後の見直しが、正祐《まさすけ》の手元にきた。

会社では開かず、己のマンションに正祐はその校正原稿を持ち帰った。適切ではないが、平常心で開けないことは受け取る前からわかっていた。

リビングの机で、ずっと自分を守ってくれた祖父の形見の群青《ぐんじょう》のソファに腰かけて、封を開ける。

帰宅するなり念入りに拭いて乾いたことを確認したテーブルの上に、正祐は厚い紙の束を横たえた。

この三校を正祐が確認したのち、さらに編集部の確認を経て、次は念校となる。

出会って以降正祐が知る限り、正祐の手を通った念校を大吾《だいご》が確認したのは一度きりだ。閨《ねや》を共にするようになって大吾の暮らしを知るようになって、何も持たずに生きていくつもりの男が唯一の人であることに正祐は不安に揺れた。

その揺らぎに気づいた大吾は、庚申社《こうしんしゃ》の校正者を信頼して今まで見なかった念校を確認した、と言った。

――何か、最近のおまえはおかしいので、たまたま念のため読んだ。

「ああ、だから念校というのか。なるほどな」

三年前の大吾の言葉を反芻《はんすう》して、少しだけ正祐は笑えた。

あの日は校正者として初めて見逃した一文字の誤字が見つかって、死にそうな気持ちだった。未熟だった。人としても、校正者としても、情人の伴侶としても。

通例なら大吾はもう確認しないので、これは東堂《とうどう》大吾にとっては既に最終校となっている。後は本になる、完成原稿だ。よほどのことがない限り、大吾が直すことはもうない。

祈る思いで、正祐は一枚一枚、紙を捲った。

恋文の返事を読む人はこういう思いなのかもしれないと、時々、胸を押さえた。


すべてを念入りに見直したら、深夜になった。

非常識な時間となったけれど、矢も楯もたまらず上弦の月が地平に沈んでいく中、正祐は歩きなれた松庵《しょうあん》の往来を走った。

この土地にはかつて松庵川が流れていた。今は暗渠《あんきょ》となっている。

その話を大吾にした晩に、初めて大吾に抱かれたことをこんな時なのに思い出して、正祐は腹が立った。

昔は持っていなかった信頼がくれる余裕を、いつの間にか自分が得ているのだと知る。

ほどなく二階建ての古い日本家屋の前にたどり着くと、明かりがついていて大吾が起きていることがわかった。

呼び鈴を鳴らすにはさすがに躊躇《ためら》う時間だ。

少し迷って立ち止まった時、玄関の明かりがついて人影が写り、がらりと引き戸が開いた。

「どうした」

家の前に立っている正祐に、驚きもせず大吾が問いかける。

どうした。

それは、正祐が好きな、大吾からの言葉だ。

「おまえの足音がした気がして、それで玄関に降りただけだ」

声もかけていないのに大吾が出てきたことに驚いている正祐を知って、大吾は言った。

「もう夜は冷える。入れよ」

手で、中へと大吾が正祐を促す。

頭を下げて玄関を潜り、いつもの紫檀《したん》の座卓がある居間で、正祐は無意識の癖で掛け軸を見つめた。

散る桜残る桜も散る桜。

詠《よ》み人知らずだが大吾の祖父はこれは良寛《りょうかん》が読んだと思うのがいいと言って、遺言にした。

「あれ以来初めてじゃないか。連絡もなしに」

あれと大吾が言ったのは、宙人《そらと》から専任の校正者になってほしいと申し出があって、何も口を出さない大吾に焦れて正祐が感情的になってここにきた晩のことだ。

「一度だけです。今日だけです」

あの頃は湧き上がる己の大きな負の感情を、正祐は自分で処理できなかった。そんな感情は持たずに生きてきたし、どうやって外に出したらいいのかわからず、支離滅裂な言葉を大吾に聴かせた時期は長かったように思う。

「今日だけです」

たくさんの言葉を読んできたはずなのに、自分の感情を明文化する言葉を持たない。それを不思議だと思うことは何度もあった。

いつからか、きちんと大吾に思いを伝えられるようになった今ならわかる。

熱く、大きすぎる恋という初めての感情に、とても言葉が追いつかなかった。

いつの間にかお勝手に消えていた大吾が、茶をいれてくれてそれが紫檀に置かれる。

「ありがとうございます。いただきます」

お勝手をせず総菜を買ったりレトルトのカレーを食べる大吾なのに、茶器にだけはいつも律儀に茶卓があった。

遠野《とおの》で覚えた、大吾の当たり前なのだろう。

湯気の立つあたたかな茶をゆっくり飲んで、正祐は長く息を逃がした。

「想像しなかった書き直しがあって、言葉にできない幸せです。それで、あなたに会いたくて駆けてきてしまいました」

不適切だ。いつでも大吾と正祐の関係は不適切だ。

「三校を確認したのか」

「はい。編集部で確認されたら次はもう念校です」

何故正祐が深夜に走ってきてしまったのか、隣に腰を降ろした大吾のまなざしは知っていた。

「あの一文は、俺の感情だった。小説とはなんの関係もない、俺の不安だった」

強く正祐が鉛筆を引いた意味を、大吾は読み取った。

清庵は前巻で妻《めと》を娶り、最終巻では二人の間に玉のような男の子が生まれた。裏切りに遭《あ》い父を喪《うしな》い、二度と国に帰れない流浪《るろう》の清庵の長い長い苦難の旅が終わったことを、彼に関わる人々は皆寿《ことほ》いだ。

その中に浮き上がるような一文があった。

妻を得て子をなすことだけが、人の幸いではない。

金子《かねこ》みすゞの詩にあるような、「みんなちがって、みんないい」に近しい一文が書き込まれていたのだ。

「おまえや、おまえの向こうに見えるたくさんの人を絶対に傷つけたくないという、傲慢《ごうまん》だった」

そうした配慮が物語の中に織り込まれることは、ままある。

だが「寺子屋あやまり役宗方清庵」の中では唐突だった。時代背景、これまでの清庵の苦難、喪われた人々、新しい命、何よりここまで宗方清庵を描いてきた東堂大吾の作家性と大きく乖《かい》離《り》して読む者の躓《つまず》きとなる一文だった。

「あの一文を書いたのは、母の言葉を聴く前だった」

その一文は取り払われ、再校にも拘わらず書き足しがあった。

登場人物の一人一人、通りすがりの物売りまで、日々をどう生き暮らしているのかが、感情や判断も乗せずに淡々と語られていた。

「見知らぬ他人を、何よりおまえを」

打ち明ける大吾の声が、重い。

「信じなかった」

信じてもらえなかった自分は、けれど確かに揺らいだと正祐は忘れなかった。

「誰かを傷つけることを恐れて。そして子をなすことを最良の幸いだと思っている人間だと思われることを、みっともなく恐れた」

その恐れはきっと、「寺子屋あやまり役宗方清庵」を書き始めた頃の大吾は持たなかったものだ。

優位な性、優位な性質から、立ち向かえない者の本当の辛さを推《お》し量《はか》れる感情が欠落していた。それが小気味よく、ばっさりと切れ味のいい大吾の時代小説は大々的に受け入れられた。

片瀬《かたせ》が伴侶となった校正者を案じたのは、その東堂大吾をきちんと理解しているからだ。

「どんなに違うと書いたとしても、放ったものは読み手のものだ。俺の言い訳を読むために、人は本を開くんじゃない」

「私は、渦中でしたから。あなたが案じた通り初読では揺れました」

反省を重ねる大吾に、正祐も打ち明ける。

「この一文は、手紙のように浮き上がっていました。初校で線を引けなかったのは、個人的な感情で混乱したからです」

その一文は不要だ。明らかに雑音だ。

けれどその一文は自分への手紙にも思える。多くの人への手紙でもある。

小説と手紙の区別が、まさしく渦中に校正した正祐にはわからなくなった。

「だが、おまえの仕事の領域を越えたことでもある」

本来校正者が意見する部分としては、大吾の言う通り確かに越えていた。

「私たちは不適切な関係です。最初から」

だが、東堂大吾の迷いと恐れの源を知る、正祐は当事者だった。だから担当編集者も意見できなかったこの手紙に、気づけたのだ。

「あなたの作品にとって最良の校正をすることが、私の」

何度も伝えてきたことなのに。

「私が初めて知った、愛するということです」

初めて告白するように、正祐は声を掠《かす》れさせた。

「愛されていることを、俺は知っていたつもりだったが」

苦笑して、指の背で大吾が正祐の頬に触れる。

「思い知った」

応えて、大吾は笑った。

「母がおまえを踏みつけてから、俺は世界が変わってしまった気がして浮遊しそうになった。それでも今立っていられるのは、おまえが俺の手を摑んで離さなかったからだ」

ありがとうと、また、大吾が平易な言葉を使う。

これから一緒に生きる中で、もしかしたら二人ともが今までは使うことの少なかった平易な言葉で、感情を交わすように正祐には思えた。

「たくさんの人の手を借りました。たくさんの人が私に血肉を分けるように言葉をくださいました。あなたと出会うまで私は人を知らずに生きてきたのに」

掌《てのひら》で、大吾が正祐の頬を抱く。

「おまえは俺の碇《いかり》で」

大吾らしい言葉選びは、やはり正祐にはどうしようもなく幸いだった。

「羅針盤だ」

「あなたもです」

お互いがお互いを助けていく。

別々の人間だけれど同じ船で、同じ航路をいくのだから。

「病める時も」

「健《すこ》やかなる時も」

「どんな時も二人で」

別々の人間だとわかっているけれど、もうどちらの声かわからないほど一つだ。

「連絡もなくおまえが俺のところに来るのはきっと、これが最後だな」

ふと大吾が呟くのに、問いかけて正祐が首を傾げる。

「一緒に暮らす。これからはずっと。婚前を、多少は惜しむよ」

ふざけてはいないようで、大吾は本当に惜しそうに苦笑した。

「私も今日、あなたの原稿をマンションで読み終えて。喜びに顔を覆って」

もうすぐ大吾の言う最後の日を、跨ぐ。

「あの部屋では最後だと、惜しみました」

「俺たちの、最初の時間だ」

三年は長く、あっという間で、幸いだった。

二人ともがそれを惜しんで、どちらからともなく唇を寄せる。

触れ合うだけのくちづけは、三年には及ばないけれど長かった。

「自分から牢に入ろうとした、俺は。おまえのことも牢に入れようとしたな」

書いてしまった手紙のような一文は、いつまでも大吾を悔やませる。

「牢に入れれば、踏みつけられはしないと、きっとあなたは」

正祐の実家に向かう途中で、大吾は初めて言った。

――安易に侮辱を受け踏みつけられることもあるかもしれん。これから先どんな苦痛がおまえを襲うかわからない。不安だ。

不安という思いが自分の中に存在することを大吾が吐露《とろ》したのは、もしかしたらあれが初めてだったような気がする。

「私が傷つくのをそんなにも案じてくださったのに」

自分の母親が正祐を踏みつけたことがどれだけ大吾を苛《さいな》んだか、最早正祐には推し量れない辛さだ。

「これから先、私も、あなたも、また傷つくことがあるかもしれません」

もう二度とないとは、言えない。未来のことは誰にもわからない。

「恐れないでください」

だから、正祐に言える言葉は一つだ。

「おまえは恐れないのか」

僅かに惑《まど》って、大吾が尋ねる。

「はい」

毅然《きぜん》と、正祐は答えた。

「私はあなたを愛しただけです。そこにはなんの罪もありません」

確かめなくてはと、大吾を見つめる。

「あなたはどうですか」

今は、このことは言葉で、教え合わなくてはならない。

「おまえは俺の伴侶で」

ゆっくりと、大吾は言葉を手繰《たぐ》った。

「おまえが言った通り、大切な校正者だ」

「はい」

大切な校正者という言葉に、思わず正祐の頬がほころぶ。

「おまえを愛した自分が、誇らしい」

目を、互いにしっかりと見た。

「俺は」

愛しただけだ。

「何も悪くない」

誰に非難されてもどんなに傷ついても、今大吾が言ったことを、正祐も忘れない。

伝えるより早く体が動いて、正祐は大吾にしがみついた。

何も悪くない。その言葉に大吾にたどり着いてほしかった。

もう充分だ。

しがみついた正祐を、大吾が抱いた。

それぞれが情人を求めて、指を伸ばし、肌に触れ、衣服を剝いだ。

二階の大吾の寝室にいく余裕はない。

くちづけは深まり、肌は熱を上げて、大吾が正祐のうなじを吸えば、正祐は大吾の肩にくちづけた。

「おまえを初めて抱いた頃、馬鹿なことを言ったことがあったな」

「正直あなたは馬鹿なことをたくさん言いました。どの馬鹿なことですか？」

真顔で答えた正祐に、「おまえな」と大吾が笑う。

「受胎を目的としない性交を描くことに、至上の愛を感じたと言った馬鹿だ」

「ああ、本当にあなたは馬鹿でしたね。そして菊千代《きくちよ》を描き出しました」

「菊千代はまだ書くが」

思い出して怒り出した正祐を宥めて、瞼《まぶた》に大吾は唇で触れた。

「性交にも愛情にも、至上も何もないな」

「まったくですよ」

「あの頃はまだわかっていなかった」

許せ、と大吾が小さく笑う。

「きっと今もわからないことがたくさんあるんでしょうね。あなたも、私も」

「そうだな」

人に乞い、教え合って、小さな芽を育てるようにするうちに、やがてそれは大きな木になってきれいな新緑の葉を茂らせるかもしれない。揺れる葉の一つ一つに、今はわからないでいる人の思いを書き込むようにして育てていく。

笑って言葉を交わしても、肌の熱はまるで引かなかった。

指で、掌で、唇で、舌で、自分のものではない肌を、肉を求め合う。

濡れた大吾の指が肌を分け入って、正祐も指を大吾の下肢に絡めた。

大吾は驚かない。時折正祐は、無意識に大吾に触れるようになっていた。

開かれて分け入られ、好きに泣かされるだけだと思っていた儘《まま》ならない正祐の体が、大吾の体に呼応するようになった。

始めに愛があって、肌がその愛の形を覚えた。

心に、体が追いついた。

「もう、いいか？」

耳元で濡れた声に問われて、それだけで正祐の体の芯が強く疼《うず》く。

「きて、ください」

熱の籠《こも》った声を途切れさせながら、大吾の耳を食んで正祐は乞うた。

足の内側を、大吾の大きな手が撫でて膝をゆるく噛む。

固く濡れたものが正祐の芯に届く場所に触れて、随分ゆっくりと肉を分け入ってきた。

「……っ……」

身の内に入り込まれることに、弱さがあるように思うことは、正祐にはあった。だからきっと強い羞恥がいつも傍にあった。

正祐は大吾以外の人と体を交えたことがない。大吾以外の誰にも欲望が湧かない。

この焔《ほむら》のような熱さは、大吾にしか灯らない。

「……っ、……っ……」

何処《どこ》から何処までが自分なのかわからないほどお互いが満ちて、正祐は堪えずに体の望むまま大きく震えた。

「……っ……」

その強《したた》かな震えに、大吾が呻く。

このまぐわいしか正祐にはあり得ない。大吾がいなければ他人に触らず生きるだけだ。

不思議だ。

その形をなす唯一の人と出会えたことが不思議だ。その唯一の人と愛し合えたことが不思議だ。

「もう……っ」

自分が乞うたのか、大吾が熱を吐いたのか、正祐には区別がつかない。

唯一の人と体を交えていることは、もう正祐には怖くはない。

いつか失う明日より、求め合う肌が今重なっている鼓動が、ただすべてだった。

年が明けると同時に、「寺子屋あやまり役宗方清庵《むなかたせいあん》」最終巻は無事発行された。希望のある結末は既存の読者に歓迎され、恐らくは多くの人を満たした。

大吾《だいご》はもう犀星社《さいせいしゃ》の新シリーズの一冊目を書き終え、同じ江戸物でも今までとは勝手の違う世界観の校正に正祐《まさすけ》は頭を忙しくしている。

探し始めてからぼちぼち半年になるが、二人で暮らせる家はまだ見つからない。

終《つい》の棲家《すみか》になるかもしれないのだから焦るまいと、時々大吾か正祐のどちらかが言った。

新刊を読んだのか、否か、大吾の母親の宮子《みやこ》が謝りたいと言っていると、夫の和良《かずよし》から二人宛に手紙が届いた。

真冬の最中、しっかりとコートを着て大吾と正祐はあの町に向かう電車に乗った。暗い時間はよくない気がして、日曜日の午後早い時間に約束をした。

埼玉県の北にある町のその家のリビングで、去年の秋彼岸《あきひがん》と同じ椅子に、二人は座っていた。

正祐はいつもの鈍色《にびいろ》のスーツを、大吾もシャツに濃紺のジャケットを羽織っている。

怖いという気持ちは、正祐にはまだあるにはあった。けれど宮子が謝ると言うなら、そこで大吾が一旦親を許すという大きな荷降ろしができるかもしれない。

もし宮子がきちんと手当ができたなら、新しい家族の交わりが少しずつでも始められるかもしれない。

そんな期待を、致し方なく正祐は持っていた。

「本当に、ごめんなさい。なんの言い訳もできない」

気が動転して、おかしくなってしまって、混乱して。

何処《どこ》かで正祐が予想していた言葉を、宮子は使わなかった。

「謝罪を、ありがとうございます」

九月に会った時より、宮子は年を取って見えた。その代わり隣に座っている和良が、何かしっかりとした落ち着きを持っている。

宮子があの日のような特別な色合いではない灰色のワンピースを着ていることが、正祐を何か安心させて、それも随分と勝手な感情だと気づいた。

「ありがとう。母さん」

母さんと、大吾が言った。

これで、秋彼岸のことは終止符を打つ。正祐は大吾と話し合って、約束をしてこの家を訪ねた。

「許してくれるの?」

静かな宮子の声が、二人に問う。

「もちろんです」

返事をしたのは正祐だけで、大吾は黙って頷いていた。

「……ありがとう。渡したいものが、あるの」

俯いて、宮子は席を立って台所に行った。

あの日と同じ、大吾が子どもの頃飲んだという薬茶《くすりちゃ》は、既にそれぞれの手元にある。

この家は茶卓ではなく、カンタキルトと思《おぼ》しき布を接《つ》いだコースターだと、正祐は今日やっとその美しさが目に入ってきた。

「気になるかい」

褪《あ》せた萌黄色《もえぎいろ》と薄い紫色が混ざりあう美しいコースターを見つめている正祐に、ようやく一息吐《つ》けた様子で和良が尋ねる。

「きれいですね」

「使わなくなった、インドのサリーを接ぎ合わせた布だそうだよ。宮子が縫った」

言われて居間の中を見ると、きっと随分と時間がかかっただろう同じ布のラグがあった。

「女性の支援基金のバザーに長年出していてね。評判はいいらしい」

「そうですか」

驚いた声を聴かせたのは、大吾だった。

カンタキルトは貴重なもので値が張るとだけ、正祐は何かで読んだことがある。

「家で使ってるものは、特別気に入ったものだったり、失敗作だったり。両方なの」

話を聞いていた宮子が、台所から戻った。

カースト制度の残るインドの女性が纏《まと》った布を縫って、支援活動に参加する。

それは大吾の父親、東堂平太《とうどうへいた》の伴侶らしい行いで、そうした活動を続けてきた宮子自身にとってきっと、あの日の言葉は辛かったのではないかと、正祐は想像した。

——彼女は今どのくらい正気なんだろう。

ふと、心細い大吾の声が、正祐の耳に触れていく。

夫の死で彼女が壊れたことは理解しているけれど、カンタキルトの話で正気と狂気の境目が曖昧《あいまい》になった。

「庭の棗《なつめ》で、棗酒を漬けたの」

持ち帰れる大きさのガラス瓶が、正祐と大吾の間に置かれる。

「お父さんが好きだったのは、生の棗で漬けたお酒だったの。久しぶりに漬けて、呑み時がきたから」

それを謝罪する節に、きっと宮子は決めたのだろう。

「棗酒、ですか」

呑んだことがない果実酒の名を、正祐は反芻《はんすう》した。

「漬け方は梅酒と同じ。普通はホワイトリカーを使うんだけど、お父さんはスコッチウイスキーがいいって言って」

だからウイスキーで漬けたと、棗の赤がウイスキーに滲《にじ》んだきれいなガラス瓶に宮子が触れる。

「よかったら、もらってちょうだい」

「少し」

言葉少なだった大吾が、宮子を見た。

「今、呑ませてもらってもいいかな」

ぎこちないけれど語りかけた大吾に、宮子の頬がほころぶ。

「もちろんよ」

台所に戻って、宮子は人数分のグラスを用意しているようだった。

「……いただいた棗も棗酒にして、それは私たちで呑んでます。ありがとう。おいしいよ」

小さく和良が、あの日散らばった青い棗は捨てなかったと、正祐に教えた。

きっと拾い集めたのは和良だろう。和良と宮子の間にその頃どんな対話があったのか想像はつかなかったけれど、尋ねず正祐は頭を下げた。

小さなグラスを四つ、宮子は台所から運んできた。

長い杓子一杯分の棗酒と棗の実を、一つ一つのグラスに丁寧《ていねい》に宮子が注ぐ。

「どうぞ」

カンタキルトのコースターの上に、それぞれグラスが置かれた。

大吾と一瞬顔を見合わせて、正祐も少し口に含む。

薬茶のような薬酒のような味がするかと思ったら、まるで違った。棗の風味と、甘さ、そしてスコッチウイスキーの香り。スコッチウイスキーでなければ、この淡い甘露《かんろ》は得られないのかもしれない。

ちゃんと作り方を尋ねたいと、正祐は立ったままでいる宮子を見上げた。

宮子のまなざしはそっと、棗酒を呑む大吾だけを向いている。

久しぶりに漬けたと、さっき宮子は言った。もしかしたら大吾の父親が亡くなって以来初めて漬けた棗酒を、その父親によく似ているという大吾が初めて呑んでいるということなのかもしれない。

自分を見ている正祐に、ふと宮子は気づいた。笑おうとして、なんとか笑えるまで宮子は随分と時間が、かかった。

「どう？　大吾」

「初めて呑んだが、確かにスコッチウイスキーがいいと俺も思う」

呟いた大吾に、「そう」と宮子が笑う。

不思議だ。

正祐はずっと、人の気持ちなどあることも知らずに生きてきた。隣にいるこの男に出会うまで、文字の中で生きてきた。

なのに今、この空間で痛いほど感じている。ほとんど知らないと言っていい目の前の女性の、思いを。

絶望、憤り《いきどお》、悲しみ、それらを呑み込んで正しくあろうとする気丈さ。

そんなにもたくさんのものを無理矢理呑み込みながら、赦《ゆる》そうと、赦されようとしている。

壊れては、いたのかもしれない。けれど正祐への宮子の拒絶は、正気でなされたものだったと、彼女が堪えている感情が伝わって正祐は思い知ることになった。

伝わる思いの辛さを、一つ一つ、文字を拾うように言葉に直して知る。それが正祐には生きるということなのだから。

絶望、憤り、悲しみ。その中に滲むのは、宮子自身が自分が不当だと知る冷静さだ。

いつか。

もう少しでいいから、重荷を降ろして彼女と話せる日がくるのだろうか。

或いは永遠にこないのか。

宮子だけではない。今ここにいる全員が、道の途上にいる。

岐路に導《しるべ》を間違えば、悪《あ》しに陥るのは簡単だ。

憎しみから始まった道なのだから。

「あなたに、呑んでほしかったの」

正祐を、宮子は見て言った。

手元の、丁寧に縫われた美しいコースターに、無意識に正祐が触れる。正しくあろうとする、

彼女を知ろうとした。

陥るまいと、きっと、この人はしている。

「おいしいです」

陥るまい。陥るまいと。

祈りのように、正祐は心の中で繰り返し呟いた。

十年後、二十年後の自分への伝言だ。岐路を見誤らず足元を見失わずに、足を踏みしめていく。

「作り方を、教えていただけませんか？」

一歩、また一歩と。

「また」

踏みしめる。

「今度」

ようよう今度と言った宮子を、正祐は信じることにした。

ここにいるすべての人を。

自分を。

まだ見ぬ、会うこともないかもしれない人を信じる。

「待っています」

胸を張って、背を伸ばして、今この岐路を踏み出す。

小さなグラスの棗酒が底をつくまで四人で話した。

他愛《たわい》のない話だ。家が見つからない。本が多すぎる。仕事柄仕方ない。当たり障りのない話を、短い時間、四人で交わした。

丁寧に包まれたガラス瓶は正祐が持った。

「また」

玄関を出ようとしてふと、大吾が呟く。

「何かあったら、連絡してほしい」

長い間が、玄関に落ちた。

「ええ」

宮子が答えるのを見て、和良が安堵の息を吐くのが、わかった。

「また」

その「また」は、今は正祐にも、きっと大吾にも見えない。

大吾と正祐ではない。宮子が無理だ。今日くれた言葉たちを、彼女はまだ感情では受け入れられていない。

自分たちの感情だけではどうにもならないことだ。

「元気で」

そう大吾が言い残して、玄関の扉が閉まった。

あの日とは違う沈黙で、駅までの冬の道を二人は歩いた。

「何もかも、知った気で生きてきたのにな」

それ以上でもそれ以下でもない大吾の弱音が、早い夕暮れに向かう凍《こご》えた空に消える。

情人の横顔を、正祐は見た。

一人で生まれてきたような顔をして、一人で生きてきたような顔をしているこの人は、実際一人で生きてきた時間があった。

これから自分は、情人に何ができるだろう。

――私が経験しなかった人生を、あなたがどんな風に歩いていくのか。それはとても楽しみな航海のはじまりね。

ふと、麗子《れいこ》の言葉が正祐の耳を触っていった。

――時々教えてちょうだい。あなただけの、あなたという人のものでしかない時間のことを。私にも。

自分には、家族という退路がある。決して断つまいと、正祐は強く思った。二人だけで生きていくと決めれば、自分一人でこの人の生を支えることになる。それでは綱渡りと同じだ。

支えてくれる人の手を、一つ一つ大切に繋いでいく。

「あなたは、未来の約束をしない人ですが」

そう大吾に声をかけると、言葉と一緒にもれた息がほんの少し白んだ。

「私は必ず、あなたより長く生きます」

もしも、「また」が巡らないようなことになったとしても、一人にはしないと正祐は大吾に約束した。

「そうか」

何を誓われたのか、大吾には伝わったようだった。

「ただおまえを愛して」

似合わない辛い声を、一瞬だけ、大吾が落とす。

「愛した人と、生涯を共にしようとしているだけなのに」

けれどすぐに、大吾は毅然と目に光を灯《とも》した。

「たくさんのものをおまえに負わせた」

「いいえ」

間を置かず正祐は首を振った。

「私も持っただけです。あなたも持つとおっしゃったでしょう」

心に強張《こわば》りを正祐は持っていたが、乾いていくその強張りに最近慣れ始めている。だからはっきりと声を張れた。

段々と乾いていくけれど消えない冷たい泥は、一度浴びたらもしかしたらもう拭《ぬぐ》えないものなのかもしれない。

今も正祐の肌にある。夢にも見る。ふとしたことでその泥が染みついていることに気づく。

「私たちを大切にしてくれる人がいます」

けれど、清い水をかけ続けてくれる人々がいる。

「そうだな」

大吾も同じ泥を浴びた。

「大切にします」

多くの人の手を借りながら、いつしかその泥は薄れていくだろう。

「してるさ」

笑った大吾の声が緩んで、それが正祐に安堵をくれた。

「足りませんよ」

「そうか？」

「ええ」

薄れるかもしれないけど、消えることのない汚れだ。

その汚れも纏って、新しい頁をめくっていく。

鉛筆で強く書き込む。新しい言葉を編む。古い言葉を読む。

「それから」

人気がふと途絶えて、少しだけ正祐は大吾の指先に触れた。

「まだ読んでいない本がたくさんありますから」

「そうだな。本を読んで」

「そうです。本を読んで、またあなたと本の話をして」

「それから?」

尋ねた大吾の声は、楽しみな航路の行方をきいている。

「時々は喧嘩もするでしょう」

「天気予報か」

肩を竦めて笑って、冷たい正祐の指を大吾はしっかりと握った。

それから、を、繋げていく。

人と日々を繋いでいく。

何度汚れたとしても、それは必ず一冊の本になる。

足を踏みしめて、一冊の本を二人で編んでいく。


蠟梅《ろうばい》、白木蓮《はくもくれん》、薄紅色の灯台躑躅《どうだんつつじ》、赤い花水木《はなみずき》、青紫の紫陽花《あじさい》、赤い百日紅《さるすべり》。

夏の間緑の葉を茂らせる灯台躑躅は、秋にその葉を真っ赤にする。

「百日紅が盛りですね」

松庵《しょうあん》にしては広い午後の庭先に出て、旅行支度をして正祐《まさすけ》は背の高い花木を見上げた。

「百日間咲かせないとな」

同じくボストンバッグを一つ持った白いシャツの大吾《だいご》が、真夏の抜けるような青空に映える赤を眺める。

思いがけない成り行きで、二人は松庵の築五十年という二階建ての家を譲ってもらうことができた。

「寺子屋あやまり役宗方清庵《むなかたそうあん》」最終巻が発行された直後に、想像もしなかった禍《か》が訪れた。人は外出を避けるようになり、特に人口密集地の都会は一時期息の詰まる暮らしが続いた。

もともと松庵と山梨県《やまなし》小淵沢町《こぶちざわちょう》の行き来をしていた夫婦が、小淵沢町への移住を考え始めたと話を繋《つな》いでくれたのは百田《ももた》だった。夫が鳥八《とりはち》の馴染《なじ》み客だという。

庭には季節ごとに咲いていく花木が丹精されている。夫婦の気掛かりは長年愛してきたこの花木と雑木で、できれば切らないでくれる人に譲りたいと百田が話を聞いた。たまたまではなく、百田なら信頼できる人を知っていると思ったのだろう。

この庭と梁《はり》のしっかりした家を手入れして住んでいた夫婦が、禍を機会に小淵沢に移住するというのは、誰にとっても自然な話に思えた。

「百田さんのお考えで、ご夫婦にお目にかからなかったのはよかったと、今頃思えました」

大きな不動産なのだから人づてだとしても仲介業者を通した方がいいと百田に言われて、契約書に大吾が署名したのは家を探し始めて一年後だった。振り返ると終の棲家《すみか》は思ったより早く最善の形で見つけてもらえた。

「そうだな。どんなご夫婦だったのか、好きに想像してる」

渦中だったので、耐震を見直したり本棚を作りつけたりといったことにまた二年近くかかって、大吾と正祐がこの家に入居したのがちょうど一年前だ。

突然世界が一変する出来事が起きたことで、正祐のマンションの取り壊しも延期になった。どんな風に人と人が居合わせたらいいのか、世界中が判断できない日々が続いたのだ。

この家を二人で所有した時点で、正祐は東堂《とうどう》姓となった。

職場では塔野《とうの》姓のままだが、実のところ東堂姓になったことには嬉しいとはいえない感情が、正祐にはあった。

時折人前で大吾が己のことを、「塔野」と呼ぶのが好きだった。

別々の人間だけれど、誰よりも近い気恥ずかしさが僅かに大吾の声に滲《にじ》んでいたのだと、呼ばれることがなくなって失った姓を正祐は弔《とむら》うように惜しんだ。

「そろそろいこう」

電車の時間が近づいていると、大吾が腕時計を見る。

「はい」

この五月に、禍は明けたという形になった。

明日の朝から遠野《とおの》の盆なので、今夜着くように二人は新幹線を取っていた。

「本当に今夜でいいんでしょうか」

西荻窪《にしおぎくぼ》駅に向かいながら、何度も口をついた言葉をまた正祐が呟いてしまう。

もっと早くいって支度をしなくていいのかと気を揉んだのは正祐だが、大吾はぎりぎりまで原稿を書いていたのだ。

「連絡はしてある。今更言ってもしょうがないだろう」

一緒に暮らすようになって一年、口論は以前より増えて以前より軽くなった。

今のところは、だ。季節を一巡りしたばかりで、これから先花が順番に咲くのを眺めながら、自分たちがどう変わっていくのか想像はつかない。

何しろ様々な困難を経て、理想と思える花木が巡る日本家屋に二人で住み始めたら、必ず睦《むつ》まじい日々を過ごせると短慮にも二人ともが思い込んでいた。

その当てはすっかり外れたと思い知る、最初の夏だ。

正祐は実家から自分の本を引き上げた。またくると家族に約束して、その「また」は何度か叶えている。

二人の蔵書についての話し合いは本当に最後にして、その最後はまだ訪れていない。家に入りきらなかった本は、共有のトランクルームに預けた。

あの本を整理する日は恐らくこないと二人ともわかっているが、そこは見ない。

「やっとだね」

今日が遠野行だと知っていてくれた百田が、鳥八の前で打ち水をしていた。

昨日一人でカウンターに座った正祐が、大吾の脱稿を待ちながら少し呑んで、夕方立つことになると伝えたので見送りに出てくれたのかもしれない。

「やっとだ」

「やっとです」

大吾と正祐の間では、家が決まらなくとも三年前には籍を入れて、その夏の盆に遠野にいこうと話していた。大吾の祖父と父の墓に挨拶にいくつもりが、移動が難しくなった。

「まあ、めぐりあわせだよ」

入籍に一年、転居に二年、誰かの気持ちをわずらわせずに遠野を訪ねられるのに三年。

大吾は三十六になり、正祐は三十三になった。

「帰ってきたら、頼む」

「楽しみにしています」

明けたとなるまでは待つと残したのが、今更の祝いの宴だ。

「私も楽しみだよ。やっと体も休みを忘れてきてくれた」

祝いをやめることは、大吾と正祐は一切考えなかった。百田がいてくれる限り、祝いの席は必ずやっと一息吐ける岐路になる。

「いっておいで」

禍が始まって、大吾と正祐だけでなく、常連客のすべてが最も行方を案じた鳥八の主人、老翁がいつもの前掛けでいつもの暖簾《のれん》をかけた。

「いってくる」

「いってきます」

飲食店は、残らなかった店も多い。

それを案じて、大吾も正祐も、右往左往した。あれこれと百田に助言する者も後を絶たなかった。

だが百田は動じた様子を見せず、行政の指導に従い、手続きがあれば粛々《しゅくしゅく》と手続きをして、店を閉める時には閉め、開ける時がきたら開けた。

みんながいろいろ考えてくれて、よかれと思って言ってくれているのはよくよくわかってるよ。

店が開くたびに常連客があれこれ言うのにも、百田は嫌な顔をしなかった。

私は生まれてからこんな大きな疫病を経験したこともない。学んだこともない。だから決められたことを粛々と守ることが精一杯なんだ。許しておくれ。

自分には学びがないと、百田は言った。

だがある程度物を知っているつもりでいた正祐と大吾は、突然の禍に季節が一巡りするほどは激しく動揺した。ああしたらいいのか、こうすべきではないのかと動揺した。

経験則なのだろうか。だとしたら百田の年齢になる頃には、もう少し肝が据わっていられるのだろうか。

「わからんな」

駅の改札を抜けてふと大吾がそう呟いた意味が、正祐にはわかった気がした。

「ええ。わかりません」

同じ言葉を返すと、大吾が自然と頷いたので、きっと二人ともが随分先の自分たちを案じたと知れた。

禍を思うと、正祐は始まりの当時の篠田《しのだ》をどうしても思い出してしまう。

庚申社《こうしんしゃ》は社長の小笠原欣哉《おがさわらきんや》が高齢で、家でもできる仕事なので最初の数ヵ月は資料を取りに出社する以外は基本自宅勤務に切り替えた。資料が頼りの歴史校正なので効率は悪く、メモ書きを貯め込んで正祐が出社すると、校正室では篠田が漆黒の眼鏡をかけて普通に仕事をしていた。

いやあ。家に二人でずっといるとやばいやばい。

お勝手のことでも喧嘩をしないのが自慢だと言ったのは間違いなく本当だろうに、一緒に閉じ込められている時間が篠田の家に危機を齎《もたら》した。

結婚しようと決めてから大吾と一緒に暮らすまで三年かかってしまったが、その時の篠田を思い出すたびに家が決まらなかったことは救いだったと正祐は思い知る。

「不幸中の幸いです」

「何がだ」

この話は大吾にする日はこないので、「なんでもないです」で終わるしかない。

しない話がいくつかは増えていくのも、二人になった証かもしれない。

正祐《まさすけ》にとっては遠野《とおの》そのものが初めてだったが、大吾《だいご》に聴いてきた遠野、「遠野物語」で読んできた遠野と、緑と水の豊かな土地はあまりにもきれいな重なりを見せた。

「必ず河童《かっぱ》が出ることでしょうね」

「何度それを言うんだおまえは」

瓦が美しい白壁の家から東堂《とうどう》家の墓に歩く夏の朝の道すがら、緑の茂みや水の清い池を見ては正祐がはしゃぐのに、大吾が笑う。

庭に咲いていた桔梗《ききょう》を摘んで正祐が抱え、大吾は線香の入った紫色の風呂敷包みを持っていた。

遠野は田畑と美しい緑が連なる土地で、二度目の角を曲がる時に墓参りを終えた家族連れと出会う。

「大吾ちゃん!」

「大吾!　久しぶりだなあ」

地元の人と思しき年配の女性、その息子と息子の家族といった風情《ふぜい》の一行だ。

「久しぶりだ。おばさん、家に風通してくださってありがとうございます。墓参りを終えたらご挨拶《あいさつ》に伺うつもりでした」

息子は大吾の馴染《なじ》みのようで、女性は正祐が最近話に聞いた、家が傷《いた》まないように時々開けてくれる近所の語り部の人だ。

少年の頃時折食事にも呼んでくれたと、大吾は言っていた。

「はじめまして」

畏《かしこ》まった白いシャツを見られたとわかって、遠慮がちに正祐が頭を下げる。

「そんたにきばらんでええから。めんこいえどすだごと」

女性は笑って正祐に手を振って、一行は家の方に戻っていった。

「意味わかったか？」

すっかり遠野の方言となった女性の言葉に、大吾が正祐に問う。

「恐らく半分は……」

そんなに頑張らなくても、はわかった。めんこいは岩手ではよくきく、かわいいという意味だ。

「えどすは、家族のことだ。語り部のじいさんばあさんからしか聞いたことないが」

えどすとはと訊こうとした正祐に、やわらかな声で大吾が教える。

自然と家族と言われたことに、大吾自身が嬉しそうだった。

この日をぎりぎりにしたのは、大吾の惑いと支度だったのかもしれない。遠野は古い習慣が残っている土地だ。東堂大吾が同性パートナーを持ったという情報がきちんと広まり、否定されない気配をきっと待った。

深夜、遠野に手紙を書く大吾の姿を、正祐は何度も見ている。

二度と誰にも正祐を踏ませないという力を、大吾は指先に強く灯らせてくれた。

正祐も大吾を踏みつけさせたくない。己ももう踏まれたくない。それでも支度をしても不意に踏まれる日は、あるかも知れない。

その時正祐は、大吾の手紙を書く姿を必ず思い出す。手紙を書く大吾の背を、必ず思い出して足を踏みしめるだろう。

今、大吾のしっかりした支度が、正祐に新しい言葉をくれた。

「……家族」

ふと、感じたことのない大きな何かが込み上げてきて、正祐は家族連れの方を振り返った。

すると緑の向こうに、大吾が祖父と暮らした家の漆黒の鬼瓦が見えた。

不意に、結婚話の始まりとなった三浦哲郎《みうらてつお》の「忍ぶ川」の、嫁いだ夫の家を汽車から眺めた妻の歓喜の声が聴こえるような気がした。

「『ね、見えるでしょう。あたしのうちが』」

大切な一冊となり何度も読んだので覚えてしまった妻の言葉を、思わず呟く。

「私の、家が見えます」

譲られた松庵《しょうあん》の家に暮らし始めた時は、日々のことで精一杯で実感が追いつかなかった。

けれど一年が経って、正祐がまだ知らなかった幼い大吾を知っている人に家族と呼ばれて、黒い鬼瓦を見つけたら胸が締め付けられるくらいそれが「家」だと思えた。

「『ああ、見える、見える。』」

前後して夫の台詞《セリフ》を、嚙みしめるように大吾が呟く。

「おまえの家だよ」

聞き慣れてしまったようでいて、時々惜しみたくなるようなやさしさを乗せることもある大吾の声を聴いて、またあぜ道を正祐は歩いた。

「岩手まできたなら、三浦哲郎の出身地の青森県《あおもり》にも行きたかったです。青森県近代文学館に寄りたかったです」

「だから、俺の原稿が早く上がっても岩手と青森の両方は無理だと言っただろう。隣だと思って甘く見るな。かなりの距離があるんだぞ」

この土地をよく知っている人らしい小言を、大吾が口にする。

「新幹線が通っているではないですか」

正祐は三浦哲郎の出生地にある文学館に行きたくて堪らなくて、今年の盆こそは遠野にいけるとなった時から、同じ言い合いを大吾と繰り返していた。

けれどいつもの言い合いが、今までにはなかった大吾の言葉で終わる。

「また必ずこよう」

「そうですね」

私の家に、また必ず帰る。

遠野を歩いて、家族と呼ばれて、正祐はその「また」を疑うことも不安に思うこともなかった。

「伊集院《いじゅういん》さんへのお土産、昨日結局呑んでしまいましたね」

昨夜新幹線で新花巻駅《しんはなまき》に降りたら、岩手県らしい名前の南部美人という酒が売店にあった。

「また買うしかないな。だが伊集院さんには少し甘口なんじゃないか」

伊集院さん、と二人が口にしているのは、伊集院宙人《そらと》のことではない。

庭の花木を丹精していくには自分たちは素人だと悩みを口にしたところ、宙人が西荻窪《にしおぎくぼ》で同居している自分の祖父が長年庭師だったと紹介してくれたのだ。

すっかり隠居を決め込んでいた宙人の祖父は張り切ってくれて、時々庭の手入れに来てくれる。もともと大吾の小説を読んでいてくれた博識な人で、白洲《しらす》も交えて語らう日もあった。

宙人と白洲は、その祖父を案じて西荻窪を離れ一番の渦中は鎌倉で同棲状態だったが、今は元通りそれぞれに暮らしている。

恋愛をしているこの時間が、素晴らしく楽しいと白洲は言っていた。

彼が歩いてきた長い長い暗夜を知ると、宙人との時がどれだけ幸いな光なのか、大吾にも正祐にもわかる気がした。

緑の丘を上がったところに、小さな寺が見える。

門の中に入り、用意されている手桶に大吾は慣れた手つきで水を汲んだ。

黒や灰色の石の墓が並んで、卒塔婆《そとば》が立ち、あちこちに家族連れがいて線香の匂いが立ち込めている。

「大吾！」

大吾と同じほどの年齢の男が、手を上げた。

「ああ、久しぶりだな」

「早めに家に戻って開けとけ。獅子踊り、おまえんち寄るつもりだぞ」

悪友のような空気を互いに醸して、大吾と男は立ったまま話している。

「いや、新盆でもないのに」

「新盆やんなかっただろ。仏さんは遊びに来るんだ」

いいさいいさと笑って、男は正祐にも会釈していってくれた。

「獅子踊りが見られるぞ、正祐」

やればよかったと、四年前の夏に後悔を正祐に語った獅子踊りが家にくると、大吾は惑《まど》っている。

そんな大吾を見て正祐は、驚いていた。

「驚きました。お友達がたくさんここにいらっしゃるんですね」

想像したことがなかった自分にも驚くが、大吾はこの土地に縁《ゆかり》の人々がいる。ごく当たり前に世話になった人や友がいるのだ。

「たくさんはいない。俺は学校に行かなかったからなんとも言えないつきあいだが。それをおもしろがってくれた連中だな。たまに一緒に悪さをしたくらいのことだが。そうか、驚くだろうな」

大吾はすっかり一人で生きてきたと、正祐は思い込んでいた。それもまた、正祐の創った情人の物語だったのだ。

「……じいさんが死んだ後は、一人で生きられるところをじいさんに見せなきゃならないと思って生きてきた」

その姿を正祐は見ていたと、大吾は教えた。

まだ読んでいない頁がある。随分一緒にいた気がするのに、まだ知らない大吾がいる。知っていくことはただ楽しみでしかない。

「ここだ」

東堂と書かれた墓の前で立ち止まって、大吾が屈む。

花立には既に、白い小菊が挿してあった。

「近所の人たちだ。いつもそうしてくれる。一緒に挿したらいい」

一瞬、宮子《みやこ》が来たのかと正祐が立ち止まったと気づいて、大吾が線香に火をつけながら呟く。

宮子と和良《かずよし》とは、今のところ季節の挨拶文を送り合うだけだった。「また」は、訪れる気配はない。けれど先のことはわからない。正祐はいつでも大吾の選択を尊重するとだけ、決めていた。

線香を上げ、花を挿して、屈んで二人は手をあわせた。

心の中で正祐は、大吾の祖父と父に初めての挨拶をした。もういない人々に、無意識に感謝を繰り返した。

「こんなにあなたといられると、あの時は想像もしていませんでした」

互いに同時に手を降ろしたとわかって、緑の匂う風を浴びながら正祐が呟く。

「いつのことだ」

「生きている人間とともに生きろと、あなたが源十郎《げんじゅうろう》の台詞を私に言った時です」

それはもう、六年近く前のことだった。出会った年だ。

「俺は想像してたぞ」

「本当ですか？」

揶揄《からか》っているのだと、正祐が疑って大吾を見る。

「何か唯一の者に出会えたような気はした。どんな唯一なのかを、段々と知っていった」

揶揄いも含んでいたが、大吾は神妙に言葉を閉じた。

「……そうだったような気もします」

線香と一緒に大吾は、一冊の本を風呂敷に包んでいた。その本を大吾が墓に供える。

去年の秋に、大吾の小説が初めて文学賞を得た。その本だ。

自分のことを、大吾は書いた。

「馬鹿だな」

——認められてそれをじいさんに報告したいという、子どものような野心は消えない。そういう自分を、俺は馬鹿だと思わないよ。

きっとそう言った時と同じ気持ちで独り言《ご》ちた大吾の「馬鹿」からは、以前正祐が感じていた幼さが消えている気がした。

賞を得られない自分を、大吾が祖父の案じた自分と重ねていたことを思い出す。共感性が低く他人と調和できず、もしかしたら人と生きられないのではないかと祖父は己のことを心配したのではないかと。

——おまえが俺に現れるのを、見ないまま逝ってしまったよ。

どの時にも大吾は自分を愛したことを誇ってくれていたと、折に触れて正祐は思い知る。

言葉が見つからなくなって、長く、正祐は本と墓を見ていた。

「獅子踊りがきます」

以前なら胸が詰まったまま、この場で泣いてしまったかもしれない。

「あなたと、私を、おじいさまが見つけてくださるのですから」

一足ごとに、強くなる。

「家に帰りましょう」

いつか、こうして互いを傍らに生きることが一冊の本のようになる、その航路をいくために。

「俺と、おまえの家にな」

二人の手で一つの帆を、高く上げる。

健《すこ》やかなる時も病める時も。

色悪作家と校正者の祝言《いろあくさっかとこうせいしゃのしゅうげん》

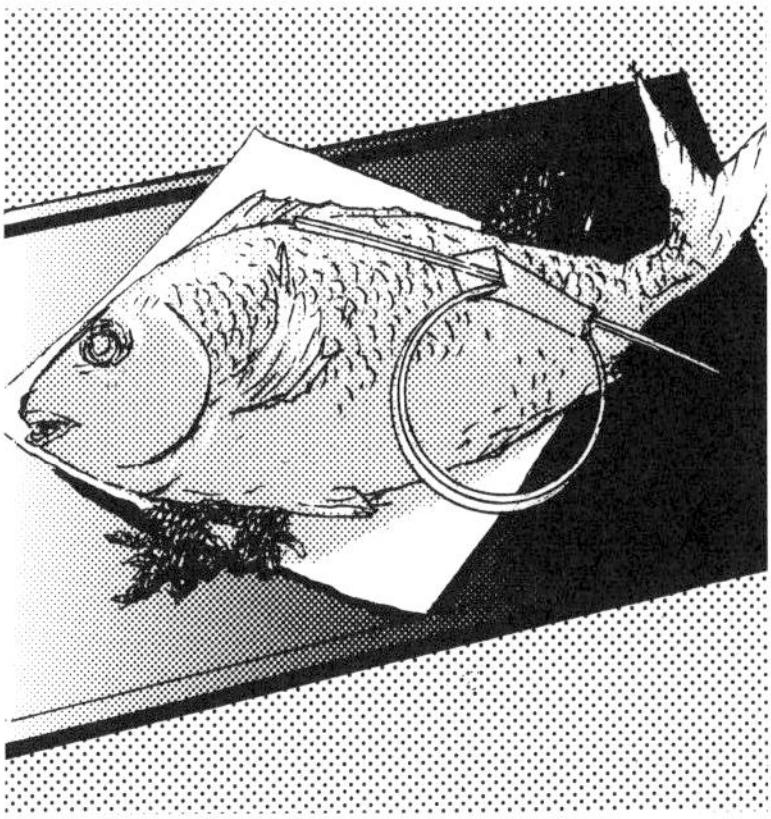

二〇二四年が明けて、あまりにも多くのことがあった。

六日、小寒《しょうかん》の土曜日に、大吾《だいご》と正祐《まさすけ》は開店前の午後三時の鳥八《とりはち》を訪ねていた。

「祝い事なんだ。二人の気持ちで決めるのがいい。予定してた宴席までまだ二週間あるんだから。食材やお酒もキャンセルできる。私の都合は気にしなくていいよ」

何度目か、鳥八の老翁百田《ろうおうももた》とテーブル席に向き合って座って、普段着の二人は考え込んでいた。

多くのことがあって、まだとても落ち着いたとは言えない。大寒《だいかん》、一月二十日の土曜日に予定している結婚の祝いをやっていいものなのかどうなのか、一月六日の二人は決めかねていた。

「俺はなんでも即断だったんだがな。祝いの宴《うたげ》は、こう延ばし延ばしになると」

何か気弱なことを言いかけたのだろう。大吾が言葉を切った。

正祐も同じように感じている。結婚しようと決めて、まずその決め事自体に思ったよりずっと大きな困難があった。それでも粛々《しゅくしゅく》とことを進めようとしたけれど、途端、世界中が禍《か》に見舞われた。

今度こそとこの睦月《むつき》の大寒に祝いの宴を決めたものの、自分たちだけが祝い事をしていていいのだろうかと思える事が起こった。

「誰の上にも、だよ。いいかい。雨男雨女なんて言葉があるが、雨を降らせる力がある人間が本当にいるなら旱《ひでり》なんか起こらないよ」

「それはそうだ」

「それはそうですね」

暗い方向に向かいかけた心を百田に窘《たしな》められて、二人してやっと笑う。

誰の上にもだ。招待客の中にも、とても祝い事どころではない者がいる可能性もある。

「やるのなら、手間だろうがもう一度招いていいか一人一人確認した方がいいだろうね」

店を貸切にして祝い事をやるのは初めてだと百田は言っていたが、当の大吾と正祐よりも考えはきちんとしていた。

「それはしておこう」

「ええ」

結局、若輩《じゃくはい》の二人は百田を頼って、百田の言葉を待っては頷いている。

自分たちが真ん中にいる宴を催すことなどもちろん初めてだし、今後もあるとは思えない。

情けないことに判断がつかないことが多く、百田に尋ねるのは何度目かもわからなかった。

「あちこちの蔵《くら》が、復興酒を出そうとしている。私がいつも入れている蔵も出すそうだ。一本に対して、いくらいくらと寄付になる。何より旨《うま》い。その酒に助けてもらうというのはどうだい?」

提案を一つ、百田はくれた。

助けてもらう。その言葉は二人にとてもしっくりきた。

祝っていいのか、迷う心を助けてもらう。祝いの席でも、「そうだ」と皆が少し立ち止まって思い出せる。その立ち止まりは、きっと後に繋がっていくだろう。

「私は」

大吾が語る前に、正祐は口を開いた。

「予定通り、二十日に祝いの宴をやりたいです。申し訳ない思いもあります。それは個々に、自分で昇華したいと思います」

こんなことを、大吾の言葉を待たずに述べた自分に、正祐は不思議と驚かなかった。

聴いている大吾は、少し驚いている。同居を始めてから喧嘩は絶えないが、大きな決め事をする中で正祐の方から強く主張することは本当に珍しい。

けれど、自分が主張する場面だとも思う。

「俺も、そう思う。助けてくれる酒があるというのはありがたいな」

もしかしたら大吾は、一人ではその答えに辿り着けなかったように、正祐は感じた。

延び延びになっていく宴と、そこに至る結婚への時間の中での疲弊《ひへい》が、大吾からこの件への判断力を奪っている。

「じゃあ、日本酒の揃えを少し変えて、予定通り。一月二十日の午後三時からでいいかい？」

「よろしくお願いします」

「迷ってすまなかった」

大吾だけが、謝罪の言葉で頭を下げた。

「まだ二週間ある。何かあって気持ちが変わったら遠慮なく言っておくれ。キャンセル料はもらうことになるかもしれないが。だがまあ」

言いかけてふと、考え込むように百田が言葉を止める。

「やった方がいいと、私は思うよ。何より二人のためだが。なんというか、動ける者は動けるうちに動いておかないとね」

立ち止まっていた時間が長かったのもあって、百田の言葉はすんなりと二人に届いた。

「二人のことがあって、私も書類を作ったよ」

不意に、なんのことかすぐにはわからない話を百田は始めた。

「遺言書だ。たいした財産はないが、それでも誰かにどのくらいかはいくことになる。見ての通り」

自らの話をしないでこの店を長くやってきた百田の言葉を、黙って、二人は聴いていた。

「私は今、気ままな独り者だ。けれど疎遠になっている家族はいてね。嫌がられるかもしれないが、何か遺《のこ》せるなら受け取ってほしい。その時、戸籍上縁があるだけでほとんど会ったこともない人間が突然出てきて揉めたりする事案を、いくつか見ているから」

うちは年寄りの客が多いんでねと、百田が笑う。

「そんな酷《ひど》い揉め事にはせめて遭《あ》わせたくないと思って、そのうちにと思っていた遺言書をきちんと作った。二人のおかげだよ。ありがとう」

頭を下げられて、大吾も正祐も簡単に応えられる言葉は見つからなかった。


これから百田は本格的な仕込みに入るので、二人は二時間後の開店時間は待たずに家路を歩いていた。今年の冬は、少し不安になるほど暖かい。

最後に百田に礼を言われたことは、唐突な話だった。結婚の過程で、百田が自分の話をしようかと言った時に、大吾がきっぱりと断っている。それでもうっすらと、妻子がいたけれど今は縁遠いことは二人にも知れていた。

理由はわからないし、今後も尋ねる気はない。

「正祐。言おう言おうと思っていてそれこそ延ばし延ばしにしてきたが、おやじの力を借りて俺も、話しておきたいことがある」

黙って隣を歩いていた大吾が足元を見たまま切り出すのに、正祐は身構えた。

明るい話ではないことも、受け止めるには重い話であることも想像はつく。

「俺はまだまだ元気だ。今のところ病気の兆候もないし、大病もしたことはない。だがこの先、もし俺が病を得たり事故に遭ったりして、意識がないなんてことになった時に」

縁起でもないことを言わないでくださいと言って、大吾の話を遮る気には正祐も今はなれなかった。

「絶対に、母を呼ばないでほしい」

けれど告げられたことは大きすぎて、往来に立ち止まって言葉もなく大吾を見上げる。

何故、大吾がそんなことを自分に言うのか、理由はわかった。わかるからありきたりの返答が何一つ出てこない。

「おやじがさっき遺言書の話をしたのは、俺のためかもしれん。時々考えていた。あれから……三年以上経《た》ったか。結局、季節のやり取りだけ葉書でして」

大吾が言うように、大吾の実家の母親と義父とは、葉書のやり取りしかしていなかった。

最後に会った日の宮子《みやこ》の様子を、正祐は今もはっきりと覚えている。

赦《ゆる》したい。赦さなくてはいけない。けれどどうしても赦すことができない。

宮子は正祐に笑いかけることさえ、ぎこちなく精一杯だった。

「会わない日々が長くなって、恨みは募《つの》らないが、疑念は増すばかりだ。俺は自分の母親が、俺の枕元でおまえの息の根を止める想像をする。そういう夢を見て、目覚めたこともある」

そうした想像が大吾を苦しめていることを、今初めて聴かされる。

「どうしても、母が信頼できない。重ねて言うが俺は元気だし、母の存命中におまえより先に意識がなくなるなんてことは宝くじが当たるくらいの確率だと思ってる」

丁寧に語られて、後半部分に、正祐はようやくほっと息がつけた。早くに、先に大吾が逝《い》ってしまう想像にいつの間にか息が止まっていた。

「そのよくないくじが当たった時、おまえも正気ではいられないだろう？」

「当たり前です」

それればかりは、考えるより先に答えが声になる。

「ただでさえ傷ついているおまえのところに母が現れて、何か権利を……家や金銭だけの話じゃない。悲しむ権利だ。もしそれを大声で母が主張したらと想像すると、今すぐにでも母と義絶《ぎぜつ》したくなる」

何も、正祐は言えなかった。

そんなことはあり得ないとは、宮子を思い出すととても言えない。そしてそんなことが起こった時に自分がどうなるかは、想像もつかない。

生きていられないかもしれない。

「だから、もしもの時にこれが俺の遺言だったと母と義父《ちち》にもわかるように、遺言書を作っておきたい。おまえと話してからだと思って今日になったが、祝いの前に話せてよかった」

二人の家がある松庵《しょうあん》への道は、人通りが少ない。

それでも立ち止まって話している大吾と正祐の向こうから、自転車が一台走ってきた。

「書類を作ってもいいか?」

まっすぐ目を見て、大吾が尋ねる。

弱い声を出すまい。被害者であるかのような声を、この人に聴かせるまい。

「はい」

それが自分の意志でもあるという強さを込めて、正祐は答えた。

冷たい風を起こして、自転車が通り過ぎていった。


祝いの席にどちらも家族は呼ばないと、それは最初から決めていた。

作家と校正者として仕事を通して不適切に知り合ったので、二十人が精一杯という鳥八《とりはち》には、仕事関連の友人恩人を招きたかった。

だから祝いの席を一週間後に控えた三日月の土曜日に、正祐《まさすけ》は大吾《だいご》を伴って実家を訪れていた。

「まるでお節《せち》ですね」

三階建ての吹き抜けのある白金《しろかね》の家の、広すぎるリビングのソファで何気なく言った正祐に、塔野《とうの》の実家の両親、姉、弟が不自然に沈黙した。

正祐が言った通り、テーブルには仕出しで頼んだのだろうお重と取り皿、そしてビールと日本酒が並べてある。

「実は、正祐が結婚してから正月に集まらなくなったんだよ。疫病のことも手伝って、それに萌《もえ》にもパートナーがいるし」

著名な映画監督である父、十五《じゅうご》に情報の多いことを言われて、正祐はまず姉の萌を見た。

「自分は雑誌で知りましたよ。おめでとうございます」

ソファの右隣にいる大吾が、実力派俳優の萌を寿《ことほ》ぐ。

「姉さん」

確か結婚してませんでしたっけ？　と危うく正祐は口に出すところだった。確か何処《どこ》かの時点で一度結婚していたはずだ。いつの間にか離婚して今は別のパートナーがいるらしい。と、ようやく理解して正祐は次の情報を待った。

「あんたなんにも知らなかったんでしょう？　薄情な弟ね」

以前よりさっぱりした姿をしている萌は、よく見るとベリーショートにしてきれいなエメラルドグリーンのセーターを着ている。

「萌お姉さま。俺はいちいち知ってます」

大吾の向こうにいる元スーパーアイドルの弟、塔野光希《こうき》が恭《うやうや》しく言った。俳優業に専念したいと言って弟がアイドル業をやめたことは、正祐も知っている。

いつか光希が東堂《とうどう》大吾作品の演じ手になることを、密《ひそ》かに楽しみにしていた。

「あんた同業者なんだから当たり前でしょ。フランスで日本人のチェンバロ奏者と出会っちゃって、事実婚。年下夫よ」

「おめでとうございます。すみません今知りました」

姉のパートナーも情報が多すぎて、何処《どこ》について何を祝ったらいいのか戸惑いながらも祝い、謝る。

「そのうち光希も家庭を持つかもしれないじゃない？　それで私たちね。正祐と大吾さんに会いたいから、お正月とかお盆とか関係なく、とにかく二人がきてくれる日に集まることにしたの」

素敵でしょ、と微笑《ほほえ》んだのは、いつまでも愛らしい、女優で正祐の母親の塔野麗子《れいこ》だった。

最初は「東堂先生」と大吾のことを呼んでいたが、いつの間にか麗子は「大吾さん」と呼ぶようになった。

母親が我が子の伴侶をそのように呼ぶのは自然かもしれないが、いちいち大吾が喜んでいる気がして正祐はそれが腹立たしい。大吾には初恋の美人女優だ。

「ありがたいですが、だとしたらもっと早くお伝えした方がいいですね」

そもそも萌が海外にいることが多いのは正祐も知っていて、一週間前に知らせるようでは申し訳ないと知る。

「いいのよ。突然なら突然で、集まれる人だけ集まるから。前もってなんて決め事にしたら、二人の足が遠のいちゃうじゃない。いやよ」

誰もが知っている塔野麗子の愛らしさが、その場に振舞われた。

大吾との結婚を報告をして、三年以上が過ぎた。忙しい家族なのに、正祐が大吾と実家にいくと伝えると、いつもこうしてなるべく全員が揃おうとしてくれている。

「遠のきませんよ」

結婚する以前よりも、正祐は理由を見つけては実家と連絡を取り、こうして大吾とともに帰っていた。

そこに、自分だけでは大吾に何かあったときに守り切れないという必死さがあることを、きっと両親はわかってくれていると今、気づく。

「姉さんのパートナーの方《かた》は、フランスにいらっしゃるのですか？　一度お目にかかれたら嬉しいです」

「あんたもまともなこと言うようになったわねー」

やっとまっとうな言葉が見つかった途端、萌から感嘆の声が上がった。

「チェンバロのコンサートで日本にくるときに、連絡するわ。あ！　連絡先寄越しなさいよ正祐!!」

萌とは正祐は、今の今まで連絡先を交換していなかった。

まったく必要がなかったからだ。

「そうですね」

慌てて、正祐はバッグから携帯電話を取り出した。

連絡先の交換そのものに慣れていなくて、途中で萌に携帯電話を取られて任せるはめになる。

「なんかあったら連絡しなさい」

なんでもない言葉のはずなのに、萌の声が少し硬かった。

「……萌は、あんたたちが法律上結婚できるまで入籍しないっていうのよ。だから事実婚なの」

姉の声の硬さの理由を語るように、母の声がやわらかい。

正祐は驚いたが、大吾は隣で落ち着いていた。

「愛し合う人が皆同じ場に立てるのを待つと、おっしゃっているのを俺は読んだよ」

知らなかった正祐に、大吾が小さく笑う。

「正直、今まではそこまでちゃんと考えてこなかった。ただ、あたしの家族が社会的婚姻を認められないことは、辛《つら》いとかじゃないの。あたしが踏みつけられた。勝手にこんな感情を持ってごめんね。二人とも。だけど家族だから、あたしはそんな制度を許さない」

萌が語ってくれたことと、萌が初めて謝ったことと、正祐は驚いてすぐに言葉が出ない。

姉が好戦的なのはよく知っていたが、それが社会に向くこともあるとは考えたこともなかった。

「お礼を言うのも、違う気がします。嬉しいです」

素直な言葉が、萌に向かう。

「あんたには子どもの頃酷《ひど》過ぎたから、あたし。余計によ」

ごめんねと。萌は子ども時代のことも初めて謝った。

それについては正祐もすぐに「どういたしまして」と言う気にはなれない。

けれど気づくと萌に笑いかけていた。

「ここそこ話すのは嫌だから、今この場で皆の前で伝えたいことがあるんだ」

十五が穏やかな声を聴かせた。

萌も、光希も、尋ねるような顔をしている。恐らく麗子しか話の中身を知らない。

正祐ももちろん、どんな話が始まるのかまるでわからなかった。隣の大吾も、十五の言葉を待っている。

「時間をかけてになるが、物や、不動産を整理していこうと考えてる。この家は最後だ。私か麗子が階段を上がれなくなったら処分するつもりだ。その時移る場所も決めてある」

移る家ではなく、移る場所と十五が言ったと、校正者故か、それとも息子だからか。

正祐は気づいた。

「全部二人の財産よ」

「好きにしたらいいよ」

萌と光希は、もとよりこの家を残されても困るという対応だ。

「ある程度整理したら、子どもたちに生前贈与もするつもりだ。三人の前で話しておきたいのは、正祐に半分をと考えている」

意味がわからず、ただ正祐がいつでも眠そうな目を見開く。

隣で大吾も困っているのがわかった。

試算できないが、十五と麗子からの生前贈与の半分というのは、いくらなんでも正祐にとっては大きすぎる。

「全部でいいんじゃない？　あたしはいらないわ」

「俺も」

萌と光希の言葉に、なんとか「そんな」とだけ正祐は声にした。

「そこは二人も適度には受け取りなさい。正祐に半分とは、もともと考えていたことだ。独身で過ごすと思い込んでいたからね。生涯年収も考えた。前々から麗子とそうしたいと考えていたけれど、受け取ると言わないだろうと思って遺言にだけ書いていた。親の安心のためにね」

どうしたらいいのかわからない正祐に、ゆっくりと十五が、何故《なぜ》そうしたいのか。そうするのかと、話してくれる。

「けれど、私は結婚しました。東堂先生と」

東堂大吾にそれなりの財力があることは、誰でも知っていることだ。

「二つ身になる、という古い言葉があるわね。妊婦が出産して、一人の体から二人の体になる。私は三度、二つ身になってよくよく知ったことがあるの。自分の体の内側にいたはずの子が、外側を自由に歩き始める。とても幸せで、けれど親には不安でもあるのよ」

麗子に語られたことの意味が、正祐はよくわからない。

「幸せになるのも、そうではなくなるのもみんな一人一人自由だ。自由だが、親なのでもう少し安心させてほしい。お守りを、渡させてほしいんだよ」

この先、正祐に何か、よくないことが起こるかもしれない。それは、伴侶である大吾自身が夢に見ただけでなく、両親も一度ならず想像している。

想像した上で、その不幸からの盾を渡したいと言ってくれていることが、ようやく正祐にも理解できた。

隣にいる大吾を見る。

あまり見ない生真面目な顔をして、大吾は正祐を見返していた。

以前なら正祐は、ただ驚いて丁重に断った。きっと大吾も、断るのがいいと言っただろう。

けれど二人は人生を重ね合わせて、その中で大きな資産と言える家を持った。萌が憤るように、法律が何処《どこ》まで二人を尊重するのか、不安が多い。どの方角からどんな主張が飛び出してくるのか、まだわからない。

残念なことだけれど、想像もつかないことを言う人がいることを、正祐も、大吾も身をもって知った。

いつか処分すると両親が言ったこの家は恐らく、大吾と正祐の家の、少なくとも十倍の資産価値がある。けれど正祐は、ずっと実家と自分は無関係だと思って慎ましく暮らしてきた。

この家に「帰る」ことも、一度も考えたことがない。

以前とはどのくらい以前だろうと、正祐は両親の顔をまっすぐに見た。

実のところ、少し前だ。

傍らにいる男を愛し、最も身近な人からその愛を否定されることがあり得ると、知って。

自分の家族がその不安を呑み込んで、こうやって顔を揃えてくれていることに、段々と気づいた。すぐには気づけなかった。

正祐が気づけたことにきっと、両親が気づいたから、恐らく今日この話をされたのだ。

「私は、ありがたく受けたいと思います。あなたはどう思われますか？」

先に自分の思いを伝えてから、大吾の気持ちを尋ねる。

「もしものことがあっても、今よりはずっと安心できる。ありがたいと、俺も思うよ」

強くも弱くもない、当たり前の声が大吾から返った。

お守りどころではない。具体的な大きな安堵を与えられる。

今の正祐は、愛のために身ぐるみを剝がされることが起こり得ると想像して戦慄《せんりつ》する日がある。

「父さん、母さん。姉さん。光希」

心配をかけてごめんとは、言うまいと言葉を切る。

愛のために誰にも謝らないと、正祐はとうに大吾に誓っていた。

「ありがとうございます」

二人のために与えられる盾を、正祐は受け取った。

有り難く、また、哀しかった。

大寒《だいかん》は節句の名前通りの寒さになり、生憎《あいにく》の冷たい雨が時々降った。

少し驚いたのが、招待客のどうやら全員が十五時を前に西荻窪《にしおぎくぼ》南口鳥八《とりはち》に集まってきていることだ。

十四時半から受付をしてくれている、正祐《まさすけ》の同僚の篠田和志《しのだかずし》と大吾《だいご》の担当編集者の酒井三明《さかいみつあき》は、「しかも受付に人が固まらないように少しずつ時間をずらしてくれている」と感心している。

篠田は角度で少し鈍銀《にぶぎん》にも見えるスーツに藍色のネクタイを締めて、今日の眼鏡のつるは渋い朱色だった。酒井はとても酒井らしい、落ち着いた黒い礼服だ。

大吾と正祐は紋付袴《もんつきはかま》で、徒歩十五分を歩く気になれずにタクシーを頼んで受付時間から烏八にいた。

「本日はおめでとうございます」

十五時十分前に受付を済ませた犀星社《さいせいしゃ》の編集長谷川一之《たにがわかずゆき》は、着慣れた様子の黒い紋付袴だった。

「ありがとうございます」

「ありがとうございます」

大吾は濃紫《こむらさき》の紋付袴、正祐は薄鼠色《うすねずいろ》の紋付袴で頭を下げる。

当日何を着るかという話になった時に、関係者一同全員が「それは紋付袴だろう」と言った。祝いの席を設けるけれど、第一礼装をする結婚式だとは大吾も正祐も考えていなかったので戸惑ったが、皆ふざけている様子がない。

日本文学に纏《まつ》わる者であることには間違いないし、ここで着なければ二度と機会は巡らないかもしれないと考えた末、レンタルすることにした。

さらに考えた末、二人では決めかねてレンタルについては篠田に相談した。

「とてもいい色だね、二人とも。それぞれによく似合っているよ」

谷川が、大吾と正祐の正絹《しょうけん》を見てしみじみと言った。

「適切な人物に、ほとんど決めてもらいました」

店に入ってすぐのところに作った受付の台にいる篠田を、大吾が示す。

「みんな、いい色だ」

篠田と、酒井を見て、ため息のように谷川は微笑《ほほえ》んだ。

立ってもらって二十人程度と言われていた招待客は、気持ちよくその中に収まった。世話になった人、祝ってもらいたい人と数えたら、二十人を出ることはなかった。

年寄りも多いので、カウンターと続きの壁際にできるだけ椅子も並べている。

店に入って右側の普段テーブル席のある壁に、何処かの店で借りたという細長いテーブルが置かれていた。

大皿に、少し気の早い山菜の先付けが盛られている。蕗《ふき》の薹《とう》で作られた味噌、蕨《わらび》のおひたし、こごみの素揚《すあ》げ、山うどの酢味噌和《すみそあ》え。人数分の小鉢に、ふっくらと炊かれた黒豆、出汁《だし》に浸《ひた》された数の子、なますが並ぶ。つまみにと、きれいに薄く切られたからすみと、百田《ももた》手製の蛍《ほたる》烏賊《いか》の沖漬けも程よい量が置かれた。

カウンターの中の厨房にいる百田はいつもと同じ白い帽子を被って、粛々《しゅくしゅく》と料理をしていた。

満席になっている時と同じと考えて、焼き物や揚げ物は順次出していくという話だ。

半分に切った柚子を器にしたいくらの醤油漬けが、人が揃ってきた様子を見て並べられる。

「もう酒が呑みたい」

「お気持ちはよくわかりますが、乾杯を待ってください」

十五時を目前にして百田が並べたいくらを見ている大吾を、正祐は小さく窘《たしな》めた。

「わー！　すっごいきれいな着物‼」

「着物だけれど、紋付袴というんだよ。本日はおめでとうございます」

タキシード姿の作家伊集院宙人《いじゅういんそらと》と、その恋人で同じく作家の白洲絵一《しらすえいち》が、今日はいつもの白を避けたのか糸の数が多い薄いシルバーのタキシードで現れた。

「俺たちの紋付袴は、篠田さんが選んだ。おまえにこの台詞を言うのは何度目かわからんが、馬子《まご》にも衣裳だな。伊集院」

「失礼ですよ。お二人ともとても素敵です」

それぞれがいつもとは違う正装を選んできてくれていることが、大吾にも正祐にも嬉しい。

それは大きな驚きだった。

「いい場だね。主役の二人が出会った、愛する場に、皆この日のために考えた装いで集う」

同じことを感じたのか、白洲が鳥八の店内を見回して呟く。

庭を世話してくれている宙人の祖父、伊集院兼人《かねと》は時代を感じさせる手仕事のきいた黒紋付袴で最初に受付をしてくれて、カウンターの傍にいた。その隣には同じく黒紋付袴で早い時間に来てくれた、庚申社《こうしんしゃ》社長の小笠原欣哉《おがさわらきんや》と、その長女で庚申社をとりまとめている艶子《つやこ》がいる。

初めて兼人と会っただろうに、小笠原は楽しそうに談笑していた。

庚申社の三階の書庫でいつも仕事をしている二人は、招いたが丁重に断りをくれ、ここにはいない。

人の集まる場所をさけるその二人さえきっと会いたかったであろう校正者の敬仰《けいぎょう》を集める慶《きょう》本《もと》は、絹で織られているのだろう薄梅鼠《うすうめねず》の五つ紋の入った色無地を纏《まと》っていた。

そこに黒い礼服を着た、白樺《しらかば》出版校正部の片瀬佳哉《かたせよしや》が銀縁の眼鏡で現れる。

慶本を見つけて片瀬が少し跳ねたことに気づいて、正祐はホッと息が吐けた。

「お招きありがとうございました。本日はおめでとうございます。東堂《とうどう》先生、はじめまして。正祐さんの友人の片瀬と申します」

名刺を出すような無粋な真似はしないというよりは、片瀬の名刺には「白樺出版校正部」としっかり文字が入っている。

「はじめまして。正祐がいつもお世話になっております」

迷う片瀬に、「たった一人の友人なのでできれば」と正祐が頼んで、今日はきてもらった。

「お世話になっているのは自分です。塔野さんは、大切な友人なので。東堂先生が……やさしそうな方で安心しました」

大吾は、白樺出版の自分の担当校正者が片瀬だと知らない。片瀬にしても、絶対に知られたくない案件だ。どれだけ知られたくないかは、正祐は誰よりもよくわかる。

「片瀬さん。きてくださって、ありがとうございます」

「正直気後れしてしまいますよ」

「私も今日はこのような姿ですが、招待される立場だったら片瀬さんと同じ黒い礼服を着ました。なので私が安心しています」

「塔野《とうの》さんがそう思ってくださるなら、それだけできた甲斐がありますが。とても、気持ちのいい場ですね。緊張しますが、祝わせていただきます」

友人同士らしい片瀬との会話を、隣で大吾がじっと聴いているのが正祐に伝わった。

初めて友人ができたことは、片瀬と知り合った時に大吾に話した。どんな友人なのかは、大吾の担当校正者なので語らずにきた。

伴侶の友人を知って、大吾は深い安堵を得てくれている。

それが伝わって、正祐は嬉しかった。披露宴とはそういう場なのかもしれないとも、初めて気づいた。

「皆様お揃いになりました」

十五時を待たずに、篠田が二人に告げた。

進行も篠田に頼んでしまっているので、「では」と大吾が篠田に言った。

「みなさんお手元に盃《さかずき》を持ってください。谷川さん、よろしくお願いいたします」

篠田が、店内に通るに充分な大きさの声で、皆に伝える。

料理の隣のテーブルに、一升瓶と黒い片口、そして盃が置かれていた。

最初の酒は、「甦《よみがえ》る」だ。本来毎年三月十一日に発売されるこの復興酒が、今年は一月に出荷された。ラベルには北陸の地名とともに、復興酒と書かれている。

皆少し足を止めて、そのラベルを読んでいた。

迷った大吾と正祐の気持ちの落としどころを、この酒で百田が見つけてくれたのだ。

「それでは、堅苦しい年寄りの乾杯の挨拶《あいさつ》に少々おつきあいください」

皆が手元に盃を持っていることを見渡して、入口を背に立って谷川が笑う。

大吾と正祐は、カウンターのいつも座っている席を背に並んで立っていた。

「ここにいる方々は、東堂先生のことはよくご存知でしょう。それでも言わせてください。出会った頃の彼は、生意気な若者でした。旺盛に書きながら尖った目をして」

我が子を見るように、谷川が大吾を見つめる。

「世界を破壊してしまいたいように、見えました。実際あの頃彼が書いていたものと彼は、一致していたのではないかと思います。一旦破壊して、構築しようと考えていた」

それは正祐もよく知っている、デビュー当時の東堂大吾作品から読み取れる作家性であり、恐らくは大吾の人間性でもあった。

正祐が出会った八年前の大吾には、まだしっかりとその片鱗《へんりん》があった。

「それがこんなに、穏やかな目をするようになって」

ふと、谷川の言葉が独り言のように落ちる。

それが自分の心の声だと気づいたようにハッとして、谷川は盃を持ち直した。

「伴侶となった塔野正祐さんは、私たち犀星社とは半世紀を超えるおつきあいの小笠原欣哉氏の歴史校正会社、庚申社の優秀な校正者です。仕事を通して二人が出会ったことは、私と小笠原さんの不徳の致すところですが」

ふざけたつもりはないのだろう谷川の言葉に参列者は笑い、大吾と正祐はばつの悪い顔をすることになった。

「二人が同じ道を歩いていくことは、ここにいる私たち皆にとって、ただ、得難い幸せです」

乾杯。

谷川の言葉とともに、皆が静かに盃を掲げて、酒を呑んだ。

この時ばかりは、カウンターの中にいる百田も乾杯をしてくれた。

驚くほど静かに祝われている。

得難い幸せ。

谷川の言葉を、正祐は反芻《はんすう》した。

結婚を決めてからの簡単とは言えなかった道程の中で、歌のように導《しるべ》のように、その言葉を頼りにしてきた。

誰が言ったのか、その瞬間のことを正祐ははっきりとは覚えていない。

今ここにいてくれている人々の中の、誰かが言った。信頼する誰かが言って、それが信頼する皆の気持ちだと信じられた。

その言葉を希望に、時には杖にして、一人から二人になろうとして、今日のこの日を迎えられた。

ゆっくりと呑み始めて、歓談している人々の中をするりといつもと変わらない様子の百田が通る。

「わあ」

「おお」

複数の歓声が上がった。

声と視線の先には、立派な真鯛の塩焼きがある。

カメラマンを頼んでいる犀星社の編集者が、立派な一眼レフで写真をすかさず撮った。

「軽く切り分けておきますよ」

写真を撮りたい者たちの撮影が終わったのを確認して、百田が見事な素早さで包丁を入れ始めた。

横顔を、正祐も、そして大吾も見つめる。

それは、とてもいいことだ。おめでとう。私も嬉しいよ。

最初に報告した時に、百田がくれた言葉が当たり前なのが、正祐にはとても嬉しかった。清いきれいな水が沁み込むようなそれらの言葉一つ一つを、忘れる日はない。

「さすがだな。おやじの言う通りだった」

大きな真鯛を一枚というのは、人数を見ると丁度いいとわかった。

三枚は必要なのではないかと打ち合わせで言った大吾に、「いろいろ作らせておくれよ」と百田は笑っていたけれど、いざ場に真鯛が収まってみると大きな一枚がちょうどいいとわかる。

「本当に。けれどご相談しながらで、よかったです。三枚が多かったことも、こうして知ることになりましたから」

「そうだな」

文字や言葉で数えるのと、目で見て知ることが違うと教えられることは、二人にとって大切なことだ。

二人ともに大切だ。

「甦る」が底をつきそうになったところで、百田はよく冷えた「萬代芳《ばんだいほう》」と「風が吹く」を置いた。

それは大吾と正祐が愛してやまない酒だった。

皆が「これは」「旨《うま》い」と呑んでくれているのがまた嬉しい。

あまり呑み過ぎる前、皆が味がわかるうちに「寫樂《しゃらく》」を出して、最後は水菓子の代わりに「飛露喜《ひろき》」という趣向になっていた。

きれいな板状の昆布を纏った透明な鮃《ひらめ》が、ちょうど一人分に切り分けられて大皿に載っている。

蛍烏賊の沖漬けやいくらは、乾いたと見たら百田がすぐに下げていた。

生ものは見張っていて始末する。祝いの席で万が一のことがあったら自分が耐えられないかられねと、予《あらかじ》め説明されていた。

大吾と正祐も呑んで食べられているとちゃんと見ては、誰かが声をかけにきてくれる。

参列者は皆何かしらの形で本に関わっているので、歓談は止まない。校正者たちは隙《すき》を見ては慶本を囲んで、鬱陶しがられていた。

「きれいねえ」

その慶本の、うっとりとした声が聴こえる。

日本酒のことかと思ったら、出汁によく浸した揚げで小さく作られたいなり寿司に、桜の花の塩漬けがのっていた。

酒が回り過ぎないように小さないなり寿司を出しておこうと、百田が決めておいてくれた。

その花の塩漬けは、百田は二人が祝いの席を頼んでから三年、念のためと仕込んでくれていたものだ。

今年、やっと出番がきた。

「おいしいー。おいしいよー！」

朗らかな声で宙人が、いなり寿司を食《は》んでいる。

「大人過ぎないか？」

少しの揶揄《からか》いを乗せて、大吾が尋ねた。

「この酢飯おいしい！　甘くないのいいね‼」

珍しそうに、宙人がいなり寿司をきれいに食べた取り皿を持って笑う。

「すし酢が梅酢だね。今度作ってみよう」

味わって白洲が呟くのに、正祐も、そして大吾も、どうしても宮子《みやこ》に最初にあった日のことを思い出さざるを得なかった。

なにも、今、今日だけのことではない。小さなきっかけ一つで思い出す。完全に忘れることは無理だ。

それでも前へと、歩みを進めていく。二人で。

「ねえねえ。俺たちもやらない？　結婚式。羨ましいよー」

少し酒が回った宙人が、素直な望みを白洲に告げた。

「それより籍が先だね。僕は物が多いから君に全部押し付けるよ」

冗談のようでいて、普段からそのことを考えている白洲の声だ。

「俺たちはその辺の手続きは済んだ。気持ちが楽になったよ」

大吾が白洲に言うのを、どうしようもなく複雑な気持ちで正祐が聴く。

きっと、楽になっただろう。そのことに間違いはない。語られたような悪夢を、もしかしたらもう大吾は見なくて済む。

「何言ってんの。死ぬときは一緒だよ」

キョトンとした顔で、宙人は白洲を見た。

「そう願いたいけど。僕は君より大分年上だし、そんなに健康的な生活もしてきていないしね」

「え、そんなことになったら俺心臓止まっちゃうに決まってるじゃん。いっせのせだよ」

真顔の宙人に、それ以上誰も何も言わず、ただやわらかく笑っていた。

きっと、誰もそうはいかない。愛する人と、同じ時にこの世を去るのは困難だ。

けれどそんな時がきたとしてももしかしたら、今この時のことを思い出すことだけはできると、信じられた。

「よう。おめでとさん」

宙人と白洲が酒選びにいったのを見計らってか、正祐には初めて会う男が目の前に立った。

「ああ。よくきてくれたな、雪舟《せっしゅう》。正祐だ」

「はじめまして、正祐です」

「はじめまして」

さっきまで谷川と話していた男は自分たちと同世代に見えて、それでいて纏っている着物が恐ろしく美しかった。白い正絹に墨色で、右肩から左裾に、帯も模様が合うように筆で描いたように染めてある。

「この着物でわかるだろうが、雪舟は書家だ。名前も雅号だ。ほら、じいさんの遺言の掛け軸を書いた」

散る桜残る桜も散る桜。

大吾を教え育てた父方の祖父が、「良寛《りょうかん》がいい」と言ったという言葉を、確かに「友人が書いた」と最初に大吾は言っていた。

「驚きました。あの掛け軸を初めて見てからもう、八年でしょうか」

書いた友人が実在したことにただ驚く。何しろそれ以来語られたことも名前を聴いたこともなかった。

「喧嘩してたんだよ。久しぶりに会った。な？　雪舟」

「ああ。二〇一一年の春に大喧嘩しましてね、正祐さん。大吾と会うのはそれ以来です」

さらりと二人は、「あの時は悪かった」「こちらこそ」と握手している。

「え、ずっと喧嘩していたんですか？　今の今まで？」

「いいえ、喧嘩はその時だけで。私はあまりひとところにいないもので、それもあって久しぶりになってしまったんですよ。そのうち会えるだろうと思っていたら……十、三年か」

「生きている人間には会っておかないとなと思って、谷川さんに招待状を託した」

昨日も会った友人といるように、大吾は笑っている。

「俺は友人が少ない。結婚を祝ってもらいたかった」

「谷川さんが挨拶で言っていたが、随分とやわらかくなったもんだな。いいことだ。会えてよかったよ」

十三年ぶりに会ったという大吾の友人の瞳は、正祐にはとても嬉しそうに見えた。

「よかったら、家に遊びにきてください」

差し出たことを言った自分に、正祐は驚かなかった。

大吾自身が言った通り、大吾は一つ一つの交友関係が濃いが多くはない。その大吾が友だという人がいるのなら、時々でいいから訪ねてほしかった。

「是非伺わせてください」

「是非」

多くはない縁を、きちんと紡ぎたい思いが正祐にはある。

今大吾の家族は、事実上自分一人だ。

「まだまだ宴もたけなわですが、これ以上酔う前に私もよいでしょうか」

不意に、小笠原が言った。

小笠原には締めの挨拶を頼んである。まだ締めまでには時間があって、正祐も大吾も戸惑ったが、何故《なぜ》だか参列者たちは歓談をやめて小笠原を見ていた。

「高砂《たかさご》なんと、歌いやんしょうかな」

大吾と正祐の唯一一致したよき結婚小説であり、また二人の道を重ねる過程で幾度となく寄り添ってくれた、三浦哲郎《みうらてつお》の「忍ぶ川」の中にある言葉を、小笠原が言った。

四年前に正祐が結婚の話を切り出したきっかけが三浦哲郎であることは、親しい者たちはもしかしたら知っている。報告の時に話したかもしれない。

「高砂や、この浦船に帆を上げて」

貫禄のある声で、歌い出しを小笠原が張った。

「月もろ共に満潮の」

谷川たちの声が重なる。

圧倒されながらも、「出汐《いでしお》」が忌み言葉なので、きちんと「満潮」に置き換えられていることに正祐は気づいた。

「波の淡路《あわじ》の島影や、近く鳴尾《なるお》の沖こえて」

「遠く」、も忌み言葉で、「近く」と置き換えられている。

篠田や片瀬、白洲や宙人は静かに高砂を聴いていた。年配者だけで歌うことに、決めていたようだった。

カウンターの中で百田も白い紙を持って、歌ってくれている。

「高砂」は、元は世阿弥《ぜあみ》の能楽を、祝いの席で歌うようになったものだった。高砂の松と対岸の住吉《すみよし》の松が夫婦で、それを相生《あいおい》の松という。海を隔てた夫婦ではあるけれど、時と場所を隔てても、心が通い合う夫婦の愛は変わらない。

そういう歌だ。

三浦哲郎の「忍ぶ川」の中では祝言の日に、体が不自由になっていた氏の父親が右手を震わせ膳に打ち付けながら「高砂」を歌い出す。

「はや住の江につきにけり」

隣でその「高砂」を聴いている大吾が、立ち尽くして泣いていることに、正祐は気づいた。

——ガキの頃はその獅子を追ったのに、俺はじいさんの新盆をやりたくなくてすぐに家と蔵を閉めてこっちにきた。

祖父の死について語った大吾の言葉を、正祐は思い出していた。

——死者の魂が迷わないように目印を立てて、白い獅子に舞ってもらう人々は泣いていた。

俺にはその儀式をする意気地がなかった。

白い獅子の前で皆が泣くのを見て、泣きたくないから、大吾は祖父の新盆をやらなかった。

父の葬列でも、恐らく大吾は泣いていない。

決して泣かずに生きてきた人が、今日まで正祐の伴侶だった。

今日、今この時までだ。

そっと大吾に寄り添い、その背に、正祐は手で触れた。

こんな時に泣いてしまうのは、当たり前だ。

百田が望んでくれたように、この祝言が、自分たちには必要だった。

泣かずに、持ち続けていた大き過ぎる重荷を、今大吾が降ろせた。

二人だけでは、何処までも持っていっただろう。そういうものだと思って、背を張って。

信頼する人々のこの高砂を、いつかまた大きな荷を背負う日があれば、必ず思い出す。

「はや住の江につきにけり」

二人で生きていく力を、正祐も大吾もしっかりと渡された。

有難い。

哀しみは、わずかにもない。


午後六時までにきれいに帰りゆく人々を見送って、三々五々とはこのことを言うと、正祐は変に感心した。

校正者たちは慶本を囲み、もう一軒いくと言った。谷川と小笠原は、二人でゆっくり呑むのだという。編集者たち、世話になっている書店員たちは、一塊になって同じ方角に流れていった。白洲は、宙人の家で兼人と呑むそうだ。

無邪気な宙人はもちろん、その白洲でさえも。

誰一人、大吾が泣いたことに触れなかった。もしかしたらこの先も、触れる者はいないのかもしれない。

ふと開いた淵だった。深淵ではない。けれど誰もが心に一つ二つ持っている淵を大吾が開け放ったのを、皆、ただ見ただけだ。

今日は一日店を閉めると百田は予《あらかじ》め貼り紙をしていたので、閉めた戸を叩く者もいない。

大吾と正祐は百田の厚意で店に残り、持ってきていた平服に着替え、丁寧に紋付袴を畳んで風呂敷を結んだ。

「生ビールでもどうだい」

洗い物をしていた百田もひと段落したらしく、カウンターに誘ってくれる。

「喉が渇いた。ありがたい」

「まさに生ビールが呑みたいです」

それなりに酒も食事も楽しんだつもりでいたが、やはりそうはいくものではなく、大吾も正祐も渇いていた。

もう店の中は元通りの配置になっていて、それは設営とともに頼んでいた若い方から数えた四人が手早く片づけていってくれた。今頃それぞれの二次会に合流しているだろう。

「おやじ。今日は、本当にありがとうございました」

「本当にありがとうございました」

テーブルに風呂敷を置かせてもらって、カウンターの奥、いつもの席に座って大吾と正祐はやっと百田にきちんと礼が言えた。

「こちらこそ、任せてくれてありがとう。楽しかったよ。行儀のいい人たちで、食事がほとんど残らなかったのには嬉しかった」

それは大吾も正祐も見ていて、本当に嬉しかったことだった。

きめの細かい白泡が立った生ビールが二つ、よく知った百田の手でカウンター越しに置かれる。

「いただきます。……沁みるな」

「いただきます。……本当に」

冷たい生ビールの泡に、大吾と正祐は喉を潤した。

食事は足りなかったという様子ではなく、大皿に遠慮の一つ二つが残っていると、誰ともなく声を掛け合ってきれいに味わってくれた。小鉢の生ものを乾いてすぐに百田が片づけてしまったと最初に気づいて、皆油断せぬようテーブルを見ていたようだ。

量については百田の意見を尊重しながら決めたが、心尽くしの料理が人の腹にきちんと収まったことは、思いがけないほど大きな喜びだった。

「うちは、もともと皿に食事を残すお客は少ないんだ。それは自慢だ」

「本当においしいですから」

「残したらそれはよほど具合が悪いんだろう。救急車を呼ぶ案件かもしれん」

真顔で言った大吾に、百田が笑う。

「この店を始めて、もうどのくらいになるか。最初の頃はもっと凝ったものを作ってたんだよ」

片づけを終えた百田の手元で、何かの調理が始まっていた。

「今よりですか？」

驚いて、思わず正祐が尋ねる。

「ああ。恥ずかしいくらいにね」

「それはそれで食ってみたかったが」

恥ずかしいと言った百田が、その頃を良しと思っていないことは、なんとはなしに伝わった。

「あのままだと店は二年ともたなかったよ。お客さんもなかなかいつかなくて。なんで人は私の作ったものを食べないんだと、腐りながら一人で段々と」

慣れた百田の手が、片栗粉を扱う。

「そうか、材料か」

大鍋の油に火が入った。

「塩加減か。出汁を丁寧にひくことなのか」

随分昔の自分を思い出しながら、百田が語る。

「調理場を清潔に。ビールサーバーをきちんと手入れして。まな板を、包丁をきれいにして」

この店が何処《どこ》も清潔なのはよく知っている二人は、黙って百田の話を聴いていた。

「そうこうしてるうちに、随分と若いのがカウンターに座るようになった。生意気な酒の選び方をする二人は、年寄りに育てられた」

「わかったのか？」

その話は初めて聞いたと、大吾が思わず尋ねる。

「選ぶ食事がね、年寄りと暮らした者の皿だ。ある日二人は喧嘩を始めた。暖簾《のれん》になっても気づかず喧嘩してる。何を言ってるのか、私にはちっともわからない」

「……申し訳ありませんでした」

「すまん……」

八年前の春彼岸《はるひがん》のことだともちろんよくよくわかって、正祐も大吾も謝るしかなかった。

「あの頃は参ったねえ。けど、いつの間にかなかなかよくなって」

笑って、百田が油が細かい泡を立てるきれいな音を聞かせる。

「結婚して、私に料理を頼みたいという」

大鍋で百田が何かを揚げている手元を、大吾と正祐はいつものように、自然と見ていた。

「生きてみるもんだ」

ふと呟かれた言葉に、顔が上がる。

「今日、そう思えたよ」

老いた百田の横顔は、穏やかに微笑んでいた。

白い和紙に香りの立つ竜田揚《たつたあ》げが上げられて、カウンターに置かれる。

「腹が減っただろう」

「ありがたい」

「嬉しいです」

きれいな紅葉色《もみじいろ》をした揚げたての竜田揚げに、二人は空腹を知ることになった。

「あつっ」

「気が逸《はや》りますね」

醤油と生姜と胡麻の香りに心を急き立てられながら、大吾も正祐も、生ビールと竜田揚げを味わった。

竜田揚げの名前の由来については、在原業平朝臣《ありわらのなりひらあそん》の「千早《ちはや》ぶる神代《かみよ》もきかず龍田川《たつたがわ》からくれなゐに水くくるとは」からという説と、旧日本海軍軽巡洋艦龍田《たつた》の司厨長《しちゅうちょう》が小麦粉の代わりに片栗粉を使ったからだという説との、二つの説がある。

その話を、このカウンターで二人はしたことがあった。

「腹が減っている兵士は子どものようなもんだから、龍田の司厨長からきているんだろうとおやじは言ってたな」

正祐にとっては初耳の百田の説を、ふと大吾が語る。

いつ大吾は、百田の言葉を聴いたのだろう。

きっと腹が減った子どものように見えた大吾に、百田が竜田揚げを揚げてくれた日が、今日のようにいくつもあったに違いない。

そんないくつもの日の中で大吾は百田からその言葉を聴いたのだろうと、自然と正祐は知った。

「……両親や、祖父母が、家族ではありますが。ふと大人に助けられたことはないですか？」

熱いうちに竜田揚げを食べ終えて、正祐は大吾に訊いた。

「大人に？」

「ええ。子どもの頃、道に迷ったり。本屋や図書館で、探している本が見つからなかったり」

「そういうことはあったな。遠野《とおの》では近所の大人に、メシを食わせてもらったこともある」

「ええ。今もこうして」

遠野を思い返している大吾に、正祐が頷く。

「そんな風に、たくさんの大人に、子どもだった私は育てられたんじゃないでしょうか。今、初めて思ったことですが」

心に浮かんだことを、丁寧に、正祐は言葉にした。

「……おやじの竜田揚げを食べたからか」

「説明がいらないのが、あなたの」

隣にいる伴侶を、笑って見つめる。

「長所の中の一つです」

最初はそれが唯一の長所だったことを、二人ともが思い出して笑った。

「そうだな。そんな風に俺もおまえも、大人でさえあるなら。たくさんの人を、助けながら生きていくのかもしれないな」

「あなたはもう、していますね」

「おまえもきっとしているはずだ」

知らない間に大人になって、大人になるということは自分たちが与えられたように、まだ幼きものに何かを与え助けることだと、腹を満たして知る。

「不思議だ。一人でも生きていけると思った頃も、俺には確かにあったのに」

強い目をしていた遠い日の自分を、ふと、大吾は惜しんだ。

けれど惜しんだのは一瞬のことだ。

「一つの世界を、分け合って生きているね。私たちは」

先を生きる百田も、今知ったと教えてくれる。

「みんな」

高さの違う大吾と正祐の声が、きれいに重なった。

「みんな」

大寒の日、健《すこ》やかな祝言を、恙《つつが》なく二人は終えた。

AFTERWORD

あとがき

―菅野彰―

「不貞」ではじまったときには、「結婚」で終わる日がくるとは想像していませんでした。寂しいです。最終巻となりました。読んでくださっている皆様にも参列していただいています。

大吾《だいご》と正祐《まさすけ》の祝言には、百田《ももた》さんの手料理と選ばれたお酒、気持ちの上で味わってください。

篠田《しのだ》さんについて。正祐が尋ねずにいて大吾にも語らないように、篠田さんのことは私も何も知りません。友達に尋ねないのと同じに、篠田さんには尋ねない。想像もしない。それでもいつか篠田さんが正祐に話してくれる日がくるかもしれないし、ふと私に打ち明けてくれる日がくるかもしれないけど。今は篠田さんのことは、私も正祐も、これ以上は知らないままです。

雪舟《せっしゅう》は実は「不貞」から私の中には存在していました。なので祝言にはきた次第です。

校正をしながら思ったのですが、宮子《みやこ》に限ってはたとえ大吾が女性を連れてきても、その女性との間に子どもができたとしても、大吾にも大吾の伴侶にも大変な毒を振り撒《ま》いたと思います。そういう母親だと校正で思い、「祝言」で大吾と正祐には「宮子には近づかないしかない」というお札《ふだ》を持たせたつもりです。期待してはいけない。彼女は変わらない。残念ながらそういうこともきっと、たくさんある。

思えば大吾と正祐は、相生《あいおい》の松のような二人だと「祝言」を書いていて思いました。老人たちの「高砂《たかさご》」は、私も聴きたいと思いながら静かに書きました。

そんな二人は今、仔猫と暮らし始めました。今後の二人の日常は、「色悪作家と校正者の歳時記」として電子配信で四季を紡《つむ》いでいきます。同時代を生きていく大吾と正祐、百田さん、篠田さん、宙人《そらと》と白洲絵一《しらすえいち》、もしかしたら時々白州英知《しらすえいち》と、一緒に過ごしてやってください。

担当の石川さん。八年前ふと始めてしまったこのシリーズをゴールまでを見守ってくださって、本当にありがとうございました。

麻々原絵里依先生。毎回毎回、私の想像を遥かに過ぎる美しいカラー、挿画をいただいて、だからこそ紡げた物語でもありました。ありがとうございました！

そして読んでくださる皆様がいてくださったから、二人は祝言までの道を歩くことができました。

叶うならこれからも歳時記をともに、一緒に歩いてください。

また必ずお会いしましょう！

お元気でいてください。

三浦哲郎《みうらてつお》先生への大きな感謝とともに／菅野彰

この本を読んでのご意見、ご感想などをお寄せください。
菅野 彰先生・麻々原絵里依先生へのはげましのおたよりもお待ちしております。

〒113-0024　東京都文京区西片2-19-18　新書館
[編集部へのご意見・ご感想] ディアプラス文庫編集部「色悪作家と校正者の結婚」係
[先生方へのおたより] ディアプラス文庫編集部気付　○○先生

- 初出 -
色悪作家と校正者の結婚：
　小説ディアプラス 2023 年ハル号（Vol.89）、フユ号（Vol.90）
色悪作家と校正者の祝言：書き下ろし

[いろあくさっかとこうせいしゃのけっこん]
色悪作家と校正者の結婚

著者：**菅野 彰** すがの・あきら

初版発行：2024 年 5 月 25 日

発行所：株式会社 新書館
[編集] 〒113-0024
東京都文京区西片2-19-18　電話（03）3811-2631
[営業] 〒174-0043
東京都板橋区坂下1-22-14　電話（03）5970-3840
[URL] https://www.shinshokan.co.jp/

印刷・製本：株式会社 光邦

ISBN978-4-403-52599-5